この埋め合わせは必ずするからと――
!!
待っ…――
ジャスミン!!
ジャスミン!!?

クラッシュ・ブレイズ

海賊とウェディング・ベル

茅田砂胡

Sunako Kayata

C★NOVELS Fantasia

口絵
挿画　鈴木理華
DTP　ハンズ・ミケ

1

《ピグマリオンII》は一仕事を終えて、リングアイ宙域の宇宙施設《オアシス》NC5に入港しようとしていた。

「今回は楽な仕事だったなあ」

操縦士のトランクがのんびりと言う。

それは機関士のタキも航宙士のジャンクも同じで、意識は既に上陸した後に向いているらしい。

「これでしばらくは陸暮《おか》らしだな」

「まあ、陸と言ってもオアシスだけどよ、こんな辺境にしては悪くないぜ」

NC5の施設を調べていたジャンクが嬉《うれ》しそうに話している。オアシスは場所によって施設の内容や充実ぶりにかなり差があるからだ。

いつも極限の航行を続けているこの船には珍しく、何とはなしにのどかな空気が漂《ただよ》っている。

誘導波に乗った《ピグマリオンII》はしずしずと宇宙港に進入して、指定の位置に着いた。

「こちら《ピグマリオンII》。入港完了」

後は船を停泊させて上陸するだけ――という時に、管制から逆に連絡が入った。

「マクスウェル船長に恒星間通信が入っています。キャピタル・ジェネシスのロギンスさまからですが、おつなぎしますか」

「どうぞ」

答えながら、ダンは休暇に向かっていた気持ちを切り替え、乗組員の三人も無言で構えた。

辺境最速船として名高い《ピグマリオンII》には飛び込みの依頼がよく持ちかけられる。たいていは人命に関わるような緊急の用件だ。そういう場合は、ダンは状況が許す限り断らないことにしている。

次に受けた仕事まではまだ少し余裕があるので、ひょっとしたら、このまま出港することになるかと思いながら通信に出た。

画面に現れたのは髪の白い柔和な顔つきの老人で、共和宇宙でも五指に入る大手保険会社キャピタル・ジェネシスの役員、ビル・ロギンスである。

ロギンスはにこにこ笑いながら話しかけてきた。

「お久しぶりです、マクスウェル船長。いや、実にありがたい。その近辺で快速船を探していたところ、船長がいてくださるとは、これこそ天の助けです」

言葉は大げさでも、口調は至ってのどかなものだ。

この様子からすると緊急性は低そうだと判断して、ダンは苦笑しながら首を振った。

「ロギンスさん。仕事の話なら申し訳ないがお断りしますよ。これから休暇でしてね」

「おやおや、先手を打たれてしまいましたか」

ロギンスは困ったように手を広げてみせたものの、引き下がるつもりはないらしい。

「しかし、そこは休暇を楽しむにしては少々寂《さび》しい場所ではありませんか？　船長の次のお仕事は確か三週間後だと思いましたから、言うなれば待機中と判断してよろしいかと存じますが」

予定《スケジュール》を知られているのは《ピグマリオンⅡ》もキャピタル・ジェネシスの保険に入っているからだ。

「そこで提案ですが、どうせなら次のお仕事の後で、本物の海と太陽と美女たちに囲まれた最高の休暇を過ごされてはいかがですか。無論、費用はこちらで負担致します。運んでいただきたい積荷はそこから百二十光年先のオアシスＬＳ９に用意してあります。《ピグマリオンⅡ》の性能ならば一度の跳躍で充分移動できる距離です。問題はその後でして——実はガリアナ星系へ跳んでもらいたいのです」

ダンの表情が少し変化した。

ガリアナ星系は年間数十万隻が通行する航路だが、海賊が跳梁跋扈《ちょうりょうばっこ》することで有名な宙域でもある。

非武装船では海賊の獲物になってしまいかねない。《ピグマリオンⅡ》なら武装もしている。足も速い。海賊と渡り合って退《しりぞ》けたことすらある。

「現地の状況は船長もご存じかと思います。海賊の被害を減らす切り札となるかもしれない品物でして、確実に、なるべく早く届けていただきたいのです。マクスウェル船長以上の人材はいないと思えばこそ、まげてお願い致します。——どうか、引き受けてはいただけませんか」

ダンは苦笑しながら、やれやれと首を振った。

断ろうにも既に断れない雰囲気だが、船長として確かめなければならないことがある。

「積荷は何です？」

「《門《ゲート》》探知機《キャッチャー》です」

「——何ですって？」

聞き間違えたかと思っても仕方がない。

それは三十年も前に使われなくなった機械である。見捨てられたと言ってもいい。

完全に過去の遺物であり、間違っても高額料金の快速船を雇《やと》って届けるような荷物ではない。

しかも、ガリアナという物騒な宙域で、どうしてそんなものが必要なのか——。

ロギンスは表情を引き締めて頷《うなず》いた。

「驚かれるのはもっともですが、お聞きください」

そうしてロギンスは事情を説明し始めた。

少々込み入った長い話だったが、ロギンスは説明上手だったし、ダンは要点を摑《つか》むのに慣れていた。

事態を飲み込めば、決断するのも早かった。

仲間たちに視線で確認を取ると、タキは既に船の稼働準備に入っており、ジャンクもトランクも肩をすくめながら了承の意を示している。

ダンはそっと微笑して、通信画面に眼を戻した。

「わかりました。お引き受けしましょう」

「ありがたい！　よろしくお願い致します」

かくて停泊するはずだった《ピグマリオンⅡ》は手早く出港準備を整え、再び飛び立ったのである。

積荷を受け取ってガリアナ宙域に着くまで三日。

《ピグマリオンⅡ》ならではの快挙だった。

普通の貨物船ならこの三倍近い時間がかかる。

今回、荷物の届け先には惑星でも宇宙港でもなく座標が指定されていた。

そこで荷物が届くのを今か今かと待っていたのはマース軍の軽巡洋艦《ホーネット》である。

艦長のトラヴァース大佐に《ピグマリオンⅡ》に通信を寄越してダンに感謝を示した。

「ガリアナにようこそ、マクスウェル船長。《門《ゲート》》探知機《キャッチャー》を持ってきてくださって感謝します」

トラヴァース大佐は愛嬌のある笑顔が魅力的な、なかなかの好人物で、ダンも挨拶《あいさつ》を返して言った。

「驚きましたよ。まさか今になって、これが必要になるとは」

「同感です。わたしもまさかこの艦にそんなものを設置することになるとは夢にも思いませんでした」

最新型の軍艦と、使われなくなって久しい過去の遺物——何とも不思議な取り合わせである。

大佐は部下に積荷の受け取りを指示した後、ふと思いついたようにダンに話しかけてきた。

「ところで、船長。次の仕事まではいくらか猶予《ゆうよ》がおありだそうですな」

「ええ、次は十八日後にヒスター星系です」

隠すこともないので正直に答えると、大佐は眼を見張った。

「ほほう……それはまた辺境ですな。ここからだと十四日はかかる」

これには思わず笑みをこぼしたダンだった。

軍艦というものは、いざともなれば無茶をするが、平常時は意外に安全航行なのである。

辺境最速を自負する《ピグマリオンⅡ》としては、到底そんなにのんびり跳んではいられない。

「お言葉ですが、それでは仕事になりません。この船とわたしの乗組員《クルー》なら五日で充分ですよ」

「おお、それは頼もしい。——実はですね、そこでご相談があるのですが」

トラヴァース大佐は嬉しそうに身を乗り出した。

「船長が運んできてくれた探知機は五台あります。

その一台を引き受けてもらえませんか」

「何ですって?」

「無論、ヒスターに跳ぶまでで結構です。使い方はご存じでしょう?」

「ちょっと待ってください!」

さすがにダンも焦《あせ》って言い返した。

「無茶を言わんでください。わたしは一度も《門》《ゲート・》探《ハンティング》しなどしたことがないんですよ」

大佐は苦笑して肩をすくめてみせた。

「それは我々も同じことですよ。情けない話ですが、若い連中の中には《門》《ゲート・》探知機《キャッチャー》を見たことがないという者もいるくらいです」

無理もない。三十年前に姿を消した機械だ。

「現在ここには我々の他にエストリア、ダルチェフ、ブレイヌ、ルンドの艦がいます。手分けして捜索に当たりますが、軍艦だけではどうしても範囲が偏《かたよ》りがちになります。民間の協力が必要だと考えていたところなのですよ。報酬の出ない仕事で恐縮ですが、この宙域で今、何が起きているかはご存じでしょう。助けると思って協力していただけませんか」

これまた断りにくい雰囲気濃厚である。

次の仕事まで時間があるのも本当だから、ダンは諦《あきら》めて大佐の要請に応じることにした。

「努力はしますが、ただし、期待されては困ります。たった二週間で《門》《ゲート》を発見するなんて、宝くじに当たるよりも低い確率ですからね」

釘を刺すと、トラヴァース大佐は楽しげに笑った。

「もちろん《門》《ゲート》探しの難しさは承知していますよ。そんな無茶は言いません。そうではなくて船長には我々が通常取らない航路を飛んでもらいたいのです。船長の飛んだ航路に《門》がないとわかればそれで充分です。なぜなら、そうすれば、その宙域は次の捜索範囲から外すことができます」

ダンも安心して笑い返した。

「そう言ってもらえると気が楽です。——それでは、張り切ってうろうろすることに致しましょうか」

「よろしくお願いします」

そんなわけで《ピグマリオンⅡ》は積荷の一台を船内に残したまま、ガリアナ宙域を航行し始めた。

《門》《ゲート・》探知機《キャッチャー》はその名の通り、《門》を探知したら自動的に知らせてくれる便利な機械だが、致命的な弱点がある。探知範囲が非常に狭いことだ。

しかも、《門》《ゲート》と呼ばれる現象はせいぜいが直径五キロメートルほどしかない。

従って問題となるのは、《門》《ゲート・》探知機《キャッチャー》を搭載《とうさい》した宇宙船で『どこ』を飛ぶかである。

とはいえ、今回の捜索の対象範囲は直径百数十億キロメートルのガリアナ星系全般ときている。

常識的に考えれば、どう考えても無理な話だ。

自分で言ったように期待はできないと思っていたダンだったが、運は不公平にもダンに味方した。

捜索を始めてわずか五十時間後、《門》《ゲート・》探知機《キャッチャー》に反応があったのである。

これには当の《ピグマリオンⅡ》の乗員のほうが呆気《あっけ》にとられた。何かの間違いではないかと焦って念入りに確認したが、本当にそこに《門》《ゲート》がある。

ダンと仲間たちは呆然と互いの顔を見合わせた。

「嘘《うそ》だろう⁉」

「いやはや、当たるも八卦《はっけ》当たらぬも八卦と言うが、まさかなあ……」

「昔は《門》《ゲート・》探し《ハンティング》を仕事にしながら一生かかって一つも見つけられなかった奴もいるっていうのに」

往時を知っている彼らは何とも言えない顔になり、ダンが全員の感想を締めくくった。

「まあ、当たる時はこんなものだろう」

《門》《ゲート》発見の第一報を出すと、ガリアナ星系にいるすべての軍艦が応えてきた。

その中でもダンの運んだ《門》《ゲート・》探知機《キャッチャー》を積んだダルチェフの駆逐艦《グランピール》が近くにいて、艦長のキーツ中佐は直々《じきじき》に通信を寄越してきた。

「お手柄《てがら》ですな。マクスウェル船長。まさか三日と経たずに《門》《ゲート》を発見するとは驚きです。ぜひとも、引き続き協力をお願いしたい」

中佐は頭髪を短く刈った丸い頭が特徴的な人物で、顔は笑っているが、細い眼は鋭く光っている。

トラヴァース大佐と違って軍人らしい雰囲気だと思いながらダンは言った。

「その前に、この《門》《ゲート》の突出点を確かめる必要がありますが、本船にはその用意がないんです」

「我々が確認します。じきに到着します」

その言葉どおり、《ピグマリオンⅡ》の探知機が《グランピール》の姿を捉えた。

と、その時、《グランピール》の艦橋で航宙士が鋭い声を発したのである。

「艦長！《門》《ゲート》に跳躍反応です」

「なに？」

偶然にも、《ピグマリオンⅡ》が発見したばかりの、目と鼻の先にある《門》《ゲート》を通って、何者かがここに出現しようとしているのである。

艦橋は俄然《がぜん》、色めき立った。

ちょうど通話中だったダンにも艦橋のやりとりは聞こえていた。ダンにとっても予想外の事態だが、キーツ中佐はすかさずダンに指示を出してきた。

「幸運の女神が我々の味方をしてくれたようですな。ここから先は我々の仕事です。下がってください」

ダンにも異存はなかった。

戦闘となれば軍艦の出番だからだ。後方に退いて、《グランピール》の勇姿を見物することにした。

キーツ中佐は鼠《ねずみ》が穴から飛び出してくるのを待つ猫のように舌なめずりしながら《門》《ゲート》に眼を注《そそ》いで、不敵に笑ったのである。

「馬鹿な海賊め。飛んで火に入る夏の虫とはまさにこのことだ。——砲撃用意！」

2

「おばさん、えらい人はどこ？」

昇降機に向かって歩いていたジャスミンは、最初それが自分に対する問いかけだとは思わなかった。かなり舌足らずな幼い少女の声だったからだ。

気にせずに通り過ぎようとしたら、同じ声がもう一度、ちょっと苛立たしげに言ってきたのである。

「おばさん。あたし、えらい人に会いたいの」

さすがにジャスミンも立ち止まって、足下を見た。
六、七歳くらいに見える女の子が精いっぱい上を見上げていた。そこまでしないと百九十一センチのジャスミンの顔が見えないのだ。
こんなに小さいのに、一人でこの巨体に臆せずに声を掛けるとは見上げた度胸である。


ジャスミンが今いるのは惑星アドミラルのクーア本社だった。

この本社はアドミラルの観光名所でもあるから、一階ホールには平日の午後でも見学者が目立つが、女の子の近くに保護者らしい人影はない。

真っ白なブラウスに水色のジャンパースカート、茶色の巻き毛に赤い髪飾りをつけている。その髪も手入れがよく行き届いているし、身なりからすると中流家庭以上の子どもだろう。

色白の肌に、ぱっちりと大きな眼が可愛らしい、かしこそうな顔立ちの女の子である。

自分を見下ろしてくる人の迫力に緊張しながらも、ジャスミンをじっと見上げて動こうとしない。

ジャスミンは微笑を浮かべて、少し腰をかがめて、女の子に話しかけた。

「迷子かな、お嬢ちゃん」

すると、女の子はたちまちむっとした。

「あたしもうじき八歳よ。赤ちゃんじゃないわ」

「そうかな？　ちゃんとしたレディだったら初めて会う人に『おばさん』なんて話しかけたりはしないものだぞ。そんな子どもはお嬢ちゃんで充分だ」

　ジャスミンにしては優しい口調でたしなめると、女の子は真顔で尋ねてきた。

「なんて言えばいいの？」

「その言い方もいけない。いいんですか、だ」

　傍若無人《ぼうじゃくぶじん》の代名詞のようなジャスミンであるが、実は軍人出身なので、礼儀にはなかなか厳しい。

「若い人にはミス。年配の人にはミセスかマダム。わたしを呼ぶ時はミズでいい」

　女の子はちょっとこんがらがった様子だったが、ぺこんと頭を下げると、まっすぐ背中を伸ばして、精いっぱい気取った口調で言ってきた。

「こんにちは、ミズ。この会社のえらい人はどこにいますか？」

「ここにいる」

　女の子が眼を丸くする。

　ぽかんと口を開けたところを見ると、次の言葉が続かなかったらしい。

　ジャスミンが二、三歩動いて昇降機の前に立つと、認証が働いて、音もなく扉が開いた。

　ジャスミンは女の子を振り返って、今は空っぽの昇降機を親指で示して笑いかけたのである。

「これは上の会長室に直通だ。乗ってみるか？」

　女の子はますます呆気《あっけ》にとられた。

　その昇降機は薔薇色《ばらいろ》大理石に飾られていて、開く前の扉は金色にぴかぴか光っていて、これ一つだけ他の昇降機とは違う場所にあった。

『えらい人が使いそう』に見えたのだ。

　混んでいる他の昇降機と違って、待っている人も全然いなかった。そこへこの人が近づいてきたから聞いてみただけなのに。

　さすがに、とんでもない人に声を掛けてしまったことが女の子にも飲み込めたようで尻込みしている。

　知らない人と狭い箱の中で二人きりになるのは、

いくら何でも恐い。

第一、どこへ連れて行かれるかわからない。

それでも、ごくんと唾《つば》を飲みながらも、女の子が勇気を振り絞って小さな足を踏み出そうとした時。

少し年上の少年が息せき切って走ってきた。

「何してるんだよ、ミリィ」

やはり肌の白い可愛らしい顔立ちだが、こちらは見るからに腕白そうな、悪戯《いたずら》な眼をした少年である。

なまじの男より遥《はる》かに身体の大きいジャスミンをうさんくさそうな眼でじろじろ見つめて、少女との間に身体を割り込ませて注意した。

「知らない人についていくなって言われてるだろう。怪《あや》しい奴だったらどうするんだよ」

まったくもって正しい言い分だが、それを当の『怪しい奴』を睨《にら》みながら、丸聞こえになるように言ったのでは台無しである。

男の子に手加減する必要はまったく感じていないジャスミンは片手で少年の頭を鷲掴《わしづか》みにした。

文字通り、がしっと捕まえたのだ。

ちょっと力を入れて持ち上げただけで、男の子の足は途端に床から浮き上がりそうになる。

「おまえの両親は大人にそんな口の利き方をしてはいけないと教えてくれなかったのか？」

少年は気の毒に蛇に睨まれた蛙《かえる》ならぬ鷲の鉤爪《かぎづめ》にがっちり捕まえられた兎のような有様だった。

身体を硬直させて、ひたすら眼を白黒させている。

見ていた少女のほうが青くなって言った。

「ライスを放して。ミズ」

ジャスミンも本気で痛めつけるつもりはないので、少年の頭を放してやった。

片手で頭を首から抜かれそうになるという経験に（しかも女の人に）びっくり仰天《ぎょうてん》して、少年は声も出せないでいる。

ジャスミンは再び少女に向かって話しかけた。

「えらい人に何か用なのかな？」

女の子はちょっと怯《ひる》んだ。

躊躇《ためら》いがちに男の子と眼を見交わし、思い詰めた表情でジャスミンを見上げてきた。

「パパを返して」

幼いなりにその様子は必死で、真剣そのもので、まるで泣くのをこらえているような顔だった。

よほどのことだ——とジャスミンは直感した。

少なくとも、パパが仕事ばかりしていて遊園地に連れて行ってもらえない——といった子どもらしい悩みや不満にもとづいたお願いではないらしい。

「パパの名前は?」

「ロイド・ウェッブ」

「パパの仕事は?」

「お船に乗ってるの。《セシリオン》よ」

「わたしはジャスミン・クーア。レディは?」

「ミランダ・ウェッブ。こっちは兄さんのライス」

「お兄さんか。——妹を守ろうとしたのは立派だぞ、ライス。ただし、妹から眼を離したのはよくないな。ちゃんと見ていてくれと頼まれなかったのか?」

図星を指されて少年は気まずそうな顔になったが、ミランダはおおいに不満そうだった。兄の監視など必要ないと言いたいのだろう。

「あたしもう、そんな赤ちゃんじゃないわ」

これにはライスが憤然《ふんぜん》と文句を言った。

「生意気言うなよ。今だって俺が止めなきゃついて行こうとしてたくせに」

「ライスがお船の模型ばっかり見てるからじゃない。子どもなんだから」

「うるさいなあ」

「こらこら、喧嘩《けんか》はよせ」

ジャスミンは苦笑しながら、足下で始まった兄妹喧嘩の仲裁をしてやった。

こんな幼い兄妹だけで本社《ここ》まで来たはずはないが、やはり保護者らしい人の姿は見あたらない。

そこでジャスミンはひとまず昇降機の扉を閉めて、歩きながら子どもたちを手招きしたのである。

「おいで、二人とも。おやつにしよう」

ライスがたちまち血相を変えて飛び上がった。

「そんなのだめだよ！」

知らない人についていくなと言われているのに、知らない人に何か食べさせてもらうなんて、もっとまずいと思ったのだろう。これまた正しい判断だが、相手がジャスミンでは少年の抵抗など通用しない。

「外へ行くわけじゃない。ここには食堂もあるんだ。迎えが来るまでそこで待っていればいい」

「でも！」

ジャスミンは真面目に言い諭《さと》した。

「そろそろおやつの時間だろう。子どもがちゃんと食べないのは身体に悪いんだぞ。それとも、お腹は空《す》いてないのか？」

少年は途端に言葉に詰まって、うろうろと視線をさまよわせた。

どうやら胃袋のほうが正直なようだった。

「おまえたちが食堂にいることをちゃんとあの人に話していこう。それならいいだろう？」

ジャスミンが受付を示して言うと、子どもたちは顔を見合わせて、おそるおそる頷《うなず》いた。

クーアは福利厚生が行き届いている会社なので、子ども連れで入れる食堂も用意されている。

ジャスミンは子どもたちをその食堂に連れて行き、ミルクとホットケーキをご馳走《ちそう》してやった。

ライスはミランダより二つ年上の九歳だという。

男の子の意地があるのか、兄の面子《メンツ》か、むすっと黙り込んでいたが、眼の前に出された美味《おい》しそうな食べ物には諸手《もろて》をあげて降参した。

あっという間にホットケーキとミルクを平らげて、ごちそうさまでしたと、きちんと挨拶《あいさつ》した。

「おいしかったかな？」

「うん！」

「それはよかった。では、パパの話を聞こうか」

「パパは外洋航路の船乗りだよ」

「立派な仕事だ。今も宇宙を飛んでいるのかな」

ライスの表情がたちまち曇った。

妹と同様、彼も父親の不在を不安に思っている。

むしろ妹より年嵩《としかさ》なだけにその不安もひとしおで、少年は押しつぶされそうになっている。

けれど、彼は妹の前でその感情を表に出すまいと懸命《けんめい》に踏ん張り、突っ張っているように見えた。

「パパは……」

ライスが言いかけた時、食堂の入り口を見ていたミランダが嬉《うれ》しそうな声を上げた。

「おばさん」

慌《あわ》ただしい足取りでやってきたのは二十七、八の女性だった。すらりと背が高く、機能的なスーツが際だったスタイルのよさを強調している。

黒髪の、目鼻立ちの整った華やかな感じの美人で、これをおばさん呼ばわりは失礼だぞとジャスミンはまた言いかけたが、女性は受付で事情を聞いたのか、急いでジャスミンに頭を下げてきた。

「トリッシュ・ウォーカーです。姉の子どもたちがお世話になりました」

それなら正しく『叔母《おば》さん』である。

ジャスミンも自己紹介してトリッシュに尋ねた。

「あなたがこの子たちを連れていらした？」

「いえ。姉ですけど、今……ちょっと」

トリッシュは眼をそらして苦い顔になった。

ちらっと兄妹のほうを見やったところを見ると、子どもたちの前では言いにくい事情があるようで、無理に繕《つくろ》った口調で言ってきた。

「ありがとうございました。——さ、行きましょ」

子どもたちを立たせて帰ろうとしたトリッシュを制して、ジャスミンは彼女にも座るように促《うなが》した。

「差し支えなければお話を聞かせてもらえませんか。この子たちの父親はどうしたんです？」

トリッシュの青い眼に警戒の光が浮かんだ。

「あなたは？　クーアの方ですか？」

「そうとも言えるし、そうではないとも言えますね。一種の顧問《こもん》のようなことを務めています」

トリッシュはこの相手をどう判断したらいいのか、

量りかねているようだった。信用してもいいのかと怪しみ訝《いぶか》しむ顔つきでもあった。

トリッシュの眼に映るジャスミンは年齢三十前後、腰まで流しっぱなしの赤毛に、座っていてもわかる女性とも思えない堂々たる体軀《たいく》をしている。

加えて他を圧倒する迫力は、間違っても大企業の顧問には見えない。

同時に『平凡』という言葉からもほど遠い。

躊躇っているトリッシュに対して、ジャスミンは悪戯っぽく笑いかけた。

「それとも、わたしが報道関係の人間だと言ったら、何か話したくない事情でもありますか？」

「とんでもない。ぜひ聞いて欲しいくらいですけど、違うでしょう？　あなたは記者には見えません」

「大勢の人に聞いてもらいたいと思うお話でしたら、なおさらです。話してみてくれませんか。それとも、子どもたちの前では言いたくないことかな？」

「いいえ。この子たちも父親のことは知っています。

——そうね、聞いてもらいましょう」

トリッシュは勇ましく言って、子どもたちの隣に腰を下ろした。

外見からしてもキャリアのある女性の雰囲気だが、ぴんと背筋を伸ばした様子は、まるで難しい商談に挑《いど》むかのようだった。

逆にジャスミンは穏やかに微笑して献立《メニュー》を勧めた。

「どうぞ、お好きなものを」

「結構です。自分で払いますから」

態度が固いのはクーアに対してあまりいい印象を持っていないかららしい。

苦情《クレーム》を言いに来たのならそれも当然だった。

トリッシュは珈琲《コーヒー》を注文し、ややあって本格的に豆を挽《ひ》いた珈琲が運ばれてきた。芳《かぐわ》しい香りと味に少し心が和んだのか、トリッシュはいくらか口調をやわらげて、ジャスミンに尋ねてきた。

「ガリアナ宙域の海賊のことはご存じですか？」

「報道で見た程度ですが、被害が続出しているのは知っています」

「この子たちの父親が乗っていた《セシリオン》も被害に遭《あ》った一隻です。三ヶ月前、海賊に襲われ、乗員は惑星ガリアナに抑留されることになりました。《セシリオン》はチャーチル運送の持ち船ですから、会社はそれ以来ずっと海賊と交渉を続けてきました。二十日前のことです。やっと交渉がまとまって保険会社は身代金を支払い、船と乗員は解放されました。──ただし、全員ではありません」

ジャスミンは二、三度、瞬《まばた》きした。

「ロイドは戻ってこなかったと？」

トリッシュは苛立たしげに頭を振った。

「戻ってこなかったのはロイドだけじゃありません。わたしの婚約者も、船長もです。もうじき結婚する予定で式場の予約もすませてあるのに……」

人質にされた婚約者を心配するにしてはずいぶんのんきな台詞《せりふ》に聞こえるが、結婚式を間近に控えた女性にとっては一大事なのかもしれない。


「ミス・ウォーカー。すみませんが、わたしはその一件を聞くのは初めてです。もう少し詳しい事情を聞かせてもらわないと、判断のしようがありません。そもそもそういうお話をチャーチル運送ではなく、クーアに持っていらした理由は何です？」

「《セシリオン》が拉致《らち》される直前に、チャーチル運送の実質的な経営権がクーアに移ったからです」

チャーチル運送は大きな会社ではない。経営権の移譲が報道《ニュース》にもならないくらいの小さな会社だ。

《セシリオン》が海賊に襲われたのはそのすぐ後で、身代金の要求は当然チャーチル運送に寄越された。

「会社自体は存続していますから、海賊との交渉はずっとチャーチル運送が行ってきました。門外漢のクーアの人たちにそんなことできっこありません。ですけど、船とほとんどの乗員が解放されたことで、クーアは海賊との交渉はひとまず打ち切るようにとチャーチル運送に通達してきたんです」

ジャスミンは片方の眉《まゆ》を吊《つ》り上げて驚きを示した。

「船長を含めて三人がまだ抑留されているのに？」

「そうです。――こんな馬鹿な話ってありますか」

抑えた怒りがトリッシュの声を震わせて、そんな叔母を子どもたちが不安そうに見つめている。

「チャーチル運送は驚いて、方針の撤回と交渉の継続を求めましたが、クーアは聞き入れませんでした。海賊が具体的な要求をしてこない以上、こちらから働きかけるのは得策ではないというんです」

つまりは体のいい切り捨てである。

「それで今日は姉と直談判《じかだんぱん》に来たんですが、話にもなりません。クーアの人にとって《セシリオン》の事件は既に解決したことみたいなんです。どうしてあの三人だけが解放されなかったのか、いつ戻ってくるのか、わたしたちはそれが知りたいだけなのに、そんなことがこっちにわかるわけがないでしょうと、露骨《ろこつ》にいやな顔をされました」

ジャスミンは眉をひそめて身を乗り出した。

「この本社でそんな人間が息をしているとは驚きだ。子どもたちの前であまり悪い言葉は使いたくないが、どこの間抜けがそんなことを言いました？」

これにはトリッシュも笑みをこぼした。

「名前はフィリップ・ソルターと言ったと思います。肩書きは確か――第五事業部第八課長でした」

「わかりました。さっそく確認を取ります。しかし、課長の無能を追及しても問題の解決にはならない」

「そうです。おっしゃるとおりですわ」

「クーアの対応は不適切だとして訴えますか？」

「そんなことは言っていません。興味もありません。わたしはただ一日も早く彼を返してほしいだけです。もちろん、他の二人もです」

ジャスミンはちょっと考えた。

船長の解放が遅れているのはむしろ理解できる。身代金をつり上げようという魂胆だろうが、他の二人との関連がわからない。たまたま選ばれたのか、それとも船長と親しい関係であったのか……。

「あなたの婚約者とこの子たちの父親は何か船長と

特別なつながりがあるんですか。一緒に仕事をして長いとか、同郷の出身だとか？」

「それは……」

トリッシュが呆《あき》れたような顔で何か言いかけた時、ミランダがぱっと立ち上がって声を上げた。

「ママ！」

兄妹の母親は三十二、三に見えた。

金髪で、小柄《こがら》で、少し地味な感じだが、理知的な顔立ちの美人である。妹とまったくタイプは違うが、魅力的であることには違いない。

ただし、青い眼は異様に熱っぽく、頬《ほお》には赤みが差している。激しい衝動を感じている様子だったが、彼女はそれを自制できる力を持った人だった。

やはり受付で事情を聞いていたのだろう。足早にやってきた母親は子どもたちに笑いかけてやると、ジャスミンに向かって丁寧《ていねい》に挨拶した。

「申し訳ありませんでした。子どもたちがご迷惑をおかけしまして。アリエル・ウォーカーです」

子どもたちと名字が違う。疑問の表情を浮かべたジャスミンに、アリエルは微笑した。

「夫と正式な結婚はしておりませんが、この十年、実質的な夫婦として生活しています」

「失礼しました。どうぞ、お座りください」

「いいえ。どうもありがとうございました。——さ、二人とも、おばさんにお礼を言いなさい」

「ミズよ。ママ」

娘に大真面目に注意されて、アリエルはちょっと戸惑い顔になり、ジャスミンは笑って少女をほめてやったのである。

「ちゃんと覚えたな。それでこそ小さなレディだ。えらいぞ」

「当然よ」

つんと頭をそらしてみせる。

こましゃくれた態度だが、それがまた可愛い。

ジャスミンは窓の外を示して子どもたちに言った。

「二人とも。しばらく外で遊んでおいで」

この食堂の外には池のある中庭がある。

中庭だから外には出られないし、食堂の中からも硝子《がらす》越しにすっかり見渡せる。小さいながらも回遊式になっていて、池には橋が架かり、階段で上れる小山やきれいな花壇《かだん》もある。退屈はしないはずだが、二人は不満そうな顔になった。

「どうしてさ。パパの話をするんだろう」

「あたし、ここにいたい」

「だめだ。これから子どもには聞かせたくない話をするからな」

穏やかな口調でも有無を言わさないものがある。その迫力は子どもたちにも通じたのか、二人ともぴたりと口をつぐんで、おとなしく立ち上がった。

素直に外へ続く扉に向かう二人を、母親と叔母が驚いたように見送って、ジャスミンに視線を戻す。

ジャスミンはもう一度名乗り、あらためて椅子を勧めたのである。

「ジャスミン・クーアと申します。――どうぞ」

クーア財閥二代目総帥と同じ名前に、アリエルは奇妙な顔になったが、ジャスミンはそれには構わず、穏やかな口調で話しかけた。

「ソルター課長に何か言われましたか」

「――失礼ですが、あなたは？」

「クーアの顧問のようなものです。ご主人のことで何かご要望があれば、わたしが承ります」

見ず知らずの相手に突然こんなことを言われたら相手の素性や真意を疑うのは当然だが、妹と違って、アリエルはその素振りを表に出しはしなかった。

じっとジャスミンを見つめ、無言で妹の横に座り、妹を見て尋ねた。

「どこまでお話ししたの？」

「ロイドとスキップが戻ってこないのに、クーアが交渉を打ち切れと言ったところまでよ」

アリエルはジャスミンに視線を戻し、落ち着いた口調で言った。

「わたしたちがこの方針に納得できなかったことは

理解していただけるかと思います」

「当然のことです」

「あなたのおっしゃるようにソルター課長と話してきましたが、残念ながらあの人は、人質の家族との仲介には向いていないとしか言いようがありません。課長の意見では夫は――妹の婚約者も船長もですが、海賊の内通者ではないかというんです」

トリッシュが眼を剝《む》いた。

「何よそれ⁉」

「大きな声を出さないで。人がいるのよ。あなたの声は響くんだから……」

ちょっと責める口調になった姉に、ジャスミンは納得して頷いた。

「だから妹さんを先に下に返したんですか？」

「いいえ。子どもたちがいつの間にかいなくなっていたものですから、捜しに行ってもらったんです」

「気を遣わなくてもいいわよ、アリエル。あたしがその場にいたら大声で喚《わめ》いてるところだわ」


トリッシュはかなり気の強い女性のようだった。

今までは子どもたちの前だったから、かろうじて抑えていたのだろう。

「それより、あの課長はなんでそんな馬鹿なことを言い出したのよ」

「それはね、お金にもっともシビアなはずの海賊が、三人の身代金は要求しなかったから――ですって」

ここでジャスミンは丁重に姉妹の間に割って入り、確認を取った。

「お尋ねしますが、ガリアナの海賊は一人いくらと身代金を勘定《かんじょう》して要求してくるんですか。乗組員まとめての値段ではなく？」

「いいえ。今まではまとめた値段だったようです」

「しかし、人質が複数いるなら二度取り三度取りは容易にできるでしょうに」

まず五千万と要求しておいて、金を受け取っても全員は解放しない。

何人かを手元に残しておき、残りの人質を返してほしければさらに二千万をよこせとやる。

　人質を取った側の常套手段だが、アリエルは首を振った。

「ガリアナの海賊はこれまで二度取りをしたことは一度もないそうです」

《セシリオン》の他の乗組員は無傷で解放されたが、その際、海賊側は船長以下二人の身代金は不要だとはっきり言い、この三人はしばらく我々の客として滞在することになったと伝えてきたという。

　それきり何の要求もしてこない。

「だから内通者ですか？」

　ジャスミンが呆れた顔つきで言うと、アリエルも皮肉な微笑を浮かべた。

「もし本当に夫が海賊の内通者だとしたら、そんなふうに注目される例外になったりするものかどうか。少し考えればわかる話です。それよりは他の人質と一緒に何喰わぬ顔で身代金を払ってもらうほうが、ずっと得じゃありませんか」

「正論ですな」

「そうしたら……」

　アリエルは大きく息を吐いた。

「身代金の要求がないのは……三人がもうこの世の人ではないからという可能性もあると言うんです」

「ばかばかしい。解放された他の人たちにも会って、ちゃんと話を聞いてあるのに」

　トリッシュが吐き捨てるように言った。

「三人とも他の人たちと一緒に惑星ガリアナに連行されたんです。その後は別々だったそうですけど、三人が惑星ガリアナに上陸したのは間違いないって、みんな断言してくれたわ」

　感情的な妹に対し、姉は淡々と続けた。

「相手は武装集団ですから、課長の指摘するような可能性がまったくないとは言えません。ですけど、乗員に犠牲者が出るとしたら、海賊が船を攻撃した時に限られるはずです。ガリアナの海賊は基本的に人質に危害を加えたりしません。惑星ガリアナまで無傷で連れて行きながら三人だけが殺されるなんて、そんなことはありえないんです」

「アリエル。それを課長に言った？」

「もちろんよ。でも、聞こえたかどうかは怪しいわ。あの人、わたしをずいぶん見下していたから」

穏やかでないことを平然と言う。

「あれはあの人の口癖《くちぐせ》なのかしらね？　あなたにはわからないかもしれませんがって何度も言われたわ。自分にはわかると言いたいらしいけど、相手は所詮ならず者なんだから何をしでかしてもおかしくない。ご主人たちは分け前のことで、海賊と内輪もめでも起こしたんじゃないか――ですって」

トリッシュは舌打ちした。

「完全に仲間扱い？　どこまで馬鹿なの。結婚式も近いのにスキップが海賊稼業なんかに首を突っ込むもんですか。ロイドだって、姉さんと子どもたちがいるっていうのに海賊と分け前争いだなんて！」

「本当にね。わたしたちにはわかっているけれど、課長にはわからないのよ。それ以上に困ったことに、ガリアナ海賊についての知識も全然ない」

アリエルは冷静に指摘した。

「ガリアナ海賊はならず者には違いない。だけど、彼らにとって海賊行為は外貨を稼ぐ手段であって、立派な商売《ビジネス》なのよ。だからこそ人質は大事にするし、体調にも気を遣う。弱っている人質がいたら医者を呼んで手当させるくらいなのに」

「それも言った？」

「言ったわ。そうしたら、何事にも例外はあるって言うのよ。表向きはそういう人情家を気取っているからこそ、三人が死んだとは言えなかった。だから身代金を取るのも諦《あきら》めたんだろうって」

「まったく、ああ言えばこう言う。海賊にとってはただの商売で人情なんかじゃないっていうのに！」

トリッシュは苛立たしげに黒い頭を振っているが、アリエルは少なくとも見た目は落ち着いている。

見事なくらい対照的な姉妹だった。

多感で情熱的な妹に対し、姉はあまり感情を表に出さない怜悧《れいり》な性質《たち》らしい。

だからといって心を痛めていないわけでも、夫を心配していないわけでもない。

そのアリエルが、ふと庭を見て眼を細めた。

彼女の視線の先には、はしゃいで中庭を走り回るライスとミランダがいる。

子どもたちを見るアリエルの眼は優しかったが、ジャスミンに戻した眼は厳しかった。

「《セシリオン》の他の乗組員は解放されたのに、わたしたちの家族だけが戻って来ない。納得できる説明をしてくれとは言いません。そんなことに何の意味がありますか。わたしたちはただ、一刻も早く彼らを返して欲しいだけなんです」

ジャスミンも中庭に眼をやった。

今は遊びに夢中で楽しげに笑っているが、パパを返してと言ったミランダの顔、父親の境遇について話そうとした時のライスの顔を思い出す。

「あの子たちはパパが大好きなんでしょうな」

「ええ。パパは元気でいると言い聞かせていますが、どうしてパパは帰ってこないのと訊《き》かれると……」

答えようがない。母親としてこれほど辛いことはないのだろう。アリエルは恐ろしく真剣な顔になり、ジャスミンに訴えてきた。

「課長が何を言おうと、彼らが生きていることも、海賊の仲間なんかじゃないこともはっきりしてます。わたしたちは彼らを返して欲しいだけなんです」

トリッシュも熱心に身を乗り出した。

「とにかく、わたしたちの結婚式が迫ってるんです。何とか間に合うように戻ってきてほしいんです」

「わたしたちというのは……？」

自分と婚約者の——という響きではなかったので問い返すと、アリエルが頷いた。

「わたしと夫も、妹と同じ日に同じ式場で、正式に結婚することになっています」

これには眼を丸くしたジャスミンだった。

「それはまた……おめでとうございます。しかし、同じ日にとはお忙しい」

「ええ。父が二度に分けて出席するのは面倒だと。父も今度の航海を最後に引退する予定でしたから、ちょうどいいと思いまして」

「お父上？」

疑問の表情を浮かべたジャスミンに、アリエルは何とも言えない顔で言った。

「《セシリオン》の船長はファーガス・ウォーカー。わたしたちの父です」

再びジャスミンの眼が丸くなった。


フィリップ・ソルター課長は痩《や》せ形で眼が鋭く、色は浅黒く、逆に唇《くちびる》は色が薄くて妙に厚いという、見るからにあくの強そうな風貌《ふうぼう》だった。

第五事業部第八課は六課七課と共同の部屋にあり、折しも課長は部下の一人を呼びつけ、何やら懇々《こんこん》と注意しているところだったが、先程さんざん話して、ようやく説き伏せて帰したはずのウォルター姉妹が再び戻ってきたのを見て、盛大な息を吐いた。

しかも、さっきはいなかった恐ろしく大きな人が増えている。課長は不審そうにぎょろりと眼を剝き、見知らぬ相手につっけんどんに質問した。

「何です、あなたは？」

「初めまして。ジャスミン・クーアです」

「それはまたご立派なお名前だ。芸名ですか」

「いいえ、本名ですよ」

ウォーカー姉妹が不審の眼でジャスミンを見た。

顧問だと言ったくせに顔も名前も通用しないとは話が違うではないかと思ったのだろうが、もちろんそんなことに斟酌《しんしゃく》するジャスミンではない。

「わたしはこちらのお二人の知人でしてね。人質になっている三人についてお尋ねしたいんです」

「知り合い？　困りますね。部外者の方は遠慮してもらわないと。途中経過を知らせるのは身内の方に限られているんです」

この部屋には来客と話す一角もちゃんとあるが、課長は自分の席から立ち上がろうとしない。

従ってジャスミンもその前に立ったまま、平然と話し続けていた。

「もちろん、そうした事情は既に伺《うかが》っております。しかし、何分にも人命のかかっていることですので、もう少し真剣にやっていただけませんか?」

「やっていますとも!」

決めつけるように言って、課長は姉妹に向かって早口にまくし立てたのである。

「ウォーカーさん。何度も言いますが、あなた方に知る権利があるのはお父さんであるウォーカー船長だけなんですよ。お二人はロイド・ウェッブとも、スキッパー・ハントとも法律上は赤の他人なんです。わかりますか。あなた方にあの二人の解放を急げと要求する権利はないんです。交渉の途中経過を知る権利もです。我々としても家族以外の方にそういうお話はできないと言う他ありませんな」

逆上して叫ぼうとしたトリッシュを片手で抑えて、ジャスミンはわざとらしく眼を丸くした。

「それはまた冷たいな。しかし、善良な市民として法律には従わなくてはなりますまい」

「おわかりいただけて何よりです」

課長はやれやれと安堵の表情になったが、ほっとするのはいかに何でも早すぎた。

「それではウォーカー船長の話をするとしましょう。どうして彼は解放されないんです?」

「あのですね……」

課長はほとほとうんざりしている様子だったが、ジャスミンは気味が悪いくらいにっこり微笑《ほほえ》んで、やんわりと指摘したのである。

「こちらのお二人には船長の解放を要求する権利も、海賊との交渉の進捗具合をクーアに確認する権利も立派にあるはずですよ。――法律に照らせばね」

実の娘ですから当然でしょう――と素知らぬ顔で続けたジャスミンに、ソルター課長は舌打ちした。

「あなたにはわからないかもしれませんが、我々も残された三人の解放に向けて努力を続けています。しかしですね、何事にも順序というものがあります。そもそも拉致された本人が解放を拒否しているのに、我々に何ができるんです？」

「それはどういう意味でしょう？」

課長はまるで噛《か》みつくような勢いで言った。

「ウォーカー船長は解放されることを拒んだんです。わかりますか。彼は自分の意志で、惑星ガリアナに残っているんですよ！」

ジャスミンはウォーカー姉妹を振り返った。

「事実ですか？」

二人とも複雑な顔で眼をそらした。

「それは……実際に聞いたわけじゃありません」

「いいえ。父がそういうことを言ったのは本当です。ですけど……」

課長はぴしゃりとその言葉を遮《さえぎ》った。

「でももへったくれもありません。救助を望まない人間まで救出する義務は我々にはありません。他の二人に関しては交渉を続けますが、それも向こうの出方次第なんです」

わかったら帰ってくださいと言わんばかりだが、その時、ちょっとした騒ぎが起きた。

こんな大部屋には滅多に姿を見せない重役が一人、ひょっこりと顔を出したのである。

その人に先に気づいたのは一般職員ではなく職制階級《クラス》だった。第五事業部長はただちに椅子から飛び上がって出迎えに走り、今日はたまたま自室にいて、秘書から彼の来訪を知らされた事業統括《とうかつ》本部長まで奥の部屋からすっ飛んできた。

「これはこれはミスタ・ジェファーソン。いらしていたとは存じませんでした。——今日は何か？」

「いやいや、かまわないで仕事を続けてください。ちょっと私用でね」

アレクサンダー・ジェファーソンは笑顔で室内を見渡した。捜すまでもなく部屋の中で一番背の高い人の姿が眼に飛び込んでくる。

彼は軽快な足取りでまっすぐソルター課長の下に向かって歩いていった。

当然ながら、かまうなと言われた第五事業部長も事業統括本部長も、お供よろしく後をついてくる。

アレクサンダーは背後で尻尾を振っている二人や、正面で硬直しているソルター課長には全然かまわず、大きな人に笑顔で話しかけた。

「やあ、ジャスミン。迎えに来たよ」

「アレク。すまないが、もう少しかかりそうなんだ。先に行ってくれないか」

二人のやりとりにその場にいた人々は仰天したが、なお驚くことに、この巨大企業の実質的な運営者の一人が両手を広げて、困り果てた顔になったのだ。

「あのねえ、ジャスミン。無茶を言わないでくれよ。きみを連れて行かなかったら、ぼくが彼女にどんな眼に遭わされるか……」

六十七歳のアレクサンダーがその事態を想像して、本当に震え上がっている。

逆にジャスミンは苦笑を浮かべていた。

「おまえは相変わらずの恐妻家だな。しかも、今の奥さんではなく、昔の奥さんが恐いのか？」

「彼女を恐がらないのはきみたちくらいのものだよ。だけど、彼女がきみとの食事を楽しみにしてるのは本当だよ。遅れたりしたら、きっとがっかりする」

「わかっている。わたしも久しぶりにおまえたちと食事するのを楽しみにしてたんだが、困ったことに、こちらの課長から納得のいく答えをいただくまでは、ここを離れられないんだ」

「そうなのかい？」

アレクサンダーはちょっと眉をひそめたが、肩をすくめてソルター課長に話しかけてきた。

「きみ、勝手を言ってすまないが、この人の用件を先に片づけてもらえないか。言い出したらてこでも動かない人なんだよ」

微笑を浮かべながらの穏やかな言葉である。

ソルター課長はそうはいかない。わなわな震えて、蒼白《そうはく》になった顔中に冷や汗を浮かべていた。

共和宇宙連邦主席とも対等に話すクーアの重役を、こともあろうに、父娘《おやこ》ほど年齢の違う女性がおまえ呼ばわりしているのだ。しかも、アレクサンダーはその扱いを少しも不満に思っていない。

それどころか、むしろ嬉しそうに見える。

怪奇現象にもほどがあった。一課長の手には到底余る事態である。

しかも、課長の正面、アレクサンダーの背後にはソルター課長の直接の上司とさらにその上司がいる。

アレクサンダーはその二人にも聞こえる程度に、わざわざ声を低めて課長に囁《ささや》いたのだ。

「この人の頼みを優先しても職務放棄《ほうき》や公私混同を問われることにはならないよ。役員全員がお伺いを立てるクーアの大株主だからね」

「余計なことは言わなくていい」

ジャスミンがうるさそうに口を挟むが、ソルター課長がますます青ざめたのは言うまでもない。

もちろん、上司二人は課長以上に慌てふためいて、ソルター課長をせっついたのである。

「ソルターくん、何を手間取っているんだ⁉」

「お待たせしては失礼じゃないかね」

二人がかりで叱責《しっせき》し、事業統括本部長が恭《うやうや》しくジャスミンに話しかけた。

「よろしければ、こちらでご用件を承ります」

「おかまいなく。この件に関してはソルター課長が責任者だと伺っておりますので。――アレク、先に行ってくれ。おまえがいると仕事の邪魔だ」

課長、部長、統括本部長が凍りついた。

室内の空気まで瞬間冷凍されたかのようだったが、アレクサンダーだけはその空気を感じていないのか、春の陽射《ひざ》しの中にいるように笑み崩れている。

「そうかな。そんなに邪魔かい？　ぼくはできればきみと一緒に行きたいんだけどな」

「見てわからないのか。おまえがそこにいるだけで職場が大混乱してるぞ。そちらのお二人もだ。早くご自分の席に戻っていただけ」

「わかった。わかったよ」

対抗しても無駄だと知っているアレクサンダーは諦めて、部長と統括本部長を促して背を向けたが、未練がましく振り返った。

「ジャスミン、くれぐれも約束は忘れないでくれよ。ぼくはいいけど、ジンジャーが……」

「くどい。いい年をして見苦しいぞ。さっさと行け。真面目に働く皆さんの手を止めるんじゃない」

犬でも追い払うように手を振って、ジャスミンはソルター課長に向き直った。

「友人が失礼しました。お話の続きをどうぞ」

そんなことを言われても、課長は今や虎の目前に置かれた鼠《ねずみ》のような有様だった。

もっと正確に言えば恐怖のあまり硬直して動けず、ぱくりと一飲みにされる寸前の鼠である。

「あ、あのですね。ミス……」

「ミズです。ミズ・クーア。――ウォーカー船長は本当にガリアナに残ると言ったんですか？」

「は、はい！　これを……」

だらだら汗を流しながら差し出したのは、船長の肉声を録音したという記録媒体である。

再生すると、妙にのんびりと気楽な印象を受ける低い男性の声が流れてきた。

「しばらくここに滞在する。心配するな」

これだけだった。

雑音混じりだが、はっきり聞き取れる。

ソルター課長は汗を拭きつつ、恨《うら》めしげに言った。

「三人だけ解放されないとわかった時、我々も当然、海賊側に抗議したんです。すると、海賊が言うには船長たち三人は客人として滞在することになったと。その証拠として、これが送られてきまして……」

トリッシュがぼそりと呟《つぶや》いた。

「抗議したのはチャーチル運送の担当者でしょ」

アリエルが『黙って』という仕草をする。彼女はジャスミンのやり方を見守るつもりのようだった。

ジャスミンはもう一度、短い音声を再生した。

「船長の肉声に間違いありませんか？」

「も、もちろん、照合済みです」

「しかし、本当に本人の意志かどうかは疑問です。映像もない。これは海賊に無理に言わされていると考えるのが順当ではありませんか？」

「で、で、ですが、だとしたら、なぜそんな……」

ソルター課長の言うことにも一理ある。

こんなことまでして一貨物船の船長を留め置いて、海賊にいったい何の利益があるというのか。

「《セシリオン》は何を運んでいたんです？」

「ごく普通の日用品です。食料、衣類、雑貨など」

「その積荷は戻ってこなかったんですね」

「はい。船体は無傷で戻りましたが、積荷は見事に空でして……。それがいつもの手口なんです」

ガリアナは内乱が長く続く貧しい国である。

一般市民は日常物資にも事欠く生活を強いられているはずだから、この積荷は喜ばれただろう。

ジャスミンは立ったまま、しばし考えた。

ソルター課長はびくびくしながらその大きな姿を見上げていたが（今さら椅子を勧めるのはさすがに間抜けきわまりない）恐る恐る言ってきた。

「あ、あの、ミズ。ぜひご理解いただきたいのは、我々は人質の救出を諦めたわけではなくてですね、ただその、海賊がこんなことを言い出した例がなく、何分にも対応策がまったくない状況でして……」

つまりは手引き《マニュアル》がないと言いたいらしい。

トリッシュがまた不満そうな顔つきになったが、ジャスミンは鷹揚《おうよう》に頷いてみせた。

「なるほど。お話はよくわかりました」

「ご、ご理解いただけましたでしょうか……？」

「ええ。お忙しいところ、ありがとうございました。失礼します」

「そんな！」

トリッシュは『もっととっちめてやらないと』と、

眼を三角にしているが、ジャスミンは首を振った。

ソルター課長は安堵《あんど》のあまり大きな息を吐いて、椅子にへたり込んだが、ジャスミンは立ち去り際、そんな課長を振り返って言ったのである。

「課長のご尽力を疑うわけではありませんが、この録音だけで決めつけるのは早計に過ぎると思います。何より他の二人の消息は摑めていないのですから、今後も三人の解放に向けて努力していただきたい」

ソルター課長は反射的に立ち上がって最敬礼した。

「は、はい！　それはもうおっしゃるまでもなく、鋭意努力させていただきます！」

3

廊下を歩きながら、アリエルが訊《き》いた。

「あれでよかったんですか、ミズ・クーア？」

ジャスミンは足を止めようとせずに言い返した。

「あれ以上あの課長を突《つつ》いたところで、事態は何も好転しません。わたしも訊きたい。さっきの録音は本当に船長の本意ではないと言い切れますか？」

遥《はる》か高いところから鋭い眼差しに見つめられて、姉妹はまた複雑な表情で眼をそらした。

「父はちょっと……変わった人ですけど。まさか、海賊と意気投合するなんてことは……」

「ないとは言い切れない？」

「いいえ！　そんな、いくらなんでも……」

アリエルの声には力がない。自信はないらしい。


姉の代わりに、トリッシュは勢いよく言った。

「ほんとに身勝手なんだから。こっちの声を届ける手段があったら怒鳴《どな》りつけてやるのに」

口ではきついことを言いながらも、彼女も父親を心配している。

「父は、自分は式には出席しなくてもいいと思ってあんなことを言ったのかもしれませんけど、そうはいきません。母の代わりにどうしてもわたしたちの花嫁姿を見てもらわなきゃならないんです。第一、ロイドとスキップはどうなります？　二人は絶対に帰りたがっているはずです」

「でしょうね」

ロイドには聡明で美しい妻と可愛い子どもたち。

スキッパーには魅力あふれる婚約者との未来。

これらを捨ててまで海賊の仲間入りをする理由が彼らにあるとは思えない。

トリッシュはあくまで結婚式が気になるようで、熱心に訴えてきたのである。

「結婚式までもう二週間しかありません。本来なら《セシリオン》はとっくに戻っているはずでした。あなたが本当にクーアに対して発言権があるなら、お願いですから何とかしてください」

　無茶を言うものだとジャスミンは少し呆《あき》れた。

　花婿二人と花嫁の父が海賊の人質にされ、現在も抑留されているのだ。花嫁の父に至っては、真意はともかく帰らないとまで言っている。どう考えても結婚式を挙げるには無理がありすぎる状況である。

「あなたの気持ちはわかりますが、何も幸せを焦《あせ》ることはないでしょう。事情が事情ですし、ひとまず式は延期されたほうがいいのでは？」

　ウォーカー姉妹は絶望的な表情で首を振った。

「さぞかし妙なことにこだわるとお思いでしょうね。あなたの言うとおりなんです。わたしたちだけなら何とでもなるんですけど……」

「彼の——スキップのお母さんに式は延期だなんて、言えないんです」

　勝ち気なはずのトリッシュが悲痛な顔で言うので、ジャスミンは訝《いぶか》しげに問いかけた。

「あなたの義理の母になる人が、何か？」

「彼女は今、ホスピスにいます」

　それが何を意味するかは言うを待たない。

　ジャスミンは思わず表情をあらため、アリエルが沈痛な表情で続けた。

「式の日程をずらせない一番の理由はそこなんです。スキッパーのところはうちとは逆に母一人子一人で、スキッパーは早くに船乗りとして独立しましたから、普段はお母さんと離れて暮らしていますけど、彼がお母さんを大事にしているのは間違いありません」

　先が長くないとわかっているなら、なおさらだ。

　トリッシュが何か思い出して苦笑する。

「結婚が決まって挨拶《あいさつ》に行った時、あたしちょっと身構えてました。スキップは一人息子でお父さんは亡くなってるって聞いてたから。お母さんにとってスキップは眼の中に入れても痛くない息子でしょう。

その可愛い息子を他の女に取られるわけですから、これは下手《へた》したらよくある嫁姑戦争の勃発《ぼっぱつ》かって」

「トリッシュ」

姉が眉《まゆ》をひそめた。そんな内輪の事情を話すなと言いたかったのかも知れないが、妹は笑い飛ばした。

「だから、そのくらいの覚悟はしてたのに予想とは全然違ったってこと。クリスティはあたしを本当に歓迎して、スキップとの結婚を喜んでくれたのよ。緊張して損したと思ったくらい。彼女みたいな人がスキップのお母さんで、あたしも嬉《うれ》しかった」

「いい人なんですね？」

「ええ、とても。本当にいい人なんです」

訊きにくいことではあるが、ジャスミンは敢えて尋ねた。

「その人の容態は……具体的にはどうなんです？」

「一見したところは安定していますし、元気そうに見えるんですけど、ホスピスの職員の話では猶予《ゆうよ》はあまりないだろうと……今のクリスティにとっては

スキッパーが身を固めるところを自分の眼で見たい、結婚式まではなんとしても生きていたい、その思いだけが心の支えと張りになっているというんです」

「ですから、スキップが海賊の人質になったことも知らせていません。気象が悪くて《セシリオン》の帰港は遅れているとだけ話してあるんです」

それもホスピスの職員の判断だという。

息子は本当に無事なのか、いつ解放されるのか、健常な人でも耐え難いそんな緊張と精神的負担を、今の彼女に強いるのは好ましくないというのだ。

彼女は職員の嘘《うそ》を無邪気《むじゃき》に信じて、毎日のように、

「船は戻ってきたかしら？」と訊くのだという。

熟練した職員が完璧《かんぺき》に平静を装って、まだですと答えると、彼女はがっかりした様子を見せながらも、

「宇宙《そら》の神さまに文句は言えませんね。──大丈夫。あんなにきれいな花嫁さんが待っているんですから、どんなに遅くなっても結婚式までには息子はきっと戻ってきます」と笑顔で自分に言い聞かせて、その

日を指折り数えて待っているのだという。

　さすがにジャスミンも頭を抱えたくなった。

「しかしですよ。結婚式までこのことを黙っていて、当日に息子さんの姿がないとわかったら……」

　しかも海賊の人質になっていると知らされたら。

　そちらのほうがよほど重い打撃になるではないか。

　アリエルもトリッシュも思いがけないこの事態に、どうしたらいいものかと胸を痛めている様子だった。

「クリスティに黙っていたのは、ガリアナの海賊は身代金さえ支払えば、船も乗員も無傷で解放すると聞いていたからです。《セシリオン》が拉致《らち》された時点で、結婚式まで三ヶ月半ありました」

「今まで一番長い抑留期間は五ヶ月です。早い時は二ヶ月から三ヶ月。ですから、間に合うかどうかはわたしたちにとっても賭《かけ》だったんです」

　このままではその賭は負ける。

　何より、その人の残り時間がどんどん少なくなる。

　そのことを本心から案じているウォーカー姉妹に、ジャスミンは思わず笑みをこぼした。

「お二人とも、お強いな」

　見た目は全然似ていない姉妹だが、青い眼だけはそっくりである。その二組の青い眼が瞬《またた》いた。

「わたしたちがですか？」

「ええ。夫と婚約者とついでに父親が海賊の人質にされたとなれば、しかも三ヶ月もその状態が続けば、普通は気力と体力が持ちません。憔悴《しょうすい》して倒れてもおかしくない状況なのに、ご立派です」

　背丈も違う姉妹は顔を見合わせて同時に微笑した。

　アリエルが言う。

「それなら父の影響でしょうね。父は単なる一貨物船の船長ですけど、宇宙では何があるかわからない。宇宙《あそこ》では何が起きてもおかしくない。だから、覚悟だけはしておけと。出航するたびに、必ず子どものわたしたちに言い聞かせていたんです」

　トリッシュも頷《うなず》いた。

「少なくとも、みんなガリアナで元気でいることははっきりしてるんですから。今はそれで充分です。うちの男たちは丈夫が取り柄《とえ》なんですから」

「何よりのことだ」

ジャスミンも笑った。それからウォーカー姉妹と一緒に、ライスとミランダを迎えに行った。

この本社には育児室もあればキッズルームもある。課長と話す間、中庭に放しっぱなしはまずいので、子どもたちはそこに預けておいたのだ。

キッズルームは広々として山のような玩具がある。ミランダはお人形や絵本、ライスはエア・カーの無線操縦に熱中していた。アリエルが声を掛けるとミランダは人形を置いて立ち上がったが、ライスは遊んでいた玩具に未練たらたらの様子だった。

父親を心配していても、それとはまた別のことで、「帰りたくないなあ！」と本気で言ったくらいだが、もちろんそんなわけにはいかないのである。

一方、ミランダは嬉しそうに母親に抱きついて、真面目な顔でジャスミンに話しかけてきた。

「お話、終わった？」

「ああ」

「パパを返してくれる？」

小さな声ですがるように言ってくるのが可愛くて、ジャスミンは安心させるように笑いかけた。

「そうだな。ミリィがいい子にしていたらな」

ところが、ミランダは途端、ふくれっ面になった。

「子どもだと思って、ごまかそうとしてるでしょ」

「わたしは嘘は言わないぞ。ミリィはパパが海賊に捕まっているのは知ってるな？」

「うん。知ってる。他の人は帰ってきたのに……」

「そうなんだ。海賊はパパを返さないと言ってる。だから助けるのはかなり大変なんだ」

するとミランダは今度は不満そうな顔になった。

「でも、この会社の人がお金を払ってくれないからパパは帰ってこないんだって、おばさんが……」

「ミリィ！」

トリッシュが慌《あわ》てて姪《めい》を遮《さえぎ》る。

「余計なことは言わなくていいの」
「どうして？」
ミランダはきょとんとして赤面する叔母を見上げ、
ジャスミンは声を立てて笑った。
「お金を払ってパパが帰ってくるなら簡単なんだが、
どうやら海賊はお金以外のものが欲しいらしいぞ」
とことん大真面目にミランダが訊く。
「それって何？」
「何だろうな。わたしにもわからない」
身代金の追加要求をするならともかく、どうして
海賊はあの三人だけを解放しようとしないのか。
《セシリオン》の船長から見れば他の二人は義理の
息子であり、孫の父親でもあり、娘と結婚する男だ。
血のつながりはなくても身内と言える間柄《あいだがら》だが、
共通点と言えばそのくらいである。
彼らは特に金持ちというわけではない。
そもそも身代金自体、保険会社が支払うものだ。
遅くなったので姉妹は今日はこれで帰ると言い、
子どもたちとトリッシュが先に一般向けの昇降機に
向かったので、ジャスミンはアリエルと肩を並べて
歩く格好になった。（もっとも、両者の肩の位置は
大違いだが）。
「式の日取りはいつなんです？」
「来月の五日です。エルヴァンスという小さな街の
教会で。――そこに母の墓があるものですから」
詳しい場所を聞いてみると、アドミラルの中でも
かなり田舎《いなか》の街である。
「妹さんが、亡くなったお母上の代わりにお父上に
花嫁姿を見てもらわなくてはと言いましたが……」
そのことですかと尋ねると、アリエルは首を振り、
懐かしそうな微笑を浮かべた。
「あれは母の遺言のようなものなんです。――母は
わたしたちがまだ小さい頃に病気で亡くなりました。
わたしも自分に子どもが生まれて初めてわかったん
ですけど、母親が必要な時期なのに、子どもたちを
残して行かなければならない、子どもたちが大きく

なった姿を自分では見ることができない。——母はきっと辛かったと思います」

ジャスミンは黙って歩いていたが、その気持ちは痛いほどよくわかった。

かつて自分も経験したことだからだ。

「だからかもしれませんが、亡くなる前の母がよくわたしと妹に話して聞かせていたことがあるんです。あなたたちが結婚する時は、お母さんの代わりに、お父さんにあなたたちの花嫁姿を見てもらってね。そうしたらお母さんは——」

言いかけて、アリエルは躊躇《ためら》った。

他愛ない子どもの話だと思ったのかもしれない。

初対面の相手にこんな身内の打ち明け話をするのは、抵抗があったのかもしれない。

それでも、思い切ったように続けた。

「お母さんは——その時はお父さんの眼を借りて、あなたたちを見ているからと」

ジャスミンは黙って小柄なアリエルを見下ろした。

それは幼い娘たちを慰《なぐさ》める言葉だったと、大人になった今ではアリエルもトリッシュもわかっている。

理屈ではわかっている。しかし、それとこれとはまったく別のことなのだ。

「花嫁の父はどうしても必要ということですね」

「そうです。——たとえ父が何と言おうと。欠席は許しません」

ジャスミンは頷きを返して言った。

「わかりました。その日までに必ず間に合わせると保証はできません。なんと言ってもガリアナは遠く、あまりに時間がなさすぎる。ですからぎりぎりまで間に合うように努力するというお約束しかできない。それで納得してもらえますか?」

アリエルは意外そうに眼を見張り、ジャスミンの大きな姿をまじまじと見つめてきた。

「それでは、あなたは、彼らを救出すること自体は約束してくださるとおっしゃる?」

「もちろんです。あんな小さな子どもたちが父親を心配して不安を感じているなんて、よくないことだ。病気のお母上を苦しめるのはもっと忍びない」

　再び、じっとジャスミンを見つめて、アリエルは微笑《ほほえ》んだ。

「——よかった。今日あなたに会えただけでも無駄足にはなりませんでした」

「それは無事に三人を連れ戻してからにしましょう、何より、あなたたちの結婚式を挙げてからです」

「よろしくお願い致します」


　ジャスミンは海賊と交渉するつもりはなかった。

　そんな悠長なことをしていたら、あっという間に時間がなくなってしまう。

　それより、もっと確実な手段がある。

　三人は惑星ガリアナに連れて行かれたという。

　この星はガリアナ海賊の拠点だ。何ヶ月も人質を抑留する都合上、人質がストレスを感じないように、人質専用の街までつくられていると、ジャスミンも報道で聞いた覚えがあった。

　そこまでわかっているなら話は簡単だ。

　乗り込んで行って連れ戻せばいいのである。

　ウォーカー姉妹が聞いたら青くなっただろうが、ジャスミンは本気だった。

　問題は、惑星ガリアナはアドミラルからかなりの遠距離にあることである。一流の船乗りが最新型の宇宙船でショウ駆動機関《ドライヴ》を駆使しても七日はかかる。

　往復するだけで時間がなくなってしまう計算だが、何事にも例外は存在するのだ。

　それもすぐ身近に。

　ジャスミンは、自分の夫は神業《かみわざ》の域まで到達した、共和宇宙一常軌を逸《いっ》した船乗りだと確信している。

　さっそく連絡を取って端的に訊いてみた。

「今すぐここを発つとして、おまえとダイアナならガリアナまでどのくらいで行ける？」

　ケリーはこの時、船内で昼寝でもしていたようで、ねぼけ眼《まなこ》で問い返してきた。

「ガリアナだって？　なんでまた」

ジャスミンがかいつまんで事情を話すと、今度は呆れたように苦笑した。

「それで花婿と花嫁の父を連れ戻してやろうって？　あんたも意外にお人好しだな」

「というよりは気まぐれだな。どうせ今は暇なんだ。同じ名前のよしみもある」

ジャスミンも小さい頃はミリィと呼ばれていた。

もっとも、自分はあんなに可愛くはなかったがと公平な見解を発揮《はっき》して付け加える。

クーアの不手際で子どもたちに恨《うら》まれるのも気が引けるし、式の当日に病身の母親を落胆させるのはもっと気が進まない。第一、ウォーカー家に関わる三人だけが解放されないのはどう考えてもおかしい。

「ここまで揃《そろ》えば実際に行って確認したほうが早い。どのくらいで往復できる？」

「半日かな」

予想通り常識のすべてを覆《くつがえ》す答えが返ってきて

ジャスミンは満足したが、ケリーはこう続けた。

「ただし、今ならの話だ。それも、惑星ガリアナに行って帰ってくるだけならっていう条件でだぜ」

「どういう意味だ？」

「惑星には公転周期があるからさ。今ならちょうど、俺の知ってる《門《ゲート》》の近くに惑星ガリアナがある。往復だけなら半日ですむが、太陽系内を移動すると、場所によっては何日もかかる」

「――何だって？」

抜群に頭の回転の速いジャスミンが、この言葉の意味を摑《つか》みかねた。

太陽系内の移動に数日を要するのは昔なら当たり前だったが、今では滅多にないはずだ。

「どうしてそんなことになる？」

「ガリアナってところはちょっと変わった宙域でな。ショウ駆動機関《ドライヴ》を使える宙域がほとんどないんだ」

ジャスミンはますます不思議そうな顔になった。

「年間数十万隻が通行する航路なのにか？」

「そうなんだ。入植するまでわからなかったのさ。おかげであの国は今も貧しいままだ」

「――海賊。詳しいことはそっちへ行ってから聞く。急いで出港準備をしてくれ。それから人質になった三人の資料を頼む」

「あいよ、女王さま」

「さまは余計だ」

ジャスミンは社内を大股《おおまた》で闊歩《かっぽ》しながら、端末でケリーと話していたが、今度は友人につないだ。

「アレクか？　今どこだ？」

「どこって、そろそろ店に着くところだよ。今日は年代物の葡萄酒《ぶどうしゅ》を何本も用意してくれたそうだ」

「すまない。急用ができた。この埋め合わせは必ずするからとジンジャーに伝えてくれ」

端末からアレクサンダーの悲鳴が響き渡った。

ケリーの船、《パラス・アテナ》はアドミラルの宇宙港に停泊していた。

ジャスミンが自分で送迎艇《シャトル》を操縦して接近すると、ちょうど《パラス・アテナ》の大きな姿が宇宙港を出るところだった。ジャスミンを迎え入れるように格納庫扉が開いたが、収容時の誘導波は出さない。

そんなものは必要ないからだ。

ジャスミンが誘導波に頼らず、見事な手動操縦で送迎艇《シャトル》をすべり込ませると、船は直ちに発進した。

格納庫を出たジャスミンが操縦室に顔を出すと、これから跳ぶガリアナ宙域について、ケリーが船の感応頭脳から説明《レクチャー》を受けているところだった。

内線画面に映るダイアナはきらきら輝く青い瞳《ひとみ》になめらかな白い肌、血色のいい頰《ほお》、きれいに巻いた金髪という姿である。いつ見ても機械とも思えない生き生きした顔であり、魅力的な表情だ。

服装も見るたび違っていて、今日は淡いピンクのシャツと白いジャケットで肌の美しさを際だたせ、襟《えり》の小さな金のブローチで華やかさを演出している。

「ガリアナ宙域における海賊被害はここ二、三年で急増しているわ。特に昨年は三百五十九隻が被害に遭《あ》っている。現在も二十四隻、八カ国籍の貨物船が拘束されていて、乗組員二百八十六人が抑留中よ」

「ずいぶんと派手な商売っぷりだな」

ケリーが呆れて言うので、ジャスミンはちょっと意外そうに夫に尋ねた。

「おまえ、報道を見てないのか？　わたしでもそのくらいは知っているぞ」

「総帥時代は報道を見るのが毎日の仕事だったんだ。好きこのんで見たいとは思わねえよ」

ケリーは過去五年、眠っていたようなものなので、その間の世界情勢の変化には疎《うと》いのである。

ジャスミンに至っては四十年を眠って過ごした。

結果、この顔ぶれの中では感応頭脳のダイアナが一番の情報通であり、世界情勢にも非常に詳しい。

そのダイアナはガリアナの現状をこう分析した。

「何とかしたくても具体的な手段がないというのが正直なところだと思うわ。本来ならガリアナ政府に猛抗議して海賊の取り締まりを訴えるところだけど、今のガリアナは内乱続きで中央政府が存在しない。文句を言おうにもその相手がいないのよ。そもそも中央政府がちゃんと機能していれば、海賊の横行をここまで許したりはしなかったでしょうね。各国はそれぞれ軍艦を派遣して警戒に当たっているけれど、被害を防げるかどうかは疑問視されているわ」

「それにしたって……」

ケリーは不思議そうに首を捻《ひね》っている。

「五年前も海賊被害はあちこちで起こっちゃいたが、ガリアナだけ特に多いってことはなかったはずだぞ。何だってこんなに急激に増えたんだ？」

「第一に取り締まる政府がない。第二に内乱による窮乏《きゅうぼう》生活が続いたことで、地元の船乗りが海賊に鞍替《くらが》えしている。第三にショウ駆動機関《ドライヴ》が使えない特殊な宙域だから、船を襲いやすいし、逃げやすい。

——だけど、五年前と比べてもっとも大きな違いはガリアナ海賊の手口にあるわ」

妙に含みを持たせる口調だった。

「ガリアナ海賊は船の襲撃に《門》《ゲート》を使っていると思われる節があるのよ。それも太陽系内に存在する超短距離型《門》をね」

「何？」

ケリーが眼を見張った。

ジャスミンがそんな夫の顔を見た。

《門》《ゲート》となれば、この男の専門のはずだが、予想に反してケリーは口を開こうとしない。

ジャスミンはダイアナに視線を移して言った。

「その話は報道で聞いた覚えはないぞ」

「当然よ。判明したのはつい最近のことよ。だからまだ公表も控えられている段階なんだわ」

「おまえはどこで知った？」

「外洋運送保険協会の情報基地《データベース》から仕入れたばかり。ちょっとした騒ぎになっているようね」

今時、《門》《ゲート》を使っているとなれば当然である。

ジャスミンは不思議そうな顔になった。


「それでは、ガリアナ海賊は重力波エンジン搭載《とうさい》の旧型船を使っているということか？」

どこからそんなものを手に入れたのかというのが、ジャスミンの疑問だった。

《門》《ゲート》を跳躍するには重力波エンジンが必要になる。

しかし、すべての外洋型宇宙船がこの跳躍装置を積んでいたのは四十年も昔の話だ。

《門》《ゲート》に頼らず跳躍できるショウ駆動機関《ドライヴ》が登場し、宇宙を席巻するにつれて、重力波エンジンは急速に廃《すた》れていった。現在では一部の特定航路を除いて、見かけることすら稀《まれ》な存在となっているはずだが、
ケリーが嘆息《たんそく》して言った。

「ガリアナにはそいつが大量にあるんだよ、女王。」

──推定で何隻になる？」

問われたダイアナは即座に答えた。

「三万トン級から十五万トン級までおよそ二千隻が現在も稼働中よ」

今度はジャスミンが眼を見張った。

それはまるで、とっくに絶滅した古代魚が集団で泳いでいるようなものだ。

「ガリアナはあんたが起きていた頃はなかった国だ。ショウ駆動機関《ドライヴ》で発見された星だからな。あの頃はそうやって新しい星がいくつも見つかったのさ」

当時を語るケリーの口調は感慨《かんがい》深げだった。

彼はその時代を、変わっていく宇宙を自分の眼で見てきている。

ジャスミンにはその記憶はない。眼が覚めたら、世の中がすっかり様変わりしていたのだ。

ダイアナが言った。

「それから、これが人質の人物紹介《プロフィール》」

内線画面に三人の顔写真が映った。

ファーガス・ウォーカー船長は六十七歳。

頭髪はすっかり薄くなっているが、がっしりした顔立ちは今もたくましい印象である。眉は濃く太く、大きな黒い眼も力強く輝いている。

ロイド・ウェッブは三十二歳。息子や娘と違って肌は浅黒く、切れ上がった眼差しは鋭く、やや恐い印象を与えるが、文句なしに苦み走ったいい男だ。

スキッパー・ハントは二十八歳。薄い茶色の髪を短く刈って、榛色《はしばみいろ》の瞳が悪戯《いたずら》っぽく輝いている。

どちらかと言えば甘い顔立ちで、ロイドとは別の意味でかなりの色男だった。

「彼らの経歴に海賊との関わりは？」

「ないわ。船長は今度の航海を最後に引退の予定で、ロイドもスキッパーもごく普通の船員よ」

ますますもって、なぜ彼らだけ解放されないのか、ジャスミンは首を捻った。

ケリーが話を戻す。

「さっきも言ったが、ガリアナ宙域で確実にショウ駆動機関《ドライヴ》を使える宙域《エリア》は三カ所しかない」

ダイアナが続けた。

「気象状態で多少は変化しますけどね」

その一つは宙図で言うと恒星の下に位置しており、ほとんどの宇宙船はここへ跳躍してくる。

二つ目は第七惑星の軌道付近。

三つ目は二つ目の跳躍可能域とは太陽を挟んで正反対の、第十惑星と第十一惑星の軌道の中間にある。

この三カ所の跳躍可能域でならショウ駆動機関《ドライヴ》を使用できる。他星系へ跳躍することも、他星系から跳んでくることも自由に行える。

ただし、そこからガリアナ太陽系の他の宙域には跳躍できない。やろうとしても、ショウ駆動機関《ドライヴ》が正常に作動しなくなってしまうのだ。

なぜそうなるのかについては諸説ある。

周辺の宙域が微量の磁気を帯びているとか、恒星ガリアナの活動に関係するとか、他にもいろいろと推測されてはいるが、詳しい原因は今も不明である。

ガリアナの最初の入植者たちは、これは一時的な装置の不具合であり、気象の乱れだと考えた。

ショウ駆動機関《ドライヴ》はもともと微妙《デリケート》な装置だ。跳躍先に小惑星帯のような危険な場所は選択できないし、跳躍を試みる場合でも磁気嵐や重力異常など、時と場合によって使用できなくなることはままある。

それを考えれば恒星ガリアナの真下ならいつでも跳躍できるのだ。しばらく経てば気象も回復して、跳べるようになるはずと考えたが、入植後まもなく、その考えが甘かったことに気づかされた。

ガリアナ星系ではむしろ安全に跳躍できる宙域を探すことのほうが難しかったのである。

「ところが、困ったことに、ガリアナの主要産業は鉱物資源の輸出なんだ。その鉱脈は居住可能な惑星ガリアナから遠く離れた第七、第十、第十一惑星と、その衛星に散らばっている。これらは居住不適合な星ばかりだからな。一時的な採取基地はつくれても、そこで長く生活はできない。どうしても第三惑星のガリアナから通わなきゃならない」

「もしかして、そこまで通うのも？」

「ああ。通常航行で行くしかないのさ。長い時には二十日かかることもある」

ジャスミンは嘆《なげ》かわしげに首を振った。

「昔はそれが普通だったが、この便利な世の中では不自由だろうな」

「鉱脈は太陽系のあちこちに散らばってる。資源の採取・運搬には宇宙船が必要だ。それも大量にだ。ただし、跳躍能力は必要ない。最新型である必要もない。安い近海型で充分だ。そこで旧型船に白羽の矢が立ったのさ」

ガリアナが開国したのは三十年前。

当時、外洋へ出る手段は《門》《ゲート》から自由跳躍へと急速に移行しつつあった。

新造船はすべてショウ駆動機関《ドライヴ》を搭載した船へと切り替えられ、製造が追いつかない状態だった。

問題は、その時点で、既に相当な数の重力波エンジン搭載船が稼働していたことだ。

これらの船は急速に顧みられなくなり、たちまち余剰状態になったが、破棄するのはもったいない。

その一方でガリアナのように船を必要としている地域があった。それもなるべく安価な船をだ。

需要と供給が一致して、大量に輸送されたのだという。

安く売り払われ、大量に輸送されたのだという。

その際、重力波エンジンを取り外すようなことはほとんどしなかった。外すにも費用がかかるからだ。

以来三十年。ガリアナの船乗りはずっと、重力波エンジン搭載の旧型船で操業を続けてきたのである。

彼らは《門》探知機《ゲート・キャッチャー》は持っていなかったはずだが、太陽系内を何度も行き来しているうちに、自然と《門》の存在に気づいたとしたら——。

ジャスミンはため息を吐いた。

「ガリアナ海賊の一気なる活性化か？」

だが、ケリーはそう簡単には納得できない様子で、訝しげに相棒に問いかけた。

「ガリアナの連中が《門》《ゲート》を使っているっていうが、保険屋の連中はどうしてそれに気づいた？　まさか、ガリアナの連中が軍艦の見ている眼の前で《門》に飛び込んでくれたわけじゃないんだろう」

「ある意味、それに近いものがあるわよ。十日前、ブレイヌ船籍の貨物船がガリアナ海賊に襲われたの。貨物船は即座に救難信号を発して逃げて、もっとも近くにいたルンドの軍艦がその救難信号を受信した。跳躍はできなかったから通常航行で駆けつけたけど、合流寸前に救難信号が切れたのよ。ガリアナ海賊は威嚇《いかく》射撃はしても、滅多に船体を傷つけたりしない。それよりは船内に侵入して、乗組員を制圧するのがいつもの手口だから、今回もそのついでに信号機を壊したんだろうって最初は考えられたの。ところが、この時、ルンドの軍艦に乗艦していた航宙士は退役間際の熟練者《ベテラン》でね。あくまで私見に過ぎないと断りながらも、この救難信号の消え方は機械の破損とは思えない。もしかしたら《門《ゲート》》跳躍によるものではないかって艦長に進言したのよ」

ケリーは苦笑を浮かべて首を振った。

「やれやれ、参ったな……。そんな目利きが未だに生き残っていて軍艦なんかに乗ってたのか」

「ええ。とんだところに達人がいてくれたものよ。艦長ももちろん《門《ゲート》》航法を知っている世代だから、まさかと思いながらも、航宙士の進言を聞き流しはしなかった。念のため《門《ゲート・》》探知機《キャッチャー》を取り寄せて調べてみたところ、大当たりってわけ。安定度数の極めて高い《門》が本当にそこにあったのよ」

ジャスミンが何とも言えない顔になる。

「では、今頃はその《門《ゲート》》の傍《そば》で各国の軍艦が息を潜めて海賊狩りの真っ最中か？」

「その通り。ルンドの軍艦はこの情報を他の艦にも通達して、共同でその《門《ゲート》》の警戒に当たったわ。ところが、その直後、息を殺して海賊の出現を待つ彼らを嘲笑うかのように、別の場所で新たな被害が発生したのよ」

「なに？」

「偶然にも今や彼らの手元には《門《ゲート・》》探知機《キャッチャー》がある。まさかと思って調べてみたら、そこにも安定度数の極めて高い《門》があったってわけ」

ダイアナは茶目っ気たっぷりに笑いながら両手を

広げている。

「現在、外洋運送保険協会は大騒ぎになっているわ。ガリアナ宙域で警戒に当たっている各国の軍艦もよ。海賊を発見して追跡しても《門》《ゲート》に逃げ込まれたらそれで終わりだもの。ショウ駆動機関《ドライヴ》しか搭載していない彼らに《門》は跳べないんですからね」

ケリーがますます苦笑しながら訊く。

「連中に知られた《門》《ゲート》は？」

「この二カ所」

内線画面にガリアナ宙域を示す宙図が映し出され、そこに二つの点が表示される。

ケリーはそれを見つめて考えこんだ。

そんなケリーの背後からジャスミンが手を伸ばし、がしっと夫の首に腕を絡めて文句を言った。

「こら。一人で納得してないで説明しないか」

顔と声は楽しげに笑っているが、腕にはしっかり力が入っている。普通の男ならたちまち呼吸困難を起こすところだが、ケリーはもがきながらも笑って、ジャスミンの腕を軽く叩いた。

「ちょっとは手加減しろよ。亭主を絞め殺す気か」

「だったらさっさと白状しろ。これはおまえが跳ぶ予定だった《門》《ゲート》か？」

「いいや、違う。この《門》《ゲート》は二つとも太陽系内を結んでいる。他星系にはつながってない」

ジャスミンにのしかかられながら、ケリーは思い出し笑いを浮かべていた。

「ガリアナは、今みたいに人でいっぱいになる前は、ちょうどいい遊び場だったんだよ。しばらくすると物足らなくなったがな」

「物足らない？」

「ああ。どの《門》《ゲート》も安定性がよすぎてな。たまに低くなることもあったが、基本的にいつでも誰でも跳べるんだ。ガリアナの連中があれに気がついたら、そりゃあ利用するだろうな」

「——ちょっと待て。どの《門》《ゲート》も？」

太陽系内にそんなにたくさん《門》《ゲート》があるのかと

ジャスミンは訊きたかったのだが、ケリーは答えず、ダイアナに問いかけていた。

「表の連中にばれたのがその二つなら、ガリアナの連中が使っている《門》《ゲート》はどれか特定できるか？」

「過去の被害状況から推測することはできるけど、あくまで推測に過ぎないわ。ただ、保険協会もその可能性に既に気がついているのよ。専門家の意見も、極めて低い確率だとしながらも、太陽系内に複数の《門》《ゲート》が存在する可能性は否定できないという点で一致していますからね。そこで外洋運送保険協会は大至急、手に入る限りの《門》探知機をかき集めて、ガリアナを警戒中の軍艦に送りつけたみたいよ」

ジャスミンがケリーの首から腕を放した。

ケリーも真顔で背後のジャスミンを振り返った。

「女王、こいつはちょっとまずい状況だぜ」

「同感だ。向こうには軍艦がうようよいて、未知の《門》《ゲート》を探し回っていると思って間違いない」

「でも、あんたは行くんだよな」

「もちろん。おまえもな」

二人は顔を見合わせてちょっと笑った。

ダイアナが手を叩いて、呆れたように言ってくる。

「はい、二人とも。いい雰囲気のところを悪いけど、そろそろ跳躍準備に入るわよ」

「数値は？」

「七十七。――わたしじゃ無理だからお願いね」

《門》《ゲート》には跳躍の基準となる安定度数値がある。

百から九十までが安全に跳べる数値とされている。

これ以下になると《門》《ゲート》の安定性は保てなくなり、安全な跳躍はできない。かつてはそのために事故が多発し、主要な《門》には船の安全を守るために《駅》《ステーション》が設置されたのだ。

ところが、ケリーはこの数値を気にしない。

さすがに二十とか三十とかまで下がってしまうと、跳べないと判断して諦《あきら》めるようだが、五十以上なら問題にしない。他の船がそんな真似をしたら木っ端《こば》微塵《みじん》になるというのに、難なく跳んでしまう。

ジャスミンが夫のことを『常軌を逸している』と思っているのはこれが理由だ。

もっとも、ケリーはケリーで妻のことを『常識のすべてを蹴倒《けたお》していやがる』と心底思っているのでお互いさまである。

《パラス・アテナ》はアドミラル星系から一瞬で、八百五十光年離れた宙域に出現した。

ほとんどの宇宙船が重力波エンジンを捨てショウ駆動機関《ドライヴ》に切り替えた現在、《パラス・アテナ》は稀なる例外だった。

この船の他にショウ駆動機関《ドライヴ》と重力波エンジンの両方を備えているのは、特定航路を有するマースの大型空母と輸送船くらいである。

さらに、ケリーの頭の中には宙図には記載されていない《門《ゲート》》が満載されている。

しばらく通常航行を続けてケリーは言った。

「もうじき《門《ゲート》》だ。状態次第だが、そこを跳べばガリアナ星系だぜ」

現在地はガリアナから約一万一千光年離れている。

このことからもわかるように《門《ゲート》》が結ぶ距離はその《門》によって違う。

同一星系内――わずか数十億キロメートルを結ぶ超短距離型《門《ゲート》》もあれば、こうした長距離を結ぶ《門》もある。平均して一度に百光年しか跳べないショウ駆動機関《ドライヴ》に比べると、長距離型に関してなら、遥かに長い距離を一瞬で跳べる。

非常に便利なものなのに、それにもかかわらず、人類が《門《ゲート》》を捨てざるを得なかったのは、やはり安定値が大きな問題だったのだ。

「この《門《ゲート》》の突出点は？」

ジャスミンが尋ねると、ケリーは宙図を示した。

「ここだ。恒星ガリアナから右に約二億五千八百万キロメートル。第五惑星の軌道付近だな」

それであんなに熱心に宙図を眺《なが》めていたのかと、ジャスミンも納得した。

《駅《ステーション》》がない宙域では、《パラス・アテナ》からは

《門《ゲート》》の向こうの様子を知ることができない。

ケリーはいつもそうやって跳んできたが、今回は事情が違う。ガリアナ星系には軍艦が何隻もいて、しかも彼らは《門《ゲート》》探知機を持っている。

軍艦に存在が知られた二つの《門《ゲート》》は、これから跳ぶ《門》の突出点からかなり離れた場所にあるが、用心するに越したことはない。

至近距離まで接近して確かめてみると、《門《ゲート》》の安定度数は八十六。

ジャスミンは頷いて言ったのである。

「少し低いが、これならわたしにも問題なく跳べる。この船がいきなり跳躍するのは危ないからな。一足先に行って向こうの様子を見よう。クインビーなら小さいから見つかりにくいはずだ」

「いい考えだ」

その時は二人とも確かにそう思ったのだ。

《門《ゲート》》を跳べる外洋型宇宙船は最低でも三万トン。

一方、ジャスミンの乗るクインビーは千トンにも満たない。共和宇宙広しと言えどもこんな大きさで重力波エンジンを備えているのはこの機体だけだ。

探知機に眼を凝らしていなければ、こんなものが《門《ゲート》》を跳ぶところなど見えるはずがない。

まさかガリアナ星系へとつながるその《門《ゲート》》を、ダルチェフの駆逐艦《グランピール》が狙っていて、跳躍終了と同時に砲撃してくるなどとは、さすがのジャスミンとケリーにも考え及ばなかったのだ。

《グランピール》は《門《ゲート》》を跳んでくる相手の姿を確認するまで待たなかった。ただ、《門》の状態を示す探知機を頼りに、跳躍終了の瞬間を虎視眈々《こしたんたん》と狙って有無を言わさず砲撃した。

「主砲発射!!」

クインビーがこの直撃を避けられたのは、まさにその小ささがものを言ったのである。

しかし、いかに何でも近すぎた。

《門《ゲート》》を通り抜けた時は主砲は既に発射されており、深紅の機体のすぐ脇をかすめるようにして凄《すさ》まじいエネルギーの束が通過した。

その影響は計り知れなかった。

ジャスミンも機体も激しい衝撃に跳ね飛ばされ、操縦席の警報はけたたましく鳴り響いて異常を訴え、ジャスミンは全身を強く叩きつけられて、たちまち意識が遠のくのを感じたのである。

一方、攻撃した《グランピール》も驚いていた。

《門《ゲート》》は確かに開通状態から閉鎖状態になったのに、相手があまりに小さかったため、最初は何も跳んでこなかったようにさえ見えたからだ。

キーツ中佐が苛立って言う。

「探知機、目標はどうした?」

「捕らえています。千トン級の小型機です」

「何だと?」

そんなものが《門《ゲート》》を跳べるはずがないのだが、中佐はもっと大事なことを確認した。

「撃破したか?」

「いいえ。まだです」

「とどめを刺すぞ。第二砲撃!」

「了解。主砲発射!」

《グランピール》は容赦《ようしゃ》なく再び主砲を発射したが、それと同時に航宙士が鋭く叫んだ。

「小型機にエネルギー反応! 砲撃、来ます!」

「対エネルギー防御!」

キーツ中佐は俄然《がぜん》勇み立ったが、その『砲撃』を食らった時は愕然《がくぜん》とした。

対エネルギー防御を張ったにも拘《かかわ》らず、艦橋が大きく揺さぶられたのである。

中佐以下、訓練された軍人が軒並《のきな》み体勢を崩して、慌てて何かに摑まって身体を支える羽目になった。

一瞬でも防御が遅れていたら《グランピール》は今の一撃で木っ端微塵にされていたに違いない。

そのくらいの威力のある砲撃だった。

小型機にこんな攻撃は絶対に不可能だ。

「な、何事だ⁉」

キーツ中佐が血相を変えて叫び、部下も動揺して叫び返してくる。

「艦長！　今の砲撃は二十センチ砲級《クラス》です！」

「馬鹿を言うな！　敵は小型機だぞ！」

この時、ジャスミンは自分が攻撃したものが何か、正確には認識していなかった。

霞《かす》む意識の中で、攻撃は最大の防御であるという格言に従ったのだ。防御能力に著《いちじる》しく欠ける愛機と自分の命を守るためにジャスミンにできることは、これ以上の攻撃をさせない——それだけだった。

しかし、それが精いっぱいの抵抗だった。

全身を襲う激しい激痛に、操縦席のジャスミンはついに意識を手放していたのである。

それより先にクインビーも制動を乱した。まるで推進力を得たように勢いよく飛び出していた。

これは二十センチ砲発射の影響だった。本来なら機体を制御するはずの操縦者の操作がなかったため、深紅の機体は大きく後退して飛んで行ったのである。

この行動が《グランピール》には逃亡に見えた。

「逃がすな！　追え！」

キーツ中佐は丸い頭まで真っ赤に染めて叫んだが、その針路に猛然と割り込んだ船がある。

後方に下がっていたはずの《ピグマリオンⅡ》が、《グランピール》の進路を遮ったのだ。

キーツ中佐が怒声を張り上げる。

「マクスウェル船長！　何のつもりだ！」

ダンも負けじとばかりに叫び返した。

「それはこちらの台詞《せりふ》だ！　なぜ撃った！　警告もしなかったのか！」

表示装置《モニター》に映ったあの姿を見違えるはずがない。《グランピール》に制止の声を掛けようとした時は遅かった。しかもこの艦は威嚇射撃もしなかった。

最初から撃沈させるつもりで撃ったキーツ中佐は少しも悪びれずに憤然《ふんぜん》と言い返した。

「警告の必要などない！　あれは海賊だぞ！」

「違う！　あれは民間機だ！」

「ふざけるな！　あんな民間機がどこにあるか！」

公平に考えてキーツ中佐の言い分は正しい。

どこの世界に千トン級の機体で《門《ゲート》》を跳躍する、二十センチ砲を備えた民間機があるというのだ。

そんなものは民間機とは言わない。

言えるはずがない。

ダンは激しい焦燥《しょうそう》を感じていた。

「どんなに常識外れでも、攻撃能力を持っていても、あれは民間機だ。わたしの——知り合いなんだ」

幸い、直撃は免《まぬが》れた。大破はしなかった。しかし、今の動きを見ても無傷で済まなかったのは明らかだ。

急激に飛び出したクインビーは、既に探知機では捕捉できなくなりつつある。

今すぐ、あの機体を回収に行かねばならないのに、眼の前の軍艦が邪魔をする。

ほとんど歯ぎしりしながらダンは言った。

「もう一度言う。あれは民間機だ。貴艦は民間人を死傷させるつもりか」

キーツ中佐は中佐で、自分の邪魔をする民間船の船長に激しい苛立ちを感じていた。さてはこの船は海賊の一味かとまで疑った。

「マクスウェル船長、こちらも言わせてもらうが、あれは危険きわまりない海賊だ。この艦でなければ今の一撃で撃沈していただろう。どんな知り合いか知らないが、残念ながら、あの機の操縦者は船長の知る人物とはもはや別人であると思うべきだ」

中佐は彼の信念に基づいてきっぱりと断言すると、厳しい口調で告げたのである。

「これ以上の妨害は本艦の行動に重大な支障を来す。速やかに本艦の進路から外れてもらおう」

ダンも毅然《きぜん》と言い返した。

「お断りする」

「マクスウェル船長、これが最後の警告だ。海賊の一味と見なされたくなければただちに妨害を中止し、本艦の進路から退きたまえ」

《ピグマリオンⅡ》の操縦室で、仲間たちがダンの表情を窺《うかが》っている。

民間船の《ピグマリオンII》が軍艦と喧嘩《けんか》をしたところで勝ち目はない。得することは一つもない。

ダンにもよくわかっていたが、ここで引き下がるわけにはいかなかった。決然たる態度で言った。

「警告なしに民間機を撃ったあげく、今また本船を攻撃すると言うなら、貴官の行為は海賊にも劣る。わたしには貴官の暴挙を連邦に通告する義務がある。無論、ダルチェフ政府にも抗議しなくてはなるまい。——それとも本船を撃沈してわたしの口を塞《ふさ》ぐか」

「必要とあればやむを得ん」

キーツ中佐も引くに引けなくなって物騒なことを言い放ったが、そこに第三の声が割り込んだ。

「中佐。今の発言は不穏当に過ぎます」

《ホーネット》のトラヴァース大佐だった。

《ピグマリオンII》の《門《ゲート》》発見の知らせを受けて、《ホーネット》もこちらにやってきたのである。

ダンとキーツ中佐にとっては願ってもない相手の登場であり、トラヴァース大佐にとってはいささか災難だったと言えよう。

ダンとキーツ中佐がそれぞれ力説した、まったく異なる事実を述べているとしか思えない内容の話に、トラヴァース大佐は根気よく耳を傾けて、言った。

「キーツ中佐。不審船を発見したらまず警告を発し、指示に従わなかった場合は威嚇射撃をする。それが各国軍共通の手順のはずでは？」

「問題の不審機は《門《ゲート》》を跳躍してきたんですぞ！　それで充分ではありませんか！」

他国のとはいえ、相手は自分より階級が上なので一応は譲っているが、中佐は大いに不満そうだった。

とは言え、手順は手順である。

軍艦が見境なしに撃ちまくることなど許されない、非難の的になるだけだ。大佐はその点を指摘して、中佐をたしなめた。

「船長の言うようにその機が民間機だったとすると、残念ながら、中佐の判断はいささか軽率であったと言わざるを得ません」

ダンが鋭く追及する。

「しかも、中佐はあの機を二度撃った。一度撃って、戦意喪失した相手に釈明の間も与えなかった」

キーツ中佐は猛烈な勢いでダンに噛《か》みついた。

「戦意喪失⁉　船長はどこに眼をつけているのか！　あの機は二十センチ砲で反撃して来たのだぞ！」

「中佐が攻撃したからだろう！　民間機を！」

「あんなものは民間機ではない！」

「まあ、まあ、二人とも。少し落ち着きなさい」

一触即発の両者の間に、再び、とんだ貧乏くじを引かされたトラヴァース大佐が割って入る。

「キーツ中佐。相手は《門《ゲート》》を跳んできた。極めて疑わしい状況だったのは理解します。それにしても相手の身元も確認せず、警告もせず、威嚇射撃すら怠《おこた》ったとなると、これは貴官の手落ちと言われても仕方がないところです」

「お言葉ですが、千トン級の機体に二十センチ砲を装備した民間機など本官は見たことも聞いたこともありませんな！　その船もです。海賊の一味としか思えません！」

《ピグマリオンⅡ》を指しての台詞である。

トラヴァース大佐は呆れて指摘した。

「中佐。この《門《ゲート》》を発見して知らせてくれたのはマクスウェル船長なんですぞ」

「それとても自らの疑いを晴らすための偽装工作であったかもしれません！」

元来、人当たりのいいトラヴァース大佐であるが、彼もれっきとした軍人である。中佐のこの主張にはさすがに表情を厳しくした。

「キーツ中佐。貴官は現在、ダルチェフを代表する立場にある。貴官の言葉がダルチェフ政府の姿勢を示すものなら、今後すべての民間船はダルチェフの領域内やその外の公海を安心して航行できなくなる。いつ何時、海賊の疑惑をかけられ、いつ警告なしにダルチェフ軍に攻撃されてもおかしくないのだから。本官にはその事実を連邦内の外洋安全保証委員会に報告する義務が生じるが、この報告は必要か？」

キーツ中佐は憤懣《ふんまん》やるかたない様子ではあったが、言い過ぎたと思ったのか、一応は口をつぐんだ。

ダンも自分を落ち着けようと深い呼吸を繰り返し、トラヴァース大佐は疲れたように肩をすくめた。

「とにかく、ここで言い争っていても始まらない。急いでその民間機を保護しなくては。その間にこの《門》《ゲート》を閉鎖しましょう。妨害装置《ジャマー》を置けば海賊はここを使えなくなる」

ダンが言った。

「いや、それはしばらく待ってください。もう一隻、跳んでくるはずです」

「何だと⁉」

キーツ中佐が吠え、トラヴァース大佐もちょっと顔色を変えて問いかけた。

「それはどういう意味です？」

「すぐにわかります。とにかく妨害装置《ジャマー》を置くのは待っていただきたい」


言いながら、ダンは通信機に手を伸ばした。

クインビーが《門》《ゲート》を跳躍した後、ケリーは足を伸ばして、のんびりと操縦席に横になっていた。

連絡が遅れているのは、ジャスミンのことだから、《門》《ゲート》から離れたところまで念入りに、軍艦の姿がないかどうか見て回っているのだろうと思っていた。

そこに恒星間通信が入ったのである。

ダイアナが意外そうに知らせてくれた。

「あら、珍しい。《ピグマリオンⅡ》からよ」

「へえ？」

自分より年上の息子が自分を苦手にしているのは、ケリーもわかっている。

何の用かと思いながらも恒星間通信に出てみると、恐ろしく固い表情でダンは言った。

「クインビーが撃たれました」

長々と操縦席に伸びていたケリーの長軀が一瞬で跳ね起きた。驚くべき早さで状況を認識して訊く。

「何にだ？」

強張った顔でダンは続けた。

「十五センチ砲に至近距離から狙い撃たれました。かろうじて直撃は避けましたが……」

「あいつはどうした？」

「……わかりません。呼びかけに答えないんです」

ケリーの顔から血の気が引いた。

あの機体の防御能力は低い。桁外《けたはず》れの攻撃能力に比べて、それだけはまったく当てにできない。

「ケリー。わたしの眼の前にダルチェフとマースの軍艦がいます。彼らはこの《門《ゲート》》に妨害装置《ジャマー》を設置すると言っていますが……」

「待たせろ。三十秒でいい」

言った時には既に跳躍準備に入っている。

《門《ゲート》》跳躍はそう短時間にはできないと知っているダンは通信機の向こうで苦笑した。

「お早くお願いします」

4

軍艦二隻と《ピグマリオンII》が牽制《けんせい》し合う中、《パラス・アテナ》は堂々と姿を現した。

ダンは平然とそれを迎えたが、軍艦二隻はそうはいかない。《駅《ステーション》》の存在しない《門《ゲート》》を跳躍する宇宙船を目の当たりにして驚きを隠せないでいる。

《パラス・アテナ》にとっても軍艦が待ちかまえる宙域に飛ぶのはそれ相応の覚悟がいることだ。

砲撃される可能性も考え、その対処もした上での跳躍だったが、予想に反して二隻はひとまず様子を見るつもりのようだった。

トラヴァース大佐が通信機を取り、眼の前の船に呼びかける。

「わたしはマース軍軽巡洋艦《ホーネット》の艦長レーンス・トラヴァース大佐だ。貴船の船名・船籍及び船長の氏名を通知されたい」

ケリーはこの問いを無視した。

通信画面に映る顔を見つめながら短く問い質した。

「女房を撃ったのはあんたか？」

《門《ゲート》》を跳んだという千トン級の小型機の操縦者は女性で、しかもこの男の妻だったのかと驚きながら、トラヴァース大佐は首を振った。

「いや、わたしではない」

一方、キーツ中佐は最初から好戦的だった。

《ホーネット》が近くにいなければ、今回も主砲を浴びせていたに違いない。

実際、《パラス・アテナ》に狙いを定めながら、中佐は官姓名を名乗って警告を発したのである。

「ただちに機関を停止して投降しろ。抵抗すれば、海賊の一味であると見なして攻撃する」

「中佐、待て」

大佐が中佐を制して、再びケリーに話しかける。

「きみはなぜこの《門》《ゲート》を跳躍してきた？」

「俺が発見した《門》《ゲート》だ。跳ぶのは当然だろう」

「きみが？　それは変だな。この《門》《ゲート》はつい先程、マクスウェル船長が発見したばかりだぞ」

「おまえが？」

ケリーの眼が冷たくダンを見据え、ダンは思わず小さくなった。いい年の男として謝罪の言葉を口にするのは抵抗があるのだが、今は言うしかなかった。

「すみません。まさか、こんな……」

「まったく、余計なことをしてくれたぜ」

ケリーは唸《うな》って、トラヴァース大佐に眼を戻した。

「船長が発見するよりずっと前に俺が見つけていた。それだけのことだ」

「しかし、この《門》《ゲート》が未登録なのは間違いない。きみが第一発見者なら、なぜ報告しなかった？」

「今時《門》《ゲート》を登録して何になる？　《門》《こいつ》が多額の利益を生んだのは大昔の話だぞ」

嘲笑《ちょうしょう》で応え、ケリーは今度はキーツ中佐に眼を移した。

「なぜ女房を撃った？」

中佐もこの質問をせせら笑った。

「愚問だな。現在この宙域では《門》《ゲート》を使った海賊行為が頻発《ひんぱつ》している。《門》を跳躍してくるものは容疑者とみなして攻撃するのは当然だ」

「それなら威嚇《いかく》射撃で充分だったはずだな」

ケリーは一見したところ冷静に見えるが、琥珀《こはく》の眼には何とも言えない光が宿っている。

その視線の鋭さに無意識に気圧《けお》されていることにキーツ中佐はあえて気づくまいとした。

負けじと昂然《こうぜん》と胸を反らした。

「自分の置かれた立場がわかっていないようだな。未登録の《門》《ゲート》を跳躍しながら海賊ではないという言い訳が通用するとでも思っているのか」

「《門》《ゲート》を跳ぶのは俺の趣味だ」

耳を疑うとはまさにこのことである。

事実、トラヴァース大佐は『何だって？』と眼を

「あんたは女房を撃った」

「…………」

「女房が無事なら、この落とし前はあの女がつける。ただし、女房の身にもしものことがあったら、俺はあんたを生かしてこの星系から出すつもりはない」

キーツ中佐の表情が一気に険《けわ》しさを増した。

「今の言葉は本官に対する脅迫《きょうはく》とみなす！」

「キーツ中佐！」

「ケリー！」

トラヴァース大佐とダンがそれぞれを止めようと叫んだが、ケリーはダンに笑いかけた。

「ここで軍艦を攻撃したら俺はたちまち犯罪者だ。そんなへまはやらねえよ」

キーツ中佐が勝ち誇った笑みをみせる。

「いい覚悟だ。ただちに臨検を行う。連結橋を出せ。抵抗したら砲撃する！」

これなら立派に警告したことになる。

が、ケリーはもちろんそんな言葉に従うつもりは丸くした。一方キーツ中佐が『そんな趣味がどこにあるか！』と絶叫しなかったのは、単に叫ぶ気力を奪われていたからである。

誰が聞いても絶句しそうなことを堂々と主張して、ケリーはさらにキーツ中佐に迫った。

「こっちこそ聞きたいね。自分の船に自腹で重力波エンジンを積んで《門》《ゲート》を跳んだら犯罪だなんて、そんな法律がいつできた？」

「常識的に考えて、《門》《ゲート》を跳ぶものなど怪《あや》しいに決まっている！」

「なるほど。怪しければ民間機だろうが何だろうが、おかまいなしに撃つのがあんたのやり方か？」

「二十センチ砲はどうなる！　千トン級の小型機にあんなものを装備するのも趣味だとぬかすか！」

「ぬかすだろうぜ。あれは立派に女房の趣味だ」

ケリーはキーツ中佐から眼をそらさず話を続けて、その一方で計器類を確認し、手応えを確かめていた。

問題ない。これなら行ける。

なかったのである。

「攻撃はしない。逃げるだけだ」

その言葉が終わらないうちに、《ホーネット》と《グランピール》の艦橋で航宙士が叫んでいた。

「艦長！　前方の船に跳躍《ドライヴ》反応です！」

二人の艦長も血相を変えた。

「なに⁉」

「やめろ！　自殺行為だぞ！」

しかし、その時には正常に働かないはずのショウ駆動機関《ドライヴ》を作動させて、《パラス・アテナ》の姿は彼らの前から消え失せていたのである。

《ホーネット》と《グランピール》は愕然《がくぜん》とした。

軍艦二隻の航宙士と操縦士は慌《あわ》てて宙域の状態を確認したが、計器をちらっと見ただけで、現況では跳躍不可能と即座に判断した。

「馬鹿な！　跳べるはずがない！」

念のため感応頭脳に問い質しても結果は同じだ。

「γ３《ガンマスリー》！　ショウ駆動機関《ドライヴ》は使用可能か⁉」

「不可能です」

軍艦搭載《とうさい》の感応頭脳は通常のそれに比べて危険に対する認知度は遥《はる》かに低く設定されている。

その軍用頭脳が不可能だと判断した以上、どんな船も、この宙域で跳躍などできないはずだった。

「ど、どこへ逃げた！」

キーツ中佐の怒号が空しくこだまする。

同じく取り残された《ピグマリオンⅡ》の船橋で、ダンは呆《あき》れて苦笑していた。

操縦室の計器を確認してみると、自分でも跳躍を試みようとは思えない状態にある。

ショウ駆動機関《ドライヴ》は現在地から跳躍先の通常空間を『捕まえて』跳ぶものだ。これをどう捕まえるかは装置の改良・調整と、操縦者の腕と度胸次第である。

《ピグマリオンⅡ》に代表されるような快速船は、長年の経験と熟練の下、自分たちならやれるという自信を根拠に安全性を多少犠牲にしているわけだが、何事にも限度というものがある。

それ以前に常識というものが存在するのだ。

さすがと賛嘆すべきか、無茶もほどほどにしろと文句を言うべきか、ここが思案のしどころだった。

《ホーネット》のトラヴァース大佐が固い顔つきでダンに話しかけてきた。

「マクスウェル船長。彼は何者です？」

ダンはゆっくり首を振った。

「詳しいことはわたしも知りません」

「知人だとおっしゃったのにですか？」

「彼もわたしも船乗りですから。宇宙で知り合って時には言葉も交わす間柄《あいだがら》ですが、それだけです」

ダンに好意的なトラヴァース大佐は困ったような顔になった。

「船長。キーツ中佐の言動には問題があるとしても、中佐の主張自体は決して間違ってはいないのです。重力波エンジンとショウ駆動機関《ドライヴ》の両方を備えた船、二十センチ砲を装備して《門《ゲート》》を跳躍する小型機。何よりこの宙域で自由跳躍を実行してしまう操縦者。これを怪しむなと言うほうが無理です」

「わかります」

ダンは素直に頷《うなず》いた。

「それは彼らも承知の上です。自分たちが胡散臭《うさんくさ》く見えることくらい、二人ともわかっているはずです。しかし、彼らがガリアナ海賊の一味かと問われれば、断じて違うと答えるよりありません」

実際、そんな疑いを掛けられたら、二人のほうが憤慨《ふんがい》するだろう。

「わたしはヒスターに跳ぶまではここに残ります。あの機の操縦者の安否を確かめなくては……」

大佐はますます気遣わしげな顔になった。

「船長。その前にご自分の心配もしたほうがいい。キーツ中佐は船長を海賊の一味ではないかと疑っています。あの様子では艦の行動を妨《さまた》げる重大な妨害行為があったとして船長を訴えかねません」

その訴えが認められたら、《ピグマリオンⅡ》の活動には厳しい制約が掛けられることになる。

仮にも運送業を営むものには致命的な処分だが、ダンは不敵に笑っていた。

「彼らの容疑が晴れれば、わたしの潔白《けっぱく》も自動的に証明されるはずです。それを待ちますよ」

「待つ？」

「ええ。待ちます」

《パラス・アテナ》はぎりぎりの短距離を跳躍して、再びガリアナ星系に姿を現していた。

クインビーを置き去りにしてここから離れるなど問題外だった。こんな時のためにあの深紅の機体に設置した追尾装置を作動させた。

あの機体は以前、盗難に遭《あ》ったことがある。

それ以来、用心のためにと組み込んだものだが、今こそ肝心《かんじん》な時だというのに、まったく応答がない。

装置が正常に働かないことに気づいて、ケリーは痛烈な舌打ちを洩《も》らした。

内線画面に映るダイアナが心配そうに言う。

「滅多なことでは壊れたりしないはずなのに……。衝撃が強すぎたんだわ」

「仕方がねえ。しらみつぶしに探すぞ」

「了解」

《門《ゲート》》の位置と《グランピール》の位置を計れば、二十センチ砲発射の影響でクインビーが飛ばされた方向もある程度は割り出せる。

クインビーの姿を求めて、ダイアナが宇宙空間を捜索する間、ケリーは固く唇《くちびる》を引き結んでいた。

直撃は避けたとダンは言った。

あの機体の防御能力は低くても、機体そのものは頑丈にできている。

今はそれを信じるしかなかった。

《パラス・アテナ》も五万トン級の宇宙船にしては桁外《けたはず》れの探知能力を備えている。

その性能を最大限に発揮《はっき》して、ダイアナは広大な宇宙空間を丹念に捜索したが、広すぎる捜索範囲に対して探すべき対象はあまりに小さい。

結局、クインビーの姿を発見したのは、ケリーがガリアナに跳躍してから六時間が過ぎた頃だった。

表示画面に映る機体は左の翼がもげかけていたが、他には大きな損傷は見あたらない。

安堵《あんど》したのもつかの間、物言わぬ機体に接近して、ケリーは自分の眼を疑った。

操縦席が空っぽだ。

思わず腰を浮かせかけたが、そのケリーを制してダイアナが言ってきた。

「待って。外部からこじ開けられているわ。誰かがジャスミンを連れて行ったのよ」

ケリーは複雑な感情のこもった吐息を洩らして、再び腰を下ろした。

では、少なくとも彼女は生きているのだ。

この頑丈な風防をこじ開けてまで死体を持ち去る理由はないからである。

だが、機体がこれほど傷つく衝撃を受けたのだ。

殺しても死なないような女だとわかってはいるが、彼女とて決して不死身ではないのである。

今のジャスミンがどんな状態にあるのか、ひどい怪我《けが》をしていなければいいがと切に思った。


ジャスミンは激しい頭痛を感じて眼を開けた。

薄暗くてよく見えないが、それでも、今いるのが愛機の操縦席でないことはわかる。

身体は仰向けに寝て、宇宙服は脱がされたようで、素肌に何か触れる感触がある。

薬の強い臭いがした。

頭だけではなく身体のあちこちが激しく痛んで、ジャスミンは思わず呻《うめ》き、その声を聞きつけたのか、誰かが話しかけてきた。

「気がついたか？」

低い男の声――しかし夫の声ではない。

どこかで聞いたような声だと思った。

「起きられるかね？」

もちろんだ。意識が戻ったからには、いつまでも寝てはいられない。ジャスミンは痛む全身をかばいながら、慎重に身体を起こした。

真っ先に見えたのは自分の身体だ。裸《はだか》の胸や腹、腕など、至る所に救急絆が貼り付けてある。

ずきずきと痛む頭に顔をしかめて、ジャスミンは独《ひと》り言《ご》ちた。

「……頭蓋《ずがい》にひびでも入ったか？」

「いや。あちこち打っちゃいるが、骨は何ともない。頑丈な姐《ねえ》さんだな」

飄々《ひょうひょう》とした声が近くで動き回っている。

その声を追って眼を瞬《しばた》くうちに、次第に周囲の様子が視界に入ってきた。

ずいぶん古びて薄汚れた、狭い部屋だった。

ジャスミンが横になっていたのも簡易寝台である。

宇宙暮らしに慣れたジャスミンの感覚は、ここは船室だと判断した。それもかなりの中古船だ。

「こんなものしかないが、食うかね？」

答える代わりに手を伸ばすと、渡されたのは携帯食でもなければ完全食でもない、熱い碗《わん》だった。

具だくさんの汁物が湯気を立てている。しかし、その中身はと言えば、ひどく怪しげだった。

蛍光の極彩色の細長い胴体《どうたい》が汁の中で渦《うず》を巻き、昆虫の足のようなものが碗から飛び出している。

いずれも口に入れるのが憚《はばか》られるような代物だ。

碗には匙《さじ》が差してあったが、ジャスミンはまず、昆虫の足をつまんで一囓《ひとかじ》りすると、おもむろに匙を取って汁物を口に運び、細長い胴体に嚙《か》みついて、訝《いぶか》しげに首を傾《かし》げた。

「これは……ギルダの海蛇《うみへび》じゃないのか？」

「いや、シャリダン大船蚯蚓《おおふなみみず》とセトラの百足鮪《むかでまぐろ》さ」

「蚯蚓か……。初めて口にするが、あんまりうまいもんじゃないな」

文句を言いながらも平然と飲み下す。

蚯蚓だろうが何だろうが今の自分の血肉になってくれるなら選り好みはしない。

それからジャスミンは初めてそこにいる男の顔を

まともに見つめて、訝しげに問いかけていた。

「ウォーカー船長？」

「ほう？」

皺《しわ》は刻まれていても、陽に焼けたたくましい顔と、黒く輝く大きな瞳《ひとみ》に、意外そうな光が浮かんだ。

船長はがっしりした体軀《たいく》の人で、のっそりと動く。大きな手で寝台の横にジャスミンの飛行服を置き、ちょっと申し訳なさそうな顔で言ってきた。

「すまんな。応急処置が必要だったんでな」

意識のない間に勝手に服を脱がせたことを詫《わ》びているらしいが、ジャスミンはかまわなかった。

「こちらこそ、世話を掛けた。わたしはどのくらい寝ていた？」

「あんたを拾って五時間が経ってる。大きな怪我はないと思うが、ここにはろくな道具がないからな。念のため、後で精密検査を受けたほうがいい」

「医師の資格を持っているのか？」

「いんや。見よう見まねさ。一人で宇宙にいると、たいていのことは自分でやらなきゃならんからな」

「ひとり？」

思わず問い返した。

「この船には……船長一人なのか？」

「そうだよ。こうして人と話すのも久しぶりだ」

「ありがとう。ジャスミン・クーアだ」

「ファーガス・ウォーカー。しかし、あんたは俺を知ってるようだな」

船長は自分の分の碗を取り、向かいの椅子に腰を下ろして尋ねてきた。

「こんな規格外れの別嬪《べっぴん》さんには覚えがないんだが、どこかで会ったかね？」

「美人と言ってくれるのは嬉《うれ》しいが、規格外れとはどういう意味だ？」

「そりゃあ、なんて言ったってまず寸法が桁違いだ。あんたみたいにでかくて重たい女は見たことがない。それに……」

自分も汁物を口に運びながら、ウォーカー船長は笑いを浮かべた眼でジャスミンの碗を示した。

「そいつを平気で食える奴は男でも滅多にいないよ。ましてや、ギルダ海蛇だって？」

「ああ。見た目は似てるが、味は違うな」

向こうのほうがうまいとジャスミンが続けると、船長は喉《のど》の奥でくつくつ笑った。

「あれを口にしたことがあるような女は間違っても普通とは言えないな。猛毒の海蛇なのに。よくまあ食えたもんだ。——調理法を知ってたのか？」

ジャスミンは首を振った。

「第七節だけは毒がないと聞いた覚えがあったから、片っ端から捕まえてそこだけ食べたんだ」

ウォーカー船長は声を立てて笑った。

「咬まれたら即死のあれを？　片っ端から？　どうやって捕ったね」

「あんなにょろにょろは手で摑《つか》むのが一番だろう。首のすぐ下を摑めば咬まれることもないしな」

「ほ。こりゃあ、とことん呆れた姐さんだ」

こともなげに言うジャスミンを、船長はじっくり見つめて微笑した。

突然、眼の前に現れた、この風変わりな若い女が気に入ったとでも言いたそうな笑顔だった。

「あんたの乗ってた飛行機にしても、ああいうのは専門外だがな、操縦席を見ただけでもわかる。まあ、まともじゃないとは思ったが……」

食事の手を止めて、ジャスミンは真顔で訊《き》いた。

「わたしの機は？」

「まだどっかを漂《ただよ》ってるだろうよ。あんなでかい機《もの》を収容はできん。左の翼がちぎれかけていたが、目視ではそれほど目立った損傷はなかったと思う。あんたを引っ張り出すのに風防を壊したのは悪いが、そこは眼をつむってもらうしかない。俺は船乗りで、船乗りの掟《おきて》は人命最優先なんだ」

「当然だ」

ジャスミンは言って安堵の息を吐いた。

それなら恐らくケリーが見つけてくれるだろう。

極彩色の蚯蚓をきれいに平らげて、ジャスミンはあらためてウォーカー船長に礼を言ったのである。

「すまなかった。船長を助けるためにガリアナまで来たのに、こっちが逆に助けられてしまったな」

「助ける？」

「そうさ。お嬢さんたちが船長を心配してるぞ」

ウォーカー船長はちょっと驚いたらしい。

黒い眼をぱちぱち瞬《まばた》きさせて、悪戯《いたずら》っぽい微笑を浮かべた。

「どうかな。娘たちが心配してるのは俺じゃなくて、自分たちの男のほうだろう」

「もちろん、それもある。結婚式が迫ってるからな。花婿なしでは式は挙げられないだろう。花嫁の父も必要だ。なるべく式までには船長たちを連れ戻すと、わたしはお嬢さんたちに約束したんだ」

船長は再び、しきりと瞬きを繰り返した。

腹ごしらえをすませたジャスミンは立ち上がって、痛みに顔をしかめながら身体を動かしてみた。

至るところが打撲で痛むが、船長の見立て通り、骨や関節に異常はなさそうである。

とりあえず動くことができれば充分だった。

飛行服を身につけて、船長に言った。

「夫に連絡を取りたいんだ。通信機を貸してくれ」

「ないよ」

今度はジャスミンが瞬きして、首を傾げた。

「今、何やら非常に面妖なことを聞いた気がするが、ここは宇宙船の中だろう？」

「ああ。跳躍能力もないぼろ船だが、立派に宇宙を飛んでるよ。あんたに亭主がいるってことのほうがよっぽど面妖だろうに」

「仮にも宇宙船に、通信機がない？」

「ないんだ」

船長は真面目くさって頷いた。

「正確に言うなら、あるにはあるが、一カ所にしか連絡できないようになってるのさ」

そんなものは通信機とは言わないはずである。

立ち上がったジャスミンは無言で船長を見下ろし、再び簡易寝台に腰を下ろすと、短く言った。

「状況を説明してもらおうか。あんたはそもそも、海賊の人質にされたんじゃなかったのか？」

「そうだよ。今でも立派な人質だ」

船長は頷いて、すまなさそうに言った。

「助けておいて何だが、この船は今、奴らの基地に向かっているところだ。申し訳ないが、あんたにはそこで降りてもらわなきゃならん」

「……………」

「心配ない。身代金を払ってくれる身内がいるなら、そう悪いことにはならないはずだ。──たぶん」

海賊の拠点に一人で放り出されると言われたら、普通の若い女ならそれこそ震え上がるところだが、ジャスミンは舌打ちして船長を詰問した。

「あんたの録音を聞いたが、あれはどういうことだ。ガリアナ海賊に協力しているのか？」

「困ったことに、今のところはそうなってる」

ウォーカー船長は、恐らく彼にしては精いっぱい困った表情を浮かべて、たくましい肩をすくめた。

「この船も奴らが用意したものなのさ。一ヶ月分の食糧も渡されたがな、それがそろそろなくなるんで、補給に行こうとしていたところなんだ。そうしたら、あんたを拾ったってわけさ」

「つまり、船長はこの一ヶ月ずっとこの船で宇宙を飛んでいたわけか？」

「いんや、一度補給を受けたよ。だから、もうじき二ヶ月になるな」

本当に状況がわかっているのか、あくまで飄々としている船長だった。

「わざわざ一ヶ月ごとに補給を受けさせなくても、こんな船じゃ逃げられやせんのにな。やりにくくて仕方がない」

「やりにくい？」

「そうさ。ぽんこつ寸前のぼろ船だがな。こいつは《門》《ゲート》探知機《キャッチャー》を積んでる」

それだけで事情を飲み込んだジャスミンは呆れて、大いに馬鹿にしたような口調で言い放った。

「まさか、たった一ヶ月分の食糧しか持たせないで《門》《ゲート》を見つけろとでも？　ふざけた話だ。それを本気で言っているとしたら、とんだ素人《しろうと》だぞ」

船長はちょっと眼を見張り、からかうような顔で言ってきた。

「姐さん。ずいぶんきいたふうな口の利き方だが、本当にわかってるのか？」

「わかるさ。父は本職のハンターでこそなかったが、宇宙暮らしが長かったからな。その間に本職以上の数の《門》《ゲート》を見つけた人だ」

「ほう……。運のいい親父さんだったんだな」

「父もそう言っていた。《門》《ゲート・ハンティング》探しに必要なのは第一に運、第二は根気と自らの強運を信じる力だと。どうせ見つかりっこないと思いながら探し回っても、それは時間の無駄でしかない。本職の連中になると、二年や三年——時にはもっと長く地面に足をつけることはないのだと。彼らはそのくらい肝《きも》の据わった宇宙にとけ込んだ存在なのだとよく聞かされたぞ」

船長は今度こそ眼を丸くして、にやりと笑った。

「いやはや、こいつは嬉しい。まさか《駅》《ステーション》のなくなって久しいこのご時世に、こんな女に会えるとは思わなかった」

「だったら最初から詳しく話してもらおうか」

「詳しくと言っても、たいして話すことはないのさ。《セシリオン》が襲撃されたのは知ってるかね？」

「最初過ぎるぞ。わたしが知りたいのはその後だ」

「まあ、急《せ》くなよ。順序ってものがある」

船長はあくまでのんびりと続けた。

とは言え、襲撃に関しては語れることはほとんどないようだった。外部から攻撃を受けた覚えはなく、気がついた時には船内に武装したガリアナ海賊団がうじゃうじゃ湧いて出ていたのだという。

「それから俺たちは惑星ガリアナに連れて行かれて、他の乗組員と一緒にホテルみたいな建物に閉じこめられた。外出はさせてもらえなかったが、それほど不自由はしなかったよ。人質生活だと他に何もすることがないもんで、乗組員連中はずっと自分たちの家族の話をしてた。うちの婿どももそうさ。何とか結婚式までに帰りたいと口癖《くちぐせ》のように話していた」

二人の心情としてはもっともである。

「もう一つ話題になったのがガリアナ連中の手口だ。《セシリオン》が乗っ取られた後、ガリアナ連中が《門《ゲート》》を跳んだのは確かだったからな。太陽系内に超短距離型《門》なんて珍しいこともあるもんだとみんなで話した。その中で俺の若い頃の話が出てな。今は船乗りだが、昔の俺はゲート・ハンターだった。たぶん、最後まで《門》にこだわった世代の一人さ。俺が独り立ちする頃には既にショウ駆動機関《ドライヴ》が幅をきかせるようになって《門》の需要は激減していた。だから、あんまり成績がいいとは言えなかったが、あんたが言ったように、何年も地面に足をつけない暮らしをしたこともある。――そうしたら、レギン一派の中でも幹部格の奴に呼び出されてな」

「何派だって？」

「レギン一派だ。俺もその時まで知らなかったが、ガリアナの連中には派閥みたいなものがあるらしい。それぞれに親玉がいて幹部がいるわけだ」

「そんな派閥がいくつあるんだ？」

「さあてなあ。五つか六つか、下手《へた》をしたらもっと多いかもしれん。俺にわかるのは《セシリオン》を襲《や》った連中がレギン一派だと名乗ったこと、幹部の男はドミンゴ・ゲイルって言ったことくらいだ」

そのゲイルがなぜ船長を呼び出したかと言えば、現在のこの状況が物語っている。

「奴らは俺たちのおしゃべりを聞いてたんだろうな。新しい《門《ゲート》》を探してもらいたいとぬかしやがった。それも、ガリアナ星系内限定でだ」

船長の表情に初めて苦いものが混ざった。

「ここにはずいぶんたくさんの《門《ゲート》》があるらしい。連中もその全部を知っているわけじゃないようでな。

新しい《門》を見つければ、新規の襲撃経路《ルート》を開拓できる。報酬もはずむと言うんだが、そんな真似をしたら俺もガリアナ連中の共犯だ。冗談じゃねえと最初は突っぱねたんだがな。俺がうんと言わないと、うちの婿どもも返さないって言うのさ」

「返さないだけか？」

灰色の眼を鋭く光らせてジャスミンが尋ねると、船長はますます呆れたような顔になった。

珍しい女だと感心する表情でもあったが、義理の息子二人を案じる顔は真剣そのものだった。

「言われたよ。断ったら婿どもの命もないってな」

「義理の息子さんたちはそれを知ってるのか？」

「どうかな。俺はその後すぐこの船に乗ったからな。何しろ、こっちの内情は向こうに筒抜けになってる。可愛い子どもと病気の母親を泣かせてもいいのかと、それを言われちまったんじゃあ、手も足も出ない」

船長は肩をすくめているが、ジャスミンは厳しい表情で指摘した。

「船長が運よく《門》《ゲート》を見つけても、連中が約束を守る保証はどこにもないんだぞ」

「わかっとる。それはいやというほどわかっとるが、断るわけにもいかなかったのさ。俺の返答次第では二人ともその時点でおだぶつだ」

「他人事《ひとごと》みたいに言ってる場合か。新しい《門》《ゲート》を見つけたら、連中は船長の口を塞《ふさ》ごうとするはずだ。船長自身がおだぶつになるか、でなければ、今後もずっと協力させられる羽目になるんだぞ」

「だろうな。それもわかってる」

達観した様子で、船長は古びた船室を見渡した。

「白状するとな、俺自身はどうでもいいんだ。この暮らしにも別に不満はない。昔に戻ったと思えば、気楽なくらいだが……」

ジャスミンはその言葉を遮《さえぎ》って笑った。

「仮にも本職のゲート・ハンターだった船乗りが、食糧という枷に縛られて、一ヶ月分の行動範囲しか許されないで、不満がない？　嘘《うそ》を吐《つ》くなよ、船長。

あんたはまだそれほど枯れていないはずだぞ」

挑発するような物騒な笑顔に、ウォーカー船長は苦笑しながら首を振ってみせた。

「嘘は言ってないよ。俺はこの暮らしでかまわんが、婿どもは何とか助けてやりたいのさ。――上の娘は頭もいいし、度胸もある。しっかり者でもあるから、亭主がいなくなっても別に困らんだろうが……」

「その言い分はアリエルに失礼だと思うぞ」

「いやいや、本当のことさ。あんたほどじゃないが、あれで一筋縄じゃいかない娘だからな。――しかし、孫たちはなあ……」

船長は深々と嘆息《たんそく》し、ジャスミンも真顔で頷いた。

「ライスもミランダも父親をとても心配してる」

「だろうな。あの子たちはまだ小さいんだ。父親を取り上げたりできるもんかね。スキップの小僧もだ。下の娘はまだ若いし、器量もいい。気も強いから、別に奴でなくてもかまいやせん。いくらでも新しい男を捜せるだろうが……」

どうもこの父親が二人の娘を語る様子は、冷めているというか、客観的過ぎるとジャスミンは思った。

「それもトリッシュに失礼だろう。彼女は婚約者と同じくらい、そのお母上を気遣っているぞ」

すると、ウォーカー船長は急に真顔になって身を乗り出した。

「ミセス・ハントはどうしてる？」

「わたしはその人には直接会ったことがないんだ。お嬢さんたちから話を聞いただけだが、今のところ容態は安定していてお元気らしい。息子の結婚式を心待ちにしているそうだ」

「そうか……」

船長が思わず吐いた息には深い安堵と、かなりの苦さが混じっていた。

「あの人は苦労人でな。亭主に早くに死なれて以来、一人でスキップを育ててきた。うちの跳ねっ返りを実の娘のように迎えてくれた優しい人だ。あの人の人生を落胆で終わらせるなんてとんでもない」

珍しく船長の声に力が入ったので、ジャスミンは思わず瞬きした。にやっと笑って質問する。

「ウォーカー船長。ひょっとして、ウェディング・ベルは三回鳴るのか?」

「姐さん。年寄りをからかうもんじゃないぞ」

船長は苦笑して受け流したが、ちょっとそわそわしたように見えたのも確かである。

それにしても——と、ジャスミンは首を傾げた。

「ガリアナ海賊が新しい《門》《ゲート》を欲しがってるのはわかったが、よく船長を一人で宇宙に出したな?」

「最初はな、見張りも乗船すると言い張ったんだが、そいつは困るんだ。仕事にならないんだよ」

船長は再び、のんびりと言った。

「ハンターの中には人がいても平気な奴もいるが、俺は人がいると、どうしてもそっちに気を取られる。肝心の宇宙を見るのがお留守になるのさ。そもそも、本職のゲート・ハンターの条件は……」

「孤独に耐えられることだろう?」

ジャスミンが悪戯っぽい口調で後を引き受けると、船長は笑って首を振った。

「ちょっと違うな。耐えられるだけじゃあ不十分だ。孤独を楽しみ、孤独を愛せることさ」

ジャスミンも笑った。

「詩人だな、船長」

ウォーカー船長は今では少なくなった古い型《タイプ》の、気骨のある男である。そしてジャスミンはこういう男は嫌いではなかった。

「まだ《門》《ゲート》は見つけてないんだな?」

「ああ。そもそも連中が使っている《門》《ゲート》は、既に五つもあるっていうんだ。たまげるじゃないか」

同一星系内に五つだぞ——と、かつて本職だった船長はひどく真剣な顔でその点を強調した。

「理論上ありえなくはない。そいつはわかってるが、あくまでも理論上の話だ。普通に考えたら二つでも多すぎるくらいなんだ。いくら何でも、これ以上の《門》《ゲート》がガリアナ星系に存在するわけはないんだが、連中には根拠があるらしい。――絶対にあるはずだ、何が何でも見つけろの一点張りなのさ」

ジャスミンは小さく舌打ちした。

そういうことならまさに夫の専門ではないか。

恐らくケリーはガリアナ星系の《門》《ゲート》のすべてを熟知しているはずだ。もっと詳しく聞いておくべきだったと悔《くや》んでも後悔先に立たずである。

「その五つはすべて太陽系内を結んでいるのか？」

「ああ、そうだよ」

「では、わたしが跳んできた《門》《ゲート》が六つ目だな」

船長が眼を剝《む》いたのは言うまでもない。

「今、なんて言った、姐さん」

「場所を教えろとは訊くなよ、船長。それを海賊に知らされたのでは夫に顔向けできなくなるからな。夫が知っていた《門》《ゲート》なのさ。夫も本職のゲート・ハンターじゃないが、本職以上に《門》に詳しい。今でも自分の船に重力波エンジンを積んで《門》を跳んでる」

ウォーカー船長は完全に耳を疑う顔つきになった。

「おいおい、あんたの亭主はいったい何歳《いくつ》なんだ？　ショウ駆動機関《ドライヴ》しか知らない若い奴らに、そうそう《駅》《ステーション》なしの《門》《ゲート》は跳べるもんじゃないぞ」

「このガリアナの《門》《ゲート》はみんなよく安定してると夫は言っていた。《駅》《ステーション》がなくても誰でも跳べると。――あんたが知らされたその五つの《門》はレギン一派だけが使っているのか？」

「いや、そんなことはないらしい。派閥はあっても《門》《ゲート》はみんなのものって建前らしいな」

「じゃあ、船長が新しい《門》《ゲート》を見つけたら？」

「建前上、みんなで使うことになる」

怪しい――と、ジャスミンは直感的に思った。

船長も同じことを感じているようで、苦く笑った。

「ここでは《門》《ゲート》は貴重な財産だ。収入源でもある。他の派閥と《門》を共有すれば、その分収入が減る。レギン一派の親玉がどんな奴かは知らないし、その考えもわからんが、少なくともドミンゴ・ゲイルはそれほど親切な人間には見えなかったな」

「競争意識はあるわけか？」

「そりゃそうだろう。重要なのは他の派閥がレギン一派の独占を許すかどうかだ。レギン一派が新しい《門》《ゲート》を独占するつもりなら、他の派閥との軋轢《あつれき》は覚悟しなけりゃならん」

ジャスミンは納得して頷いたのである。

「同種企業による市場競争と暗黙の了解、さらには一社が慣例を破ることによって生じる市場の混乱と波紋といったところか。組織的とは聞いていたが、今時の海賊はずいぶん商売熱心なんだな」

ジャスミンらしい率直なまとめと感想だったが、船長はこれに反応して忌々《いまいま》しげに舌打ちした。

「姐さん。ガリアナの奴らは海賊とは言えねえよ。あんなものはただの追剝《おいはぎ》だ」

吐き捨てるような、荒っぽい口調だった。

今までの飄然とした船長とはずいぶん違う態度に、ジャスミンも口を閉ざして船長を窺《うかが》った。


当てもなく宇宙を漂う生活に不満はないと船長は言った。その言葉に嘘はないとしても、船長なりに思うところはあったらしい。

「昔の海賊はな、おかしな言い方だが、もっと誇り高かった。狙う獲物を厳選していた。豪華客船や、高価な積荷を満載した貨物船、人質を取るにしても、とびきりの金持ちだけを狙ったもんだ。後腐れなく金を奪って、民間人や武器を持たない人間には手を掛けずに、きれいに引き上げる。それこそが海賊の矜持《きょうじ》というものだったが、ガリアナの連中は違う。小型船だろうが、積荷を下ろした貨物船だろうが、おかまいなしだ。要は保険のかかった船なら何でもいいのさ。死人を出さないところだけは真似してるようだがな、それだって世間の非難を躱《かわ》すためだ。昔の、本物の海賊はあんなもんじゃねえ」

ジャスミンも同感だった。

ここでも思い出したのはケリーの態度だ。

彼もさりげなくガリアナの連中と言っていた。

ガリアナ海賊のやり口を苦々しく思っていたのか、海賊とは言いたくなかったのか……。

「ガリアナってところは内戦が長く続いて、ろくな仕事がない。海賊でもやらなきゃ家族も養えないと奴らは言うんだが、とんでもねえ。そりゃあ最初はそういう連中もいただろう。一人じゃできなくても、二十人が集まって、一隻船を襲えば、その二十人の家族が一年は食っていけるんだからと。褒《ほ》められたことじゃないのも、捕まれば自分がどうなるのかも覚悟した上で、家族を養うためには他に仕方がない、背に腹は代えられない、そんなふうに腹をくくった捨て身の奴らもいるにはいたはずだが、少なくとも今は違う。船の襲撃はいい金になることに気づいて、片っ端から手を出す始末だ。奴らは莫大《ばくだい》な身代金を受け取って、その金で故郷に豪邸を建て、高い車を乗り回し、高級品を買いあさり、いい女を連れ回す。その羽振りの良さは、ガリアナの若い奴らの羨望《せんぼう》の的なのさ。自分もあんな暮らしがしたいと憧《あこが》れて、我も我もと連中の手下になりたがる有様だぞ」

「それは確かに一緒にはできないな」

ジャスミンは言った。

「わたしにとって海賊と言ったら——キャプテン・シェンブラックや銀星ラナートのような、いわゆるグランド・セヴンに代表されているからな」

ウォーカー船長がまたまた眼を丸くする。

「こりゃあたまげた。あんたみたいな若い女がその名前を知ってるとはな」

「あの頃も海賊は無法者だった。その彼らに憧れて海賊になりたがる若者も多かったが、それは贅沢《ぜいたく》ができるからなんていう理由じゃなかったぞ」

強《し》いて言うなら何者にも縛られまいとする彼らの生き方が共感を呼んだのである。

そして、その海賊たちから尊敬を込めて海賊王と呼ばれたのが他ならぬジャスミンの夫だ。

それを密かに得意に思いながらも黙っていると、船長は苦笑して言ってきた。

「姐さん。あの頃だなんて、まるで見てきたように言ってくれるが、かれこれ五十年も前の話だぞ」

「そうだったな」

ジャスミンは実際にその時代を覚えている。

シェンブラックやラナートと会って話したこともあるのだが、これもわざわざ言うことでもない。

「船長は義理の息子たちの解放が保証されない限り、ここから動けないわけだな？」

「そうさ。娘たちにしたって、婿どもが戻るほうが嬉しいだろうよ」

「その婿どもはどこにいる？」

「わからんよ。さっきも言ったが、この仕事を引き受けてから、連中の顔は見てない。レギン一派なら知っているだろうが、教えてくれるはずもない」

「これから行く基地もレギン一派のものか？」

「そりゃそうさ」

ジャスミンは頷いて力強く言ったのである。

「上等だ。婿たちの居場所はわたしが捜す。船長は黙って食糧を補給して次の探索に出てくれ。ただし、《門》《ゲート》を発見しても奴らには教えるんじゃないぞ。脅迫された船長に責任がないのはわかっているが、そんなものを与えたら、ガリアナの連中がますます活気づくだけだ」

船長はぽかんとしてジャスミンを見た。

「何をする気だね、姐さん」

「言わなかったか？　結婚式までにあんたと二人の花婿をアドミラルに連れ戻すんだ。船長はこうして見つけた。残るは花婿たちだが、何しろ時間がない。——その基地にはいつ着くんだ？」

「あと二時間ほどで着くが……本気かね？」

ジャスミンは怪訝そうに問い返したのである。

「どういう意味かな。わたしはあんまり冗談が得意じゃないんだが？」

自分が話すことはたいてい本気だと暗に宣言する。

船長はまさに開いた口がふさがらない体だったが、やがて小さく吹き出した。

「こいつあ……礼を言うべきなのかな?」

「気が早すぎるぞ。それは結婚式が済んでからだ」

「いやはや、その意気込みはありがたいが……」

船長は悪戯っぽく笑っていたが、それとは裏腹に黒い眼は真面目だった。

「あんたは滅多にないくらい気風《きっぷ》のいい姐さんだ。しかし、俺も娘たちもミセス・ハントも、あんたにとっては赤の他人だろうに。何だってそうまでしてくれるんだね?」

「それなら、船長の孫娘に礼を言うんだな」

「へえ。うちのおちびちゃんにかい?」

ジャスミンは声を立てて笑った。

「あれは小さいながら立派なレディだから、そんな言い方をしたら気を悪くするぞ。あの子がわたしに頼んだんだ。『パパを返して』ってな」

「……それだけかね?」

「いや、その後お嬢さんたちから詳しい話を聞くと、パパ一人を助ければ済む問題でもなさそうなんでな。まとめて連れて帰ると約束したんだ」

船長は何とも奇妙な顔になった。

論点が違うんだけど——と言いたそうな顔だが、ジャスミンにとってそれはたいした問題ではない。

「二人ともすてきなお嬢さんだな。うちの男たちは丈夫が取り柄《とえ》だと、ガリアナで元気にしているのはわかっているから心配はしていないと言っていたぞ。ただ、子どもたちにこんな暗い顔をさせたくない、ミセス・ハントのために式の日程は延ばしたくない。そのことだけを気にしていた」

「そうか……」

「それと、二人が小さい頃に亡くなったお母さんの話も聞いた」

「…………」

「自分の代わりにお父さんにあなたたちの花嫁姿を見てもらって。それが船長の奥さんの遺言だそうだ。いくら格好をつけたところで船長に拒否権はないぞ。船長の言う一筋縄ではいかないお嬢さんは、欠席は許さないとはっきり言ったからな」

船長はきまりの悪そうな顔で頭を掻《か》いた。

あの娘は怒ると恐いんだ——と、その顔は如実《にょじつ》に伝えていて、ジャスミンは微笑した。

「わかるか。船長。船長と花婿二人は、何が何でも結婚式に間に合うように帰る義務があるんだ」

「そりゃあ、俺だって帰りたいのは山々だが……」

「帰ってもらうとも。船長はわたしの恩人でもある。受けた恩義は返さなくてはな」

ウォーカー船長はしみじみと首を振って、笑いを浮かべた。

「じゃあ、あんたに会わせてくれたおちびちゃんに感謝するとしようか。あんたを見てると、ほんとに帰れそうな気がしてくるよ」

船長はすっかりジャスミンが気に入ったようで、とっておきだという酒瓶《さかびん》を出してきた。

一ヶ月も一人きりで宇宙をさまようのだ。時には酒でも引っかけないとやってられないという船長の要求を、ガリアナ海賊も無下《むげ》にはしなかったらしい。

その酒瓶を見て、今度はジャスミンが吹き出した。

「ハニカムか。こいつは久しぶりだ」

悪酔い保証つきと言われた粗悪な安酒で、今ではほとんどの星で製造・販売が禁止されている。

それから二時間、船長は操縦は感応頭脳に任せて、ジャスミンと酒盛りに興じていた。

一人でないと《門》《ゲート》探《ハンティング》しはできないと言いつつ、船長は杯を重ねながら陽気に笑ってしゃべったので、ジャスミンのほうが呆れて言ったくらいである。

「ハンターは孤独を愛するんじゃなかったのか?」

「それは仕事中の話。今はあんたがいるから仕事にならない。それによ、今の俺は二人の孫持ちだぞ」

若い頃とは違うと言いたいらしい。

ジャスミンも高揚した気分で笑いながら尋ねた。

「《セシリオン》には重力波エンジンはないだろう。ガリアナの連中はその《セシリオン》をどうやって《門》《ゲート》に通したんだ?」

「それがな。重力波エンジンの有効範囲を広くして、三、四隻で《セシリオン》を囲んで跳んだらしい」

「むちゃくちゃだな！」

「おうよ。むちゃくちゃだぜ。一つ間違えば、俺の《セシリオン》はずたずたの八つ裂きだ」

問題のレギン一派の基地は小惑星に偽装しており、警戒中の軍艦に見つからないようにする用心なのか、移動能力まで備えていた。

二人を乗せた中古船が誘導波に従ってその基地に連結橋を繋《つな》ぐと、船長はようやく酒盛りをやめて、ジャスミンを伴って乗降口を出たのである。

既に連絡を入れていたのだろう。外では男が一人、待ちかまえていた。

まだ若い、目つきの悪い男である。

男は船から降りたジャスミンを胡乱《うろん》な眼で見つめ、吐き捨てるような口調で船長に文句を言った。

「何でこんな余計なものを拾ってきたんだ？」

「この人は事故を起こして漂流してたのさ。宇宙で遭難者を見つけたら救助するのが船乗りの掟だ」

男は忌々しげに舌打ちしている。

「俺たちは海賊だぞ。ほっときゃいいものを……」

その態度はお世辞にも好意的とは言えなかったが、船長は意に介さない。

「亭主がいるそうだから、身代金をせしめればいい。おまえさんたちがいつもやってることだろう」

赤ら顔で言って、ジャスミンに笑いかけた。

「それじゃあ、姐さん。達者でな」

ジャスミンは顔色も変えずに平然と答えた。

「ああ、船長もな」

ウォーカー船長はあっという間に補給を終えると、再びふらりと宇宙に出て行った。

5

目つきの悪い男は「ついてこい」と横柄《おうへい》な口調で命じたが、ジャスミンはそこに立ったまま、辺りを見渡していた。

お世辞にも近代的とは言いがたい。それどころか塵《ちり》一つないぴかぴかの宇宙港や人工基地を見慣れた人間は驚きと不快感に顔をしかめるに違いない。

相当に古びて、雑然として、薄汚れている。

見事なくらい一昔前の地下組織の塒《ねぐら》そのものだ。

海賊行為で大儲《おおもう》けしているはずだが、少なくとも彼らは稼いだ金を設備投資には回さないらしい。

ジャスミンが動こうとしないので、目つきの悪い男は苛立ち混じりに再度言った。

「さっさと来るんだよ。——おまえ、名前は？」

「その前に、そちらの名前は？」

ジャスミンにしては丁寧《ていねい》に聞いてやったのだが、男は気に入らなかったらしい。自分より遥《はる》かに背の高いジャスミンを下から睨《ね》め付けてきた。

「口のきき方に気をつけろよ、姉ちゃん。俺たちはガリアナ海賊だ。おまえを生かすも殺すもこっちの胸三寸だってことを忘れるんじゃねえぞ」

「わたしは殺されるのか？　話が違うぞ。さっきの船長が言うには、身代金と引き替えに無事に返してもらえるということだった」

命乞いをするのは人質の常だが、こういう台詞《せりふ》を顔色一つ変えずに言う人質はきっと珍しい。

しかし、目つきの悪い男は、ジャスミンの態度を虚勢と思ったようで、意地悪く言ってきた。

「せいぜい気楽に構えてろ。おまえをどうするかはゲイルの兄貴が決めることだ」

つまり、この男はゲイル以下の存在というわけで、そんな『小物』を相手にしても意味がない。

「その兄貴はどこにいるんだ？」

「いいからさっさと来い。それとも、少々痛い眼に会わなきゃわからねえのか」

ジャスミンはわざとらしく眼を丸くしてみせた。

「ガリアナの海賊は人質を傷つけないと聞いたのに、現実は評判とずいぶん違うんだな」

「それは陸《おか》に連れて行った人質の話だ。この基地を見られて無事に返せると思ってるのか？」

「何か問題があるのか。ここは移動基地だろう？　わたしが戻って、この基地の場所を話したところで、別の場所に移ってしまえばいいだけだろうに」

「おい、姉ちゃん。俺はな、女の口やかましいのは大嫌いなんだ。さっさとその口を閉じて——」

その時、基地内に警報が鳴り響いた。

男がぎょっとして振り返る。

ジャスミンも身構えた。

警戒中の軍艦に基地が発見されたのかと思ったが、そうではなかった。奥からわらわら人が駆け出して、ジャスミンと一緒にいる男を怒鳴《どな》りつけた。

「何してる！　早く来い！」

「ど、どうしたんで⁉」

「《トライアンフ》が事故った！　今戻ってくるが、相当やばいらしい！」

他にもあちこちで男たちの叫ぶ声が聞こえる。

「急げ！」

「手を貸せ！」

目つきの悪い男も顔色を変えた。

「た、大変だ……！」

男はジャスミンのことなどすっかり忘れてしまい、慌《あわ》てて走り出した。

ジャスミンはすぐさま男の後を追った。

基地内は既に騒然としており、誰もジャスミンに気がつかない。この背丈だから眼に入っていないということはないだろうが、咎《とが》める余裕がないのだ。

男たちに混ざって狭苦しい通路を走り抜けると、倉庫らしい場所に出た。ここも相当ごみごみして、雑多な機械類がところ狭しと置いてある。

その一角に男たちが集まっていた。

近づいてみると、どうやらそこは管制室らしい。

と言っても、宇宙港やオアシスの立派な管制とは比べものにもならない。

倉庫の一角に古びた通信設備が置いてあるだけの場所である。そのおかげで、部外者のジャスミンが背後から近づいただけで、交信内容が筒抜けだ。

通信機から聞こえてくるのは悲鳴の連続である。

話を聞いていると、《トライアンフ》は宇宙船で、動力炉に重大な異常が発生した模様だった。

しかも感応頭脳まで故障した。乗員は感応頭脳を強制停止させて、何とかして動力炉を正常な状態に戻そうと努力したが、どうにもならず、今は帰還を急いでいるという。最悪の場合、動力炉が暴走する可能性もあるというのだ。

それを聞いたジャスミンは、では戻ってくるなと心の中で断言した。そもそも、そんな状態で帰還を急ぐとは、ふざけるにもほどがある話だ。

管制官も当然、最後の手段を指示した。

「手動で動力炉を切り離せ！」

絶望的な悲鳴が返ってくる。

「だめなんだ！　動力室に人が閉じこめられてる！　ロドリグとウーゴの奴だ！」

その名前を聞いて基地の男たちがどよめいた。

失うわけにはいかない人間らしい。

管制官の声にも焦《あせ》りが滲《にじ》む。

「助けられないのか⁉」

「区画が丸ごと崩れて人力じゃどうにもできない！　すぐに戻る！　機甲兵を出してくれ！」

「わかった！　帰還を急げ！」

ちょっと待て！　とジャスミンは内心で叫んだ。

暴走寸前の動力炉を抱えた船を基地に入れるなど、常識では考えられない。それはすなわち一蓮托生《いちれんたくしょう》、死なばもろとも状態を意味するからだ。

外で処理しろ！　とよほど言ってやりたかったが、

ここは海賊の根城である。そして現在この宙域には他国の軍艦が何隻も警戒に当たっている。

基地外で事故の対処などしたら軍艦に発見される恐れがある。それを警戒してのことかもしれないし、仲間を救いたいという気持ちの表れかもしれないが、そのために基地全体を危険にさらすとは、明らかに判断基準が間違っている。

それなのに管制官は力強く励ましているのだ。

「待ってるぞ！　何とかたどり着けよ！」

ジャスミンにしてはまったく珍しいことに、天を仰ぎたくなった。ガリアナの連中の基地見物がてら目的の二人を捜すつもりだったのに、このままでは自分もこの連中と運命をともにする羽目になる。

「機甲兵を出せ！」

男たちが数人、倉庫の一角に向かって走る。

つられて眼をやったジャスミンは、そこに並んで佇《たたず》む巨大な姿を見て呆気《あっけ》に取られた。

「――ＨＹＤＲＡ参零《サンゼロ》？」

全長九メートルに及ぶ機械の鎧《よろい》は、ジャスミンが現役の軍人時代に実際に乗っていた機甲兵である。

思わぬところでかつての愛機に再会したわけだが、なぜこれがここにあるのかと思った。

この機体は高い攻撃能力を備え、人体の手作業のほとんどを再現できる、当時としては最高の性能を誇った機甲兵だが、実に半世紀近く昔の型式だ。

旧型になった兵器が辺境に払い下げられる現実は無論ジャスミンも知っているが、比較的長持ちする輸送機や戦闘機と違って、こういうものは圧倒的に消耗が早い。使用頻度が桁違《けたちが》いだからだ。

五十年も経てば既に立派な骨董品《こっとうひん》のはずなのに、これまた絶滅した古代魚の群れを見る思いだった。

「――動くのか？」

思わず呟《つぶや》いたジャスミンを尻目に、その機甲兵にとりついた男たちの間では別の騒ぎが起きている。

「どうするんだ！」

「今みんな出払ってるんだぜ！」

どうやら動かせる人間が誰もいないようなのだ。

「ええい、とにかく起動準備を急げ！」

「待てよ！　調整中じゃないのか⁉」

「そんなはずはねえ！　どれかは動くはずだ！」

「誰か！　ロイの奴を呼んでこい！」

操縦者はもちろん、整備の担当者もいないので、起動可能な機の見分けもつかないらしい。

とんだ素人《しろうと》集団だと呆《あき》れるジャスミンを尻目に、男たちの騒ぎはますますひどくなっている。

ジャスミンを置き去りにして走った目つきの悪い男もおろおろしていたが、そこに声がかかった。

「何の騒ぎだ？」

「あっ、兄貴！」

声を掛けてきた男を見てジャスミンは驚いた。

まさに自分の眼を疑った。

なぜなら、見間違いでなければそれは捜している花婿の一人、アリエルの内縁の夫にしてミランダとライスの父親、ロイド・ウェッブだったからだ。

ロイドはかなりの長身だった。ジャスミンよりは低いが、百八十五センチはあるだろう。

そして、実物は写真以上にいい男だった。

男伊達《だて》の気風《きふう》の漂《ただよ》う精悍《せいかん》な顔立ちで、眼光は鋭く、均整の取れた身体つきは引き締まってよく鍛《きた》えられ、極めて敏捷《びんしょう》であることが窺《うかが》える。

しかし、この男が本当にロイド・ウェッブなら、ウォーカー船長に《門《ゲート》》探しをさせる人質として、ガリアナ海賊に抑留されているはずである。

それなのにその場にいたガリアナ海賊の男たちは、すがりつかんばかりにしてロイドを迎えたのだ。

目つきの悪い男は飼い主を前にした子犬のごとき表情でロイドを見ているし、他の男たちに至っては救世主に出くわしたかのような安堵《あんど》の顔になって、先を競って口々に事情を説明した。

しかし、大勢がいっせいにしゃべったものだから聞き取れるはずがない。

ロイドは剣呑《けんのん》に顔をしかめて彼らを一喝《いっかつ》した。

「一人ずつ話しやがれ！」

　恐ろしくどすの利いた声に怒鳴られて、男たちが竦《すく》み上がった。大変な迫力である。はっきり言って、どちらが海賊かわからないくらいの凄《すご》みがある。

　しかも、どうやらこの男が参零《サンゼロ》を整備したらしい。呆れるジャスミンの眼の前で、事情を飲み込んだロイドは男たちに手早く指示を出したのだ。

「四号機と五号機が調整済みだ。他はさわるんじゃねえぞ！　乗り手は⁉」

「そ、それが……」

「みんな出払ってるんだ！」

「ロイ、あんたが乗ってくれないか！」

　他に乗れる人間がいないのだと彼らは力説したが、ロイドも困惑顔になった。

「乗ってやりたいが、俺は動かすほうは基本操作がやっとだぞ。他の時なら何とかなるかもしれないが、《トライアンフ》は相当やばい状態なんだろう」

「頼む、ロイ！」

「ウーゴとロドリグを見殺しにするのかよ！」

　すがるような男たちの声に非難の響きが混ざる。彼らにしてみれば藁《わら》をも摑《つか》む思いなのだろうが、ロイドは苦渋に顔を歪《ゆが》めながらも頷《うなず》かなかった。

　事故を起こした船の動力室から、閉じこめられた人間を救助《レスキュー》する。機甲兵でこんな動きをするには、相当な高等技術と熟練が必要とされる。

　それがわかるくらいには、ロイドは参零《サンゼロ》の性能と自分の実力を知っていることになる。

　ここでジャスミンはおもむろに前に出て、横からロイドに声を掛けた。

「ちょっと失礼」

　自分より背の高い女性など初めて見たのだろう。ロイドは驚きに眼を見開いて、顔をしかめた。

「何だ、おまえ？」

　ジャスミンを出迎えた目つきの悪い男も、途端に表情を険《けわ》しくして嚙《か》みついてきた。

「馬鹿野郎、でしゃばるんじゃねえ！　すみません、ロイの兄貴。すぐに黙らせますんで……」

「おまえこそ黙れ。邪魔だ」

一言の下に切り捨てると、ジャスミンはロイドに向き直った。

「あの参零《サンゼロ》はちゃんと動くのか？」

ロイドは明らかにジャスミンの相手などしている暇はないと思っているようで、苛々《いらいら》しながら大声で怒鳴りつけてきた。

「やかましい！　女は引っ込んでろ！」

ジャスミンは眼を丸くして言ったのである。

「実に久しぶりに聞く成句《フレーズ》だ。感動的ですらあるが、その空っぽの頭を活用させて少しは状況を理解する努力をしてもらおうか。暴走寸前の動力炉を抱えた宇宙船がもうじきここに戻ってくるんだぞ。一刻も早く閉じこめられた人間を救助して、最悪の場合、船ごと動力炉を捨てる必要があるんだ。さもないと、わたしたちはこの基地もろとも吹っ飛ぶ羽目になる。そこまで説明してやらないとわからないのか？」

「うるせえ！　何で女がこんなところにいるんだ！ブッチ！　さっさと連れて行け！」

「へ、へい！」

ブッチというのが目つきの悪い男の名前らしい。意気込んで、ジャスミンの腕を掴もうとしたが、そんな真似をジャスミンが許すはずがない。

逆にブッチの手首を掴み、容赦《ようしゃ》なく捻《ひね》り上げた。

ブッチの哀れな悲鳴が上がり、他の男たちが殺気立つ中、ジャスミンも視線を厳しくして言っていた。

「救助に参零《サンゼロ》が必要なら、わたしが動かしてやる。使える機はどれだ？」

男たちがざわりとどよめいた。

そしてロイドはますます眼を剝《む》いていた。

「馬鹿言うんじゃねえ！　女に何ができる⁉」

「その言葉はそっくり貴様に返してやる。基本操作しかできない初心者が、搭乗時間三千六百時間の熟練者《ベテラン》に向かって指図する気か？」

ロイドは絶句した。

耳を疑う表情でジャスミンを見上げた浅黒い顔がみるみる嫌悪に歪む。

「……参零《これ》に三千六百時間だと？　とんだほら吹き女だ。でたらめをぬかすんじゃねえ」

「乗せもしないでそれを言うか？　いい加減にその口を閉じないと力ずくで黙らせるぞ」

「おもしれえ。やってみやがれ」

この男は相当喧嘩《けんか》っ早い性質でもあるらしい。

本気で言ってきたが、ジャスミンは微動だにせず、ロイドを見下ろして言ったのである。

「救助が先だ。それが済んだら存分に相手してやる。今すぐわたしを使える機に案内しろ」

毅然《きぜん》として言うその姿勢は誰が見ても、説得力に満ちあふれたものだった。

現に他の男たちは思わずロイドの顔色を窺ったが、当のロイドだけは頑《かたく》なに首を振ったのである。

「だめだ。それなら俺が乗ったほうがまだましだ」

「使える機は二機あると言ったな。では、わたしとおまえで出ればいい」

「おい！」

「ぐずぐずするな！　時間がないんだぞ！」

ジャスミンの怒号はまさに命令することに長けた軍人の一喝で、男たちが飛び上がった。

その時、先程とは別の警報が鳴り響いた。

《トライアンフ》が戻ってきたのである。

宇宙服を着ていないものは慌てて避難していき、ジャスミンは小脇にしていたヘルメットをかぶって、その場に残った。遮断《しゃだん》扉が閉まっているので、この倉庫からは《トライアンフ》の様子は見えないが、いよいよ猶予《ゆうよ》がなくなったのは明らかだった。

「案内しろ」

同じくヘルメットをかぶったロイドは、その奥で壮絶な顔をしていた。女の手を借りるなんてという激しい葛藤《かっとう》と戦っているのが如実《にょじつ》にわかる顔だが、最後には渋々ながらも折れて、起動準備をすませた機甲兵のところにジャスミンを連れて行った。

ジャスミンは素早かった。

久しぶりに軍時代の搭乗機に収まり、初動操作に入る。その手際の良さは明らかに熟練者のそれだ。

ただし、軍時代に使っていた機と違って、動作に多少違和感がある。それは稼働年数の違いでもあり、整備の違いから来るものでもある。なんと言ってもここは海賊のアジトで、ろくな設備がない。そして、ロイドにしても本職の整備士ではないのだろう。

それでも、同じＨＹＤＲＡ参零《サンゼロ》には違いない。

ロイドも何とか機体を立ち上げたが、その時にはジャスミンの乗った四号機はとうに歩き出している。

分厚い遮断扉には機甲兵用の出入り口があった。

機械の腕で遮断扉を開ける。短い通路の先の扉をもう一度くぐると、そこは予想通りの格納庫だった。

《トライアンフ》の巨大な姿が横たわっている。

格納庫の表示装置がさまざまな角度から船の姿を捉《とら》えているが、見たところ外観に異常はない。

そして機甲兵の巨大な身体が急激に軽くなった。

ジャスミンは無重力仕様へと操作を切り替えると、操縦席内の通信機に向かって言った。

「《トライアンフ》の船内図を寄越せ」

すぐに詳細な図面が送られてきた。

《トライアンフ》は五千トン級の近海型宇宙船で、全長はおよそ百五十メートルある。

基地内の格納庫でこんなものの動力炉が暴走して爆発したら、いったいどんなことになるか……。

考えるだに恐ろしい事態だった。

その危険を察して、《トライアンフ》の搭乗口や格納庫扉から、宇宙服を着た男たちが退避してくる。

そのうち何人かの叫び声を通信機が拾った。

「早くウーゴとロドリグを助けてくれ！」

言われなくてもそのつもりだった。

ジャスミンは動力室に近い船の外壁にとりつくと、機甲兵用の進入口を開いて船内に入り込んだ。

だが、一歩中に入っただけで、そこが相当危険な状況であることが窺えた。

《トライアンフ》は致命的な損傷を負ったようで、あちこちで火花が散り、船体が軋《きし》む気配がする。

図面を頼りに動力室を目差したものの、一歩足を進めるごとに船内の気温が上昇していく。

確かに生身の人間はとても近寄れないだろうが、ジャスミンの操る機械の鎧は頑丈だった。

慎重に、かつ着実に通路を進んでいった。

しかし、動力室に続く通路は既に天井や壁が崩れ、床まで陥没し、完全に行く手を塞《ふさ》いでしまっている。

これでは動力室の状態を確かめることもできない。

何より、取り残された乗員が生きている可能性も限りなく低い。一度は舌打ちして引き返そうとしたジャスミンだったが、その行動を止めるかのように、通信機から悲鳴のような声が流れてきた。

「二人とも機甲兵に入ってる。まだ生きてるはずだ。何とかしてくれ！」

ジャスミンはもう一度、船内図面を確認した。

現在地から動力室まではまだかなりの距離がある。

そして、この分では、そこまでたどり着く通路は既に使えなくなっていると判断すべきだった。

この時になってようやくロイドの乗った五号機が船内に入ってきた。通信機で話しかけてくる。

「どうだ？」

「見てのとおりだ」

ジャスミンの四号機が見ている外の様子の映像を回してやる。無惨《むざん》に崩れた通路と船内の様子を見て、五号機の操縦室でロイドも舌打ちした。

「参零《サンゼロ》は丈夫が取《と》り柄《え》だが、急がねえと……」

「二人とも蒸し焼きになるぞ。ここには機甲兵用の工具はあるのか？」

「ああ。倉庫に一通りは揃《そろ》ってる」

反射的に答えて、ロイドはたちまち険のある声で言ってきた。

「てめえ、何を考えていやがる。まさか、力づくで突破しようってんじゃねえだろうな？」

「いいや、この状態では闇雲《やみくも》な突入は却《かえ》って危険だ。

いったん引くぞ」

　二人が外に出た時には格納庫は無人になっていた。

　基地の人間も《トライアンフ》から逃げた人間も、その時には隣の倉庫に避難して、はらはらしながら内線画面を見つめていたのである。

　しかし、期待とともに見守っていたのに、二機の機甲兵が手ぶらで戻って来たものだから、男たちの間からは絶望と非難の声が次々に上がった。

「何をやってるんだ⁉」

「二人はまだ中にいるんだぞ！」

「助けられないのかよ！」

　囂々《ごうごう》の非難にロイドが怒って叫び返す。

「素人が勝手を言うんじゃねえ！　俺は基本操作がやっとだと言っただろう！」

　普通に歩かせるのが精いっぱいということだが、ジャスミンは平然と言い返した。

「わたしは違うぞ。工具はどこだ？」

　倉庫の片隅に巨大な工具類が揃っている。

　ジャスミンは機械の指で器用に目的の工具を摘み、もう一つをロイドに持たせて言った。

「それを持ってついてこい。外装を剝《は》がす」

「なんだとお……？」

「あの通路を突破するより外から行ったほうが早い。──二人が動力室にいるのは間違いないか！」

　通信機を開放して大音声に言ったジャスミンに、船内から待避した男たちは慌てて頷いた。

「今から船の外壁を剝がす。二人を助けるためだ。異存はないな！」

　この状態で文句を言える人間など誰も存在しない。

　ジャスミンは再び格納庫に戻り、船体に近づくと、目的の場所に工具を当てて、作業に取りかかった。

　中の通路を進むのは不可能だから、動力室に近い壁に外から穴を開けてしまえと言うのである。

「おまえ、本気かよ！」

　ロイドが叫ぶ間にもジャスミンは手際よく外壁を剝ぎ取っては背後に放り投げている。

しかし、何しろ機甲兵の手で剝がした外壁である。半端ではない大きさと重量がある。

格納庫の中は重力が切ってあるので、その大きな破片がゆっくりと不気味に宙を飛んでは、格納庫にごんごんぶち当たるのだ。

おかげで隣の倉庫にいる人間は非常に心臓に悪い思いをしていた。はっきり言って気が気ではない。

もうちょっとおてやわらかにお願いします——と言いたいところだが、時間がないのも本当だった。

ジャスミンは機械の手足をてきぱきと動かして、動力室への最短距離を切り開いていく。

その様子は既に救助活動と言うより、解体作業と言ったほうがふさわしかった。

文句を言っていたロイドもここまで来ると、ただひたすら絶句して四号機の動作を見守るのみだ。

無骨な機械の手指をこうも器用に、しかも素早く操作することはロイドにはできない。

ジャスミンが言ったように、それは熟練者《ベテラン》だけが可能にしていることだ。

しかも、並大抵の熟練ではない。普通の操縦者が二人がかりでやる作業をジャスミンは一人でこなし、《トライアンフ》の胴体《どうたい》に大穴を開けたのである。

同時に船内から煙が吹き出した。以前にも増して激しい火花が散っている。船の奥では既に小規模な爆発が断続的に起きている。

倉庫の男たちはまたも悲鳴を上げ、ジャスミンは再び通信機を開放して叫んだ。

「管制！　基地は移動できるか⁉」

「えっ⁉　何だって！」

「この船を捨てて移動する！　準備しろ！」

「まっ、そんな、ちょっと待てよ！」

「待てるか！　この船と心中したいのか！　二人を救助したら繫留《けいりゅう》を解除しろ！」

そう言って、ロイドに持たせていた工具を取って、今度は船内の構造物を取り除き始めた。

大胆ながらも繊細《せんさい》に、そして慎重ながらも迅速《じんそく》に、ジャスミンは機甲兵が通れるだけの空間を確保して、ロイドの五号機に向かって言った。

「おまえはここにいろ」

「待て！　女が一人で行く気か！」

「いい加減にそれをやめないと本当に口がきけなくなると思え。この先は素人には無理だ。危険すぎる。二次災害になるのは必至だぞ」

厳しく言って、さっさと船内に入って行く。

その手際の良さと、ジャスミンが怒鳴った内容に、ロイドも管制官も唖然《あぜん》としている。

「な、何なんだ、あの女……」

だが、今の《トライアンフ》の状態——ぱっくり開いた穴から漏《も》れる黒煙と小規模の爆発を繰り返す内部の様子を見れば、この船が終わりを迎えようとしていることは明らかだった。

それはすなわち動力炉の爆発は既に時間の問題ということである。

帰還を指示した管制官も冷や汗を滲ませていた。

収容は思いとどまるべきだったかと悔《く》やんだが、今さら言っても手遅れである。取り残された二人を救助したら《トライアンフ》を捨てるしかない。

問題はその救助が可能かどうかだ。

管制だけではない。避難した男たちも同じことを思っていた。皆、息を呑《の》み、手に汗を握って様子を窺っていると、船内から四号機が戻ってきた。

今度は手ぶらではない。動かない機甲兵を一機、しっかり摑んで引きずっている。

倉庫の男たちから大歓声が上がり、ジャスミンは外で待っていたロイドにその機甲兵を押しつけた。

「連れて行け。——できるか？」

「当たり前だ」

威勢のいい言葉とは裏腹に、機械の腕を伸ばした仕草がどうにもぎこちない。

ジャスミンはロイドの乗った五号機に、動かない機甲兵を『持たせて』やると再び船内に戻っていき、ややあって、もう一機を引きずり出したのである。

その時まだ五号機は重い荷物を抱え、よたよたと遮断扉に向かっているところだったので、背後から容赦ない怒号が飛んだ。

「急げ、馬鹿者！」

遮断扉をくぐれば、そこは重力が利いている。

五号機は抱えた荷物の重みでひっくり返りそうになった。四号機がそれを支えてやり、自分の抱えた荷物、五号機、さらに五号機の抱えた荷物を次々に空調の効いた倉庫に引きずり込む。

遮断扉をしっかりと閉めて、ジャスミンは叫んだ。

「格納庫扉を開けろ！　移動開始だ！」

「へっ、へい！」

感応頭脳の停止した《トライアンフ》は自力では動けない。

繋留を解き、基地の格納庫扉を開放して、船体をその場に残す格好で基地のほうが移動してやれば、船体は自動的に外部に排出される理屈だが、問題は基地の推進能力だった。


一方、倉庫の男たちは救出された二機の機甲兵に無我夢中でとりついていた。眼にも止まらぬ早業で操縦席をこじ開けて内部を確認する。

「生きてるぞ！」

「こっちもだ！」

半死半生の状態だが、少なくとも息はしている。

男たちの間から歓声が上がったが、ジャスミンの一喝がそれを打ち消した。

「何をしている！　離脱を急げ！」

「や、やってます！」

事実、繋留を解いた《トライアンフ》をその場に置き去りにして基地は移動を開始している。

その様子は倉庫の内線画面に映し出されていたが、四号機の操縦席でジャスミンは舌打ちした。

「推力全開！　巻き込まれるぞ！」

「これで精いっぱいでさあ！」

実際、基地はじりじりと動いていき、格納庫から徐々に《トライアンフ》の姿が出て行ったが、その様子を見つめるジャスミンの眼は厳しかった。

機甲兵からすぐに降りなかったのも、至近距離で爆発が起きた時の用心のためだ。生身でいるより、鋼鉄の鎧の中にいたほうが安全に決まっている。

《トライアンフ》が完全に格納庫から出たところで、基地はすかさず格納庫扉を閉めたが、ジャスミンはそれでも表情を緩《ゆる》めなかった。

「この基地に外部装甲板はあるのか?」

「まさか、そんなしゃれたものがあるわけ……」

「では急げ」

至近距離で宇宙船の動力炉が爆発したら、装甲を持たない基地は無事では済まない。

運を天に任せて時が経つのを待つ。

そして、幸いにも、《トライアンフ》はしばらく原形を保っていた。

基地の人間が最後に見たのは《トライアンフ》が意外なほど小さな花火となって宇宙に散る姿だった。

それを見届けた男たちの間から、何とも言えない呻《うめ》き声が漏れる。

ジャスミンはジャスミンで、爆発の余波が基地に大きな影響を及ぼさなかったのを確認して、やっと安堵の息を吐いていた。

爆発が小さく見える距離まで離れられたのは好運だった。もっと距離が近かったら——、最悪の場合、もしあの爆発がこの格納庫で起きていたら、基地の人間すべてが巻き添えになっていたはずだ。

ひとまず危険は去ったと判断して、機甲兵を元の位置に戻して制止させ、操縦席から降りる。

その時には倉庫にいたすべての男たちが四号機を遠巻きにしていた。揃いも揃って何とも珍妙な顔で、平然と降りてきたジャスミンを見つめている。

その中でも、特に苦虫を噛みつぶしたような顔のロイドが進み出て、ぶっきらぼうに言った。

「——誰だ、おまえ?」

するとブッチがロイドの前に出て、ことさら肩を怒らせてジャスミンに噛みついたのである。

「やい、やいやい！　いい気になるんじゃねえぞ！　女が出しゃばりやがって――」

「よさねえか！」

　ロイドに一喝されてブッチは縮み上がった。

　兄貴のロイドが乱暴な態度で接しているのだから、自分もこの女を見下していいのだと思ったようだが、勘違いも甚《はなは》だしかった。決してジャスミンの働きに感謝していないわけではないが、ロイドはどうやらこういう口のきき方しかできない男らしい。

　ひどい仏頂面で礼を言ってきた。

「――助かったぜ」

　そこに別の声がかかった。

「俺からもその姐《あね》さんに礼を言わせてくれ」

　真打ち登場とばかりに、男たちの輪をかき分けて悠然《ゆうぜん》と前に出てきた男がいる。

　四十前後のなかなかの男前で、ほとんど褐色《かっしょく》に近い肌色の中で歯だけが異様に白い。男たちが道を譲ったところを見ると、ここの実力者なのだろう。

　ジャスミンはさっき四号機の操縦席からこの男を見た。確か二人の担架に付き添っていったはずだ。

「あの二人の容態は？」

「ああ。命に別状はないそうだ。あんたにはいくら礼を言っても足りねえな。俺はドミンゴ・ゲイル。ウーゴとロドリグは俺の弟なんだ」

　ゲイルは口を開くと少々にやけた感じのする男で、暑苦しいくらいの笑顔が特徴的だった。一見すると陽気で磊落《らいらく》で、軽薄な印象すら与えるが、目つきはどこか濁《にご》った光を浮かべている。

　ジャスミンはこういう人間を知っていた。

　血なまぐさい汚れ仕事に慣れすぎて、人間らしい感覚が一部欠損している種類の男だ。

　表向きは表情豊かに見えるだけに、白く光るその視線に気づかなければ好人物に見えたかもしれない。

　あるいは彼の中では弟たちを思う温かい気持ちと、他者に残忍になれる性分とは矛盾《むじゅん》することなく、どちらも正しいものであるのかもしれなかった。

何にせよ、今のゲイルが弟たちが助かったことを心から嬉《うれ》しく思って喜んでいるのは間違いない。

ジャスミンの手を取らんばかりにして言ってきた。

「あんたがいなかったら、俺は間違いなく弟たちの葬式を出す羽目になっていたはずだ。ありがとうよ、姐さん。この通りだ」

ジャスミンはそれでは満足しなかった。

冷たい眼でゲイルを見下ろして（彼もかなり背が高いがジャスミンほどではない）静かに言った。

「わたしが助けたのは弟二人の命だけか？」

ゲイルは慌てて首を振ったのである。

「と、とんでもねえ！　いや、そんなつもりはねえ。そんな罰当たりは言わねえよ。あんたはこの基地と俺たちみんなの命を救ってくれた恩人だ。そいつは肝《きも》に銘じてるつもりだぜ」

「それをわかってくれているなら結構だ。わたしはジャスミン・クーア。ところで……」

ジャスミンはブッチを顎《あご》で指し、からかうように続けたのである。

「この仕付けの行き届いていない若いのはおまえの舎弟か？」

色黒のゲイルの顔がみるみる真っ赤になった。

「馬鹿野郎！　てめえ、恥かかせやがって！」

怒鳴りつけられてブッチはますます小さくなり、ゲイルは気まずさを取《と》り繕《つくろ》うような笑いを浮かべて、ジャスミンに話しかけてきた。

「あんたは俺たちのたいせつな客人だ。歓迎するぜ。狭苦しいところだが、ゆっくりしていってくれ」

「その申し出はありがたいが、歓迎されるのは困る。わたしはおまえたちの人質のはずだからな」

「へ？」

ゲイルが間の抜けた声を出す。

見たことのない顔だが、今の見事な手際といい、荒くれ者の男たちの中で平然としている態度といい、『こちら側』の人間だとばかり思っていたのだ。

「人質？」

「違うのか？　わたしはそう聞いたぞ。乗っていた機体が事故を起こしたところを……」

ウォーカー船長に助けられて——と言おうとしたジャスミンはブッチの異変に気がついた。

彼は急に焦って、慌てふためいて、ゲイルの顔を窺ったのである。

そして二人の前にはロイドがいる。

ぴんと来るものがあった。ジャスミンは何食わぬ顔で話を続けた。

「漂流中を助けられてここに連れて来られたんだが、わたしもおまえたちの命と基地を救ったわけだから、これでおあいこだ。わかったら、さっさと身代金を要求してもらおうか。わたしは早く帰りたいんだ」

その場の男たちは一人残らず絶句して開いた口がふさがらなくなり、一人残らず同じことを考えた。

（こんなにえらそうな人質がいていいのか……？）

彼らでなくとも声を奪われたに違いない。

普通は、こんな人質はどこにもいない。

ゲイルが顔を引きつらせながら言う。

「姐さん、それが本当なら……」

「嘘《うそ》を言ってどうする？」

「いや、その、そういう意味じゃなくて、身代金を取るのは俺たちの商売なんでな。そういうことなら、すまないが、相手が俺たちの命の恩人のあんたでもまかるわけにはいかねえんだ」

「別にまけてくれなくていい。身代金と引き替えに帰してくれればそれでいい。ただ、身代金を払ってくれる相手に早く連絡を取りたいんだがな」

「そりゃそうだ。どこに連絡すればいい？」

ジャスミンが告げたのは宇宙船固有の通信回線で、ゲイルは意外そうに言った。

「相手は船にいるのか？」

「ああ、夫は船乗りだからな」

「………姐さん。亭主持ちか？」

「おかしいか？」

「いやいや！　滅相もねえ」

首を振ったゲイルだが、率直な気持ちを言うなら『世の中にはとんでもない物好きもいるもんだ』といったところだろう。

「夫はどうせわたしを通信に出せと言うだろうから、直《じか》に話したほうが早いと思うぞ」

ゲイルは本当に申し訳なさそうな顔になった。

「悪いな、姐さん。それは無理だ。相手が船じゃあ、ここから連絡するわけにはいかねえんだよ」

発信源を特定されることを警戒しているのだろう。

「金の受け渡しの都合もあるんで、あんたには惑星ガリアナに行ってもらったほうがいいと思う。そうすりゃ金と引き替えにすぐに亭主のところに帰ってもらえるんだが、その船がしばらく出せないんだ」

「というと？」

「今この宙域にはよその国の軍艦がうようよしてる。そのうちの一隻が、ほんとに偶然なんだが、ここのガリアナを結ぶ航路に陣取っててよ。迂回すりゃあ、今度は別の軍艦と鉢合わせしちまう。何しろ奴らの探知機の有効範囲は半端じゃないからな」

見つかるとやばいんだ——と、ゲイルは続けたが、ジャスミンは不思議に思って尋ねていた。

「よくそこに、その艦がいるとわかったな？」

「そりゃあ、ガリアナを飛んでるのは俺たちゃ軍艦だけじゃないからな。地元の船乗りのほうがずっと数が多いんだ。その船乗りたちが軍艦を見かけたら、軍艦には内緒で、俺たちに親切に教えてくれるのさ。俺たちはガリアナの希望の星だからな」

「しかし、それだけ他国の軍艦が出てくるとなると、おまえたちも仕事がやりにくいんじゃないか」

これは皮肉でも何でもなく、率直な疑問だったが、ゲイルは急にそっくり返って胸を張った。

「そんなものに負けちゃあいられないのさ。よその国の奴らは俺たちを海賊と言うが、そいつあ違うぜ。もともとは好き放題にガリアナ宙域を通りながら、びた一文通行料を払おうとしねえ外国船が悪いのよ。ガリアナを小国と侮《あなど》って支払いをごまかしてるが、そうはいかねえ。ここにはちゃんと秩序ってものがあるんだ。俺たちはそれを守るためにやってるのさ。俺たちがいただく金はよその国の奴らがガリアナに支払って当然のものなんだ。それを、よその軍艦がうじゃうじゃ出張って、一方的に俺たちを悪者扱いしやがるんだからな。こんな筋の通らない話はねえ。と言っても、軍艦なんぞと正面きってやり合うのは馬鹿を見るだけだがな、引き下がるつもりはないぜ。よその国の奴らがガリアナを無視して、言うなればガリアナから搾取《さくしゅ》した金を奴ら自身に払わせるんだ。俺たちはガリアナ宙域の秩序を守ってるのよ」

威勢のいいゲイルの演説に賛同する勇ましい声が男たちの間から上がった。

ガリアナ星系には跳躍可能域が三つある。他国の船舶がここを通過する際には、ガリアナに通行料を支払うのが当然だが、中央政府の存在しない現在のガリアナに律儀《りちぎ》に料金を払う船はほとんどない。

なるほど、それがこの連中の理屈であり正義かと、ジャスミンは皮肉に思った。

非があるのは外国船のほうだと。

奴らが金を払おうとしないから、自分たちは船を襲って身代金を取っている。それのどこが悪いと、自分たちは奴らの非道を正しているだけなのだと。

だが、その言い分はとうに口実と化している。

今では明らかに身代金目的で船の襲撃に熱中する有様だというのに、盗人猛々《ぬすっとたけだけ》しいとはこのことだ。

とんだ英雄気取りでもあるが、国が極度に貧しく乱れている時はこうした連中がいやでもはびこる。

眼の前で熱狂する男たちがどこまで本気で彼らの正義を信じているかはわからないが、ジャスミンはここで口を出すほど愚《おろ》かではなかった。

あくまで冷静に彼らの様子を眺《なが》めていた。

ちらっと確認すると、ロイドも騒ぐ様子はなく、表情を変えずに黙っている。

一方、ゲイルは部下たちの熱狂的な支持を得て、満足そうにジャスミンに話しかけてきた。

「そんなわけで、ガリアナに行くのはもうしばらく待ってくれ。なあに、ほんの、二、三日のことだ。今までもそうだったんだが、しばらくすると奴らは警戒場所を他に移すからな。そうしたら船が出せる。星に降りればすぐに亭主と連絡がつくぜ」

「そうだな。そのくらいなら待てるだろう。では、その間、基地見物でもさせてもらおうか」

「おお。願ってもねえ。ぜひそうしてくれ」

6

　ジャスミンを部屋まで案内したのはブッチだが、短い間にブッチの態度は別人のようになっていた。

　ジャスミンを『姐《あね》ご』と呼んで、心からの称賛の眼差しを向けてくる。ジャスミンが何か言う前からあれこれと基地の説明をしてくれる。

　これは兄貴のゲイルの意向に逆らえずに仕方なく態度を変えたわけではない。ゲイルがジャスミンを命の恩人だと言い、たいせつな客人と言うのだから、自分もそれに倣《なら》うのが当たり前と思っているのだ。

　ブッチは自分の眼では何も見ない、自分の頭では何も考えようとしない、人間というよりよく懐いた犬のようで微笑《ほほえ》ましいと言えば微笑ましい性質だが、一方、ゲイルがジャスミンを不要と判断して殺せと命じたら、彼は少しも躊躇《ためら》わないに違いない。

　自分の頭で考える習慣がない人間は扱いやすいと同時に非常に危険でもあるのだ。

　ブッチの説明ではこの基地はレギン一派の拠点の一つで、今は五十人ほどが滞在しているという。

　全員が男で、普通は四人で一部屋を使っているが、ジャスミンは特別に個室に通された。

　バス・トイレは共同だが、当然、女性用はない。

　ブッチはひたすら恐縮していた。

「ほんとに申し訳ありやせん。二、三日の辛抱だと思いますんで、勘弁《かんべん》してくだせえ」

「わたしなら気にしない」

　これは本当だった。ジャスミンは男ばかりの軍の中で生活したこともある。

「恐れ入ります。それと、ご入り用なものがあれば、何なりと言いつけてくだせえ」

「一つ訊《き》きたいんだが……さっきのあの男、ロイと言ったか？」

「へい。ロイの兄貴もここの客分なんでさ」

彼もジャスミンと同じように、基地の中で自由に振る舞い、個室も与えられている。

特に機甲兵の整備を一手に引き受けて、機甲兵の置いてある倉庫にはたいてい彼の姿があるという。

ブッチからその話を聞いたジャスミンは、部屋の場所を確認すると、すぐに先程の倉庫に戻った。

ごちゃごちゃと複雑に通路の入り組んだ基地だが、一度歩いた場所である。迷うことなく倉庫に戻ると、ちょうど格納庫に別の船が戻ってきたところだった。

船の名は《アドヴァンス》と言い、補給のためにしばらく基地にとどまるらしい。

この船の格納庫から機甲兵が何機か下ろされて、倉庫に収容されていたが、ＨＹＤＲＡ参零《サンゼロ》ではない。

ジャスミンの見たことのない機種の機甲兵だ。

恐らく参零《サンゼロ》の後に製造されたものだろう。

珍しそうに見上げるジャスミンの前で、ロイドはさっそくそれらの整備に入っている。

ジャスミンはしばらくその様子を眺《なが》めていた。

ロイドは見られていることを承知しながら作業を続けていたが、とうとう我慢できなくなったらしく、眉間《みけん》に皺《しわ》を刻んで振り返った。

「何だ？」

睨《にら》みつけるような目つきと恫喝《どうかつ》するような口調で、せっかくの色男が台無しである。

もちろんジャスミンはびくともせずに、ロイドがいじっている機甲兵を眼で指して訊いた。

「この機は？」

「ああ、見りゃあわかるだろう。ＶＩＰＥＲ零壱《ゼロイチ》だ。九五五年に連邦軍に制式採用された名機だぜ」

素っ気ない中にも、機甲兵のことを語る口調にはほのかに嬉《うれ》しそうな響きがある。

ロイドの気持ちはよくわかった。ジャスミンとて戦闘機に乗る前は機甲兵乗りだったからだ。

眼を輝かせて言った。

「Ｖ零壱《ゼロイチ》か。初めて見たな」

この言葉にロイドが仰天《ぎょうてん》して眼を剝《む》いた。

「——おまえ、どういう女だ。H参零《サンゼロ》を知ってて、V零壱《ゼロイチ》を知らないのか⁉」

知らなくて当然だった。ジャスミンが眠ってから実戦配備された機種なのだ。

「古い機種のほうが馴染《なじ》みがあるんでな。わたしが知っているのはH弐伍《ニイゴ》から参零《サンゼロ》までなんだ。倉庫にあったのが参零で運がよかった。もし零壱《これ》だったら自分が乗るとは言えなかったからな」

何しろ初めて見る機種である。

しげしげと零壱《ゼロイチ》を眺めるジャスミンの表情を見て、ロイドがぶっきらぼうに言ってきた。

「——乗ってみるか？」

「いいのか。整備中じゃないのか？」

「こいつはな。——そっちのは使わなかったそうだ。すぐに乗れるはずだが、今、点検してやる」

ジャスミンはちょっと大げさに眼を丸くした。

「どうした。ずいぶん親切じゃないか？」

気味が悪いぞとからかうと、彼はますます眉間の皺を深くして、むっつりと言った。

「機甲兵《こいつ》が好きでも扱い方を知らない奴、扱い方を知ってても好きじゃない奴にはさわらせたりしねえ。——おまえが相当乗れるのはわかったつもりだが、本当に三千六百時間も参零《サンゼロ》に乗ったのか？」

「どうして嘘《うそ》だと思うんだ？」

ロイドは鋭い眼でジャスミンを見た。

「年齢が合わねえ」

「…………」

「ここの連中みたいに海賊稼業に励《はげ》むならともかく、それだけ乗るには普通は軍属でないと無理だ。現におまえの口調も態度も軍人の臭《にお》いがぷんぷんするが、現時点で参零《サンゼロ》を制式採用している軍はどこにもない。最後に軍用機として採用してたのはセレスト軍だが、それも十二年前には全部零壱《ゼロイチ》に切り替えられてる。おまえ、俺とたいして変わらないだろう。その歳で参零に三千六百時間乗るなんて、物理的に不可能だ。

ほらを吹くにもほどがあると思ったが……」

ロイドはジャスミンから眼をそらして、あくまでぶっきらぼうに言ったのである。

「疑って悪かった」

彼にしては相当な決意のいる一言だったのだろう。ジャスミンは感心したように言ったものだ。

「おまえは口も態度も底抜けにどうしようもないが、実は頭がよくて、結構いい奴だったりするのか？」

ロイドの額《ひたい》に今度は青筋が浮かび上がる。

「てめえこそ、その口のきき方を何とかしやがれ。亭主に愛想を尽かされるぞ」

「それは絶対にないから。心配しなくていい」

少しも気負わずジャスミンがけろりと言ったので、ロイドは気を削がれたようだった。

「まったく、亭主の顔が見たいぜ……」

ロイドの点検が終わるのを待って、ジャスミンは零壱《ゼロイチ》の操縦席に入れてもらった。

百九十一センチのジャスミンは狭苦しい操縦席に器用に収まると、生まれて初めて触れる操作基盤《パネル》を嬉しそうに眺めて、確認するように手を伸ばした。

「だいぶ配置が違うな」

戦闘機や機甲兵は機種ごとに操縦法が異なるが、大まかな原則は変わらない。乗りこなすには時間がかかるが、経験者なら動かすくらいは朝飯前だ。

ロイドが横から身を乗り出し、零壱《ゼロイチ》の起動手順や操作をざっと説明してくれる。

「参零《サンゼロ》に三千六百時間乗った奴なら軽いはずだぜ。こいつは参零の進化機種としてつくられたからな。参零の操縦者で乗り換えた奴も多いんだ」

「それを聞いては引き下がれないな。試してみよう。——離れてくれ」

ロイドが離れると、ジャスミンはあっという間に零壱《ゼロイチ》を立ち上がらせ、まず両手指を動かしてみた。

次に足回りを確かめて倉庫内に一歩を踏み出した。

最初こそ慎重だったが、すぐに慣れて、障害物を楽々と避けて歩き回る。

ちょうど船を降りてきた男たちがその様子を見て、見物していた仲間に不思議そうに訊いた。

「誰が動かしてるんだ？」

ロイドは零壱《ゼロイチ》の動きに眼をやったまま答えない。

代わりに一部始終を見ていた他の男が答えた。

「客人の姐さんだよ。あれで初乗りだとさ」

「なに？」

「馬鹿言え。初心者があれだけ乗れるもんか」

「初心者じゃねえよ。参零《サンゼロ》の乗りっぷりときたら、そりゃあ凄《すご》かったんだぜ」

「ああ、うちの乗り手以上だよな」

「おうよ、ほれぼれしたぜ」

基地の男たちが熱心に言うので、船を降りてきた男たちも興味深げに首を突っ込んできた。

「姐さんって、女か？」

「あれを女が動かしてるのか？」

先程の一件を知らない《アドヴァンス》の乗員は基地の人間から《トライアンフ》が爆発した一件と、その際のジャスミンの働きを聞かされたわけだが、なかなか信じられない様子だった。

眼の前の零壱《ゼロイチ》は機甲兵用の工具を難なく手に取り、それを持ち替えたり、一度も失敗せずに元の場所に戻したりしている。いくら参零《サンゼロ》を知っているにせよ、初めて乗ったにしては動きがなめらかすぎる。

ジャスミンは一通りの操作を試すと、操縦席から楽しげにロイドに話しかけた。

「こいつはおもしろいな。外に出たらだめか？」

もっと広い宇宙空間で動かしたいという意味だが、仏頂面のロイドが言い返した。

「忘れるんじゃねえ。ここはお尋ね者の基地だぞ」

「そうだったな。残念だ」

零壱《ゼロイチ》を止めて操縦席から降りてきたジャスミンを見て、《アドヴァンス》の乗員たちは眼を剝いた。

ジャスミンを見る男たちの大半はこういう反応を示すので、ジャスミンのほうは慣れたものである。

男たちの顔と名前を一度で覚えると、再び自分の境遇を説明してやった。

屈託《くったく》ない態度のジャスミンを《アドヴァンス》の乗員たちも気に入ったようで、若い男が一人、冗談交じりにこんなことを言ってきた。

「姐さん。初乗りであれだけ零壱《ゼロイチ》を動かせるなら、俺たちに手を貸してくれないか。報酬ははずむぜ」

すると、ロイドがすかさず厳しい声で、その男を遮《さえぎ》ったのである。

「よしやがれ。堅気をまきこむんじゃねえ」

「けどよ、ロイ。あんただって……」

「うるせえぞ。さっさと行け」

「……わかったよ」

男は不満そうな顔ながらもロイドの剣幕に怯《ひる》んで離れようとしたが、ロイドが何か思い出したように、その背中に話しかけた。

「待てや、ニコ。左腕の動きはどうなった？」

男は途端、嬉しそうな笑顔で振り返った。

「ああ！　あんたに礼を言わなきゃと思ってたんだ。助かったよ。すごくよくなったぜ」

「そうか」

今度は別の一人が相談を持ちかけてくる。

「ロイ、俺のはどうも足回りがうまく動かないんだ。ちょっと見てくれないか」

「馬鹿野郎。おまえに必要なのは精進のほうだ」

「えっ？」

「へたくそだってことさ。うまく動かしたいんなら、もっと練習するんだな」

「ひでえなあ……」

他の男たちの間からどっと笑い声が上がった。

「いいや、ロイの言う通りだぜ」

「せっかく整備しても乗り手がお粗末じゃあな」

先程も思ったことだが、ロイドはここの男たちに非常に頼みにされて、慕《した》われているらしい。

男たちが倉庫を出て行くと、ロイドは再び機体の整備に取り掛かり、ジャスミンは近くに他の人間が誰もいないのを確かめて、ロイドに尋ねてみた。

「ここの連中は機甲兵で何をしているんだ？」

「船を襲うのに使うのさ」

「なに？」

ロイドは忙しそうに手を動かしながら、それでも無愛想に答えてきた。

「小惑星に混じって待ち伏せして、船が近づいたら、外からとりついて進入口を開けるんだ」

「航行中にそんな真似をしたら警報が鳴るだろう」

「ああ。鳴るさ。機甲兵用の進入口を開ければな」

しばらく絶句して、ジャスミンはようやく言った。

「巡航速度で航行中の宇宙船に機甲兵でとりついて、そこから人間用の非常口を開けて侵入するのか？」

「そうだ。速度を同調させれば不可能じゃねえ」

「不可能ではなくても、むちゃくちゃだぞ」

ウォーカー船長と呑《の》んだ時とそっくり同じ感想を叫んだジャスミンだった。

「現役の軍人時代のわたしでもそんな無茶はやった覚えがない。一つ間違えば死人が出るだろうに」

「ああ。何人も出てるらしい」

「らしい？」

ロイドはまた口をつぐんでしまう。

答えたくなさそうだが、今度はジャスミンも引き下がらなかった。

「おまえはどうして機甲兵の整備をしてるんだ？」

「他にできる奴がいたら、やってねえ」

忌々《いまいま》しげな口調だった。

「ここの奴らと来たら、黙って見てりゃあ、ろくな整備もせずに出ようとしやがる。物騒でいけねえ。俺も本職ってわけじゃねえが、古い機が好きでよ。だからこうして動けるようにしてる」

「独学にしてはおまえの整備は好《い》い線を行ってると わたしも思うが、聞きたいのはそのことじゃない。おまえがここで何をしているのかだ」

「ああ？」

「その前に確認しなければならないことがあるな。おまえには双子の兄弟がいるのか？」

ロイドが手を止めて、訝《いぶか》しげに振り返った。

「兄弟ならいるが、双子に生まれた覚えはないぜ。何でそんなことを訊く？」

「では、やはりおまえがロイド・ウェッブか？」

ロイドの表情が一気に険《けわ》しくなった。

露骨《ろこつ》な敵意をみなぎらせてジャスミンを見た。

「……おまえ、何者だ？」

「言ったはずだぞ。わたしはジャスミン・クーア。おまえはロイド・ウェッブなのか？」

「俺はここではロイと呼ばれてるだけだぞ。誰にも名前を話した覚えはねえ。何で知ってる？」

「おまえがロイド・ウェッブなら人質のはずだろう。どうして連中に手を貸すような真似をする？」

「誰だ、おまえ。ここに何をしに来た？」

嚙《か》みあわない会話である。

ロイドはジャスミンの質問に答えようとはせず、あからさまにジャスミンを怪《あや》しんでいる。

ジャスミンはわざとらしいため息を吐いた。

「謎だな。実に不可解だ。おまえは男ぶりもいいし、頭も切れる。下の者の面倒見もいい。ここの連中に兄貴として慕われるのはよくわかるが、アリエルの夫としてはいささか不似合いに見えるんだが……」

その名前を出した途端だった。

ロイドの様子が激変した。

「女房に何をした⁉」

血相を変えてジャスミンに摑《つか》みかかってきたが、ジャスミンのほうが遥《はる》かに早かった。

そもそも逆上したロイドに対して、ジャスミンは冷静そのものである。狙いすまして、ロイドの腹に拳《こぶし》をめり込ませていた。

「ぐえっ！」

女の拳でも軍の猛者《もさ》たちを何人も沈めた腕である。

ロイドも盛大に眼を剝いて苦悶《くもん》の表情になったが、倒れはしない。

話を聞く都合があるので手加減したのは確かだが、ジャスミンはちょっと驚いた。

想像以上に頑健な男である。それとも今の自分が本調子ではないせいかとも訝しむ。五時間も意識を失っていたのはついさっきのことなのだ。

あるいは自覚していないだけでハニカムが身体に残っているのだろうかとも疑ったが、違うらしい。

短い間にロイドは足を踏ん張って体勢を立て直し、気力体力まで回復させて再び向かってきたからだ。

その突進を躱《かわ》しながら、ジャスミンは思った。

この男は相当、喧嘩《けんか》の場数を踏んでいる。

さっきの一撃では甘かったかと反省して、今度は存分に体重を乗せた膝蹴《ひざげ》りを送り込む。

これも見事に腹に決まった。

拳と違ってこれなら確実に悶絶《もんぜつ》するはずなのに、驚いたことにロイドはそれでも倒れなかった。

腹を押さえて身体をくの字に折りながらも、まだ二本の足で立っているのだ。

ジャスミンは正直、感心した。

こんなに頑丈な男は久しぶりだ。ケリー以来かもしれないが、それだけではない。恐らくアリエルの名前を出したことが彼の闘志をかき立てている。

妻の安否を確かめるまでは倒れたりするものかと、歯を食いしばったロイドの顔に書いてある。

「アリエルが心配か？」

尋ねると、案の定だった。激痛に顔を歪《ゆが》めながら、性懲《しょうこ》りもなく摑みかかってくる。

ところが、奇妙なことに先程も今もその手は拳を握っていないのだ。ジャスミンを殴るのではなく、単に捕まえようというつもりらしい。

これでは攻撃とは言えない。そんなロイドの手を払い落とすことなどジャスミンには造作もない。

ジャスミンも実のところ打ち身だらけなのだが、こういうやりとりは大いに好むところだったので、おもしろそうに言った。

「さっきの話がまだだったな。わたしは、わたしを侮辱した男とはきちんと話をつけることにしている。今回もそうさせてもらおう。間近に迫った結婚式で、新婦と子どもたちの眼の前で足腰が立たないなんて無様な姿を晒《さら》したくなかったら、反撃することだ」

ロイドが呆気《あっけ》にとられた顔になった。

「おまえ……？」

呆然と立ちつくしたその腹に、再びジャスミンの拳がきれいに入る。

「げっ……！」

「本気を出さずにわたしをどうにかできると思っているなら、考えが甘すぎるぞ。わたしには軍経験がある。搭乗訓練と同じように格闘訓練も積んでいる。そのつもりで遠慮せずにかかってこい」

これまでの攻撃で、ジャスミンが手強い相手だと、並の女性とは違うといやでも飲み込んだだろうに、ロイドはどうしても拳を握ろうとしない。

憤懣《ふんまん》やるかたない様子で、やけくそに叫んだ。

「――女を殴れるか！」

ジャスミンにも何となくわかってきた。

これは恐らく、この男なりの『美学』なのだ。

それが少々（実はかなり）的はずれの気遣いだということにロイドは気がついていない。

ジャスミンはやれやれと肩をすくめた。

「仕方がない。勝負を投げるのはおまえの自由だが、わたしが勝ったら話を聞かせてもらうからな」

右、左と、眼にも止まらぬ早さで、ジャスミンの拳がロイドの腹を襲う。喧嘩慣れしているロイドも素直にこの攻撃を食らったりはしなかった。両腕で腹を防御《ガード》して防いだが、やはり殴り返してはこない。

ジャスミンもロイドの顔は一度も殴らなかった。

腹だけに狙いを定めていたが、同じところばかり狙われたロイドが、それに気づいた。

ジャスミンの腕を鷲掴《わしづか》みにし、足を払い、渾身《こんしん》の力を振り絞ってジャスミンの身体を床に押し倒した。

彼の狙いはジャスミンを押さえこむことにあったらしい。これなら力の勝負になる。男の自分に利があると思ったのだろうが、そうはいかない。

押し倒された時にはジャスミンは受け身を取って、

素早く身体を入れ替え、のしかかってきたロイドを逆に押さえ込んでいたからだ。

「格闘訓練も積んでいると言っただろう。まったく、どこまでも人の話を聞かない男だな！」

なかなか話が進まないことにちょっぴり苛立っていたので、身体が密着したのを幸い、時間を掛けて入念に締め上げてやる。

その手を放してジャスミンが立ち上がった時には、さしもの彼も根こそぎ体力を奪われたらしい。

仰向けにひっくり返って大の字になり、胸全体で呼吸を繰り返していた。

「……わかったぞ」

ぜいぜい喘《あえ》ぎながら、やっと声を絞り出す。

「何がだ？」

不思議に思って尋ねると、ロイドはジャスミンを見上げながら、忌々しげにこう言った。

「……てめえ、実は男だな！」

両足で立ったジャスミンは床に横たわるロイドを見下ろして、実に美しく、にっこりと笑ってみせた。

その額に極太の青筋が浮かび上がる。

次の瞬間、ジャスミンの右足が――その靴底が、ロイドの腹めがけて容赦《ようしゃ》なく振り下ろされた。

「――!!」

たまったものではない。

腹を突き破るような一撃にロイドは意識を失い、ジャスミンは憤然《ふんぜん》と言ったのである。

「……一児の母に向かってなんてことを言うんだ。失礼にもほどがある」

ロイドが眼を覚ました時、そこは救護室だった。

基地同様、乱雑で散らかった場所だが、怪我人《けがにん》の手当はできるようになっている。もっとも医師などいるはずもなく、中古の医療器械が頼りなのだが、ロイドの眼の前にはジャスミンがいた。

「感謝しろよ。顔を殴らなかったのは、新郎の顔が傷だらけでは、アリエルががっかりするからだ」

ロイドはゆっくりと簡易寝台に上体を起こして、ジャスミンに眼を向けてきた。

今は摑みかかってくる様子はない。ジャスミンが水を差し出してやると、意外にも素直に受け取って口に運び、大きく息を吐き出して尋ねてくる。

「おまえ、何者だ？」

台詞《せりふ》は同じでも、その内容は大きく違う。

だいぶ頭が冷えたらしい。

「最初からそう言え。わたしは奥さんの知り合いだ。結婚式までにはおまえを連れて帰ると約束してきた。ライスとミランダにも会って話したぞ」

ロイドが息を吞んだ。

身を乗り出し、何とも複雑な表情でジャスミンの顔を見つめて尋ねてきた。

「子どもたちは……元気か？」

「三ヶ月も父親がいなくて元気でいると思うか？　それもただの留守じゃない。海賊の人質に取られて、いつ戻ってくるかわからないというのに」

ロイドの顔が苦悩に歪んだ。

両手で頭を抱えたその様子を見れば、彼が家族を気遣っていることはよくわかる。

「二人ともパパのことをとても心配してるんだぞ。ここの連中に手を貸している場合か」

「わかってる！」

ロイドは大声で吠えた。

ジャスミンが一瞬息を吞むくらいの剣幕だったが、ロイドは懊悩《おうのう》もあらわに続けたのである。

「わかってるが、どうしようもねえんだ。断ったら親父とスキップが……」

ジャスミンは片方の眉《まゆ》をちょっと吊《つ》り上げた。

「ひょっとして、おまえも義理の父親と弟を人質に取られているのか？」

「——俺もってのは何だ？」

「いや、まずおまえの事情を聞かせてくれ」

ロイドは忌々しげに舌打ちした。

「特に話すことはねえ。それで全部だ。どのみち、俺たちの身代金はまだ払われてないんだ。金が用意できるまででいいから手を貸せと強要されたのよ」

「その脅迫《きょうはく》を受け入れたのか？」

「他にどんな手がある？」

ぶっきらぼうに言うが、その声には強い自嘲《じちょう》の響きがあった。

「俺一人のことなら断じて引き受けやしなかったが、親父とスキップの命がかかってるんだ。俺が強情を張ったせいで、親父とスキップに何かあったら、俺一人がおめおめ生きて戻ったりしたら、アリエルとトリッシュに何て言う。スキップのおふくろさんに、いったい何て言って謝ればいい？」

「ミセス・ハントを知ってるのか？」

「ああ、よく知ってる。あの人がまだお元気だった頃にはずいぶん家にも寄らせてもらったもんだ」

義理の親子兄弟である三人はそれぞれの家族とも親しくしているらしい。その結束力が今回は最悪の結果を呼んでしまったわけだ。

「おまえの義弟はどこにいるんだ？」

「わからねえ。親父もだ。まだガリアナにいる時に引き離されてそれっきりだ」

「この基地にはいないんだな？」

「ああ。間違いない。俺は二ヶ月ここにいるんだ。二人がいればいくら何でも気がつくぜ」

ジャスミンは少し考えて、声を低めた。

「おまえ、芝居《しばい》は得意なほうか？」

「何？」

「わたしが何を話しても、この基地の連中の前ではそれを顔に出さずにいられるか？」

切れ上がったロイドの眼差しが、恐ろしく真剣な光を浮かべて頷《うなず》いた。

「女房と子どもたちのところに帰るためなら、俺は何でもやる。ただし、親父とスキップも一緒にだ」

「よし。まず第一に《セシリオン》の他の乗組員はとっくに身代金と引き替えに解放されてる。未だに拘留《こうりゅう》されているのは、船長とおまえと、おまえの義弟だけなんだぞ」

　ロイドは絶句した。仰天して眼を剝いたが、騒ぎ立てたり問い返したりはしなかった。ジャスミンの言葉を瞬時に理解し、騙《だま》されていた自分に気づいて、精悍《せいかん》な顔に壮絶な表情を浮かべて歯ぎしりしたが、驚異的な自制心を働かせて、その激情を飲み込んだ。

「第二に、漂流しているわたしを助けてくれたのはウォーカー船長だぞ。船長は今《門》《ゲート・ハンティング》探しをやらされているんだ。断れば、おまえとおまえの義弟の命はないと脅《おど》されてるな」

「なにぃ？」

　今度は呆気にとられた顔になった。義理の父親がまさか自分と同じ境遇に置かれているとは思ってもみなかったのだろう。

「問題は、ここの連中がそこまでしておまえたちを引き留める理由だが、もしかしたら、おまえたちの技術が欲しかったのかもな。船長には《門》《ゲート・ハンティング》探し、おまえには古い機甲兵の整備という特技がある」

「待て。それじゃあ、スキップもか？　俺と親父を助けるために奴らに手を貸してるのか？」

「わたしも今それを考えていたところだ」

　ジャスミンは真面目に頷いた。

「念のために訊くが、義弟には何ができるんだ？」

「スキップの奴は航宙士だからな。宙図を読むのはお手のものだし、通信傍受《ぼうじゅ》も妨害も得意だぜ」

「通信妨害《ジャミング》？」

　ジャスミンは眼を丸くした。

　民間の貨物船にそんな設備は備えられていないし、貨物船の航宙士にそんな手練《スキル》は必要ないはずだ。

　ロイドは少し考えて、頷いた。

「恐らくあれだな。《セシリオン》にはスキップの手製の妨害装置《ジャマー》が積んである。あまり大きな声では言えないし、軍用のそれに比べれば性能は大違いの玩具《おもちゃ》みたいなもんだがな。結構、役に立つ」

「どういう時に？」

「仕事中、領海ぎりぎりを通る時が結構あってな。

目視で狙われたら通信妨害《ジャミング》も役には立たない。

ましてや機甲兵を使った襲撃など、どんな船でも予測できるはずがない。完全に想定外だ。

ジャスミンは嘆息《たんそく》した。

「男の有能なのはたいへん結構なことだと思うが、そもそも無能な男など男と呼ぶに値しないものだが、おまえたち三人が三人とも、ここの連中にとっては非常に魅力的だったわけか……」

「ああ。自分でしたことだ。責任はてめえで取る。生きて戻れたらどんな咎《とが》めでも受けるつもりだ」

「格好をつけるな。パパが刑務所なんかに行ったら、ライスとミランダはどうなる？」

「そいつを言うな、そいつを……」

子どもたちの名前を出された途端、ロイドは頭を抱えてしまう。

強面の外見とは裏腹に子煩悩《こぼんのう》であるらしい。

だからこそ、子どもたちもあれほど、この父親を慕っているのだろう。


警備隊に見つかって追われると面倒なことになる。

そんな時はスキップの奴は通信傍受にかかりきりだ。見つかったら通信妨害《ジャミング》を掛けて、向こうがこっちの姿を見失っているうちに公海に逃げる」

「それは、ここの連中の言う通行料の未払いか？」

「まあな。それを払いたくないからやってることだ。どこもやってることだが、言い訳にはならねえな」

「ガリアナの場合は払わなくても仕方がないだろう。ここの連中の前では言えないが、料金を払う相手の政府がそもそも存在しないんだ」

「代わりに、ここには海賊がうようよしていやがる。こっちも用心はしてたんだがな。もう安全だろうと思って、スキップの奴が探知機から目を離した途端、襲われたのさ。いったいどんな手品かと思ったが、《門》《ゲート》を使われたんじゃあ、どうしようもねえ」

悔《くや》しさを滲《にじ》ませてロイドは歯噛みした。

たった今まで何もなかったところに、突如として敵が出現してしまうのだから、対応は間に合わない。

ジャスミンは励ますように言ってやった。

「心配しなくても、おまえのしたことは不可抗力だ。誰も罪を問えるはずはない。そんなことより、まずここから逃げることだ。そのためにも弟の居場所を突き止めるのが先決だな」

「ああ。親父が無事だってわかっただけでも、正直、ありがたいぜ」

「話はそう簡単じゃないぞ。船長に与えられた船は通信回線を固定されていて、連絡が自由にできない。船長は今どこを飛んでいるかわからないわけだから、合流するのはちょっと厄介《やっかい》だな」

ここでロイドは疑問の顔つきになった。

「俺とスキップはわかるとして親父の《門《ゲート》》探しは何でだ？　親父はそりゃあ、昔は腕のいいゲート・ハンターだったらしいが、連中の地元で、わざわざ親父を使って《門》を探させる必要があるのか」

この意見にはジャスミンもまったく同感だったが、今回の捜索はガリアナ星系内に限定されている。

「自分たちでは眼の行き届かないところを探させるつもりなんじゃないか？　そうすれば労せずして、新しい襲撃経路が手に入る」

「目的は新しい襲撃経路なのか？」

「ああ。少なくとも船長はそう言ったぞ」

ロイドはまだ懐疑的な顔で首を捻《ひね》っていた。

「……妙だな。どうも口実くさいぜ、そいつは」

「どうしてそう思う？」

「ガリアナ星系内に跳躍可能域《ポイント》は三カ所しかない。そのほとんどが恒星真下の宙点に跳んでくるんだ。実際、ここの連中の稼ぎ場もほとんどがそこだぞ。効率よく船を拉致《らち》して逃げるためには、その近くに《門《ゲート》》が欲しい道理だろうが」

正論である。

「なのに、親父には太陽系全体を探させるってのは矛盾《むじゅん》してないか。時間の無駄だぜ。跳躍可能域の周辺を探せっていうなら話もわかるが」

ロイドの言い分には説得力があった。

《門《ゲート》》は実際に飛んでみるまで突出先がわからない。対岸を探せというつもりかもしれないが、いくら何でも遠回りに過ぎる。襲撃に使うなら、外国船が多く飛んでくる宙域周辺を重点的に探すべきなのだ。

何か思いついたようにロイドが言った。

「もしかしたら、俺とスキップを引き止めるために、親父にはわざと《門《ゲート》》探しをさせてるのか？」

「あり得るな」

頷きながら、ジャスミンは感心していた。

この男は気性も優れているし、切れ者でもある。だからこそ、短い間にあれだけ男たちに慕われるようになったのかもしれないが、それだけではない。

「おまえはここの連中をどう思っているんだ？」

「ああ？」

「脅されて仕方なく手伝っているにしては、連中はずいぶんおまえを慕っているみたいだからさ」

ロイドは舌打ちして、苦い顔になった。

「俺だって海賊は大嫌いだ。ただ、な。ここへ来て、連中の実情を知って、放っておけないと思ったのも本当だ。さっきも言ったが、何人も死人が出てる」

「ウォーカー船長の話では、ガリアナ海賊は大金を稼いで贅沢三昧《ぜいたくざんまい》だそうだが」

「そんなのはごく一部の、幹部の奴らだけだ。一番危険なところは使い捨ての下っ端がやらされるのさ。――いくらでも代わりはいる連中がな」

その構図はいずこも同じだ。

ロイドは暗い翳《かげ》りのある、しかし、覚悟を決めた表情で言葉を続けた。

「俺の整備した機甲兵が船の襲撃に使われるんだ。おもしろいわけがねえ。腸《はらわた》が煮えくりかえるが、あいつらときたら『動けばいい』程度に思ってる。放っておいたら、あいつらはみんな死んじまうぜ」

整備の不十分な機甲兵で出撃することがどれほど危険か、ジャスミンもよく知っている。

「相手は海賊だ――俺の船を襲った奴らだ。それは百も承知だがな、行かせたら生きて戻ってこないとわかる局面で、指をくわえて見ているなんて真似は俺には到底我慢できねえ。海賊の味方をするのかと罵《のの》られてもかまわねえ。宇宙で人が死ぬのを手をこまねいて見殺しにした卑怯者《ひきょうもの》と言われるよりはましだろうと、腹をくくったまでよ」

それはこの男が船乗りだから。ウォーカー船長と同じく、宇宙で人が死ぬことだけは避けなければと肝に銘じている種類の人間だからだ。

「それにな、あいつらも——ゲイルの奴はともかく一人一人は、ニコやブッチはそれほど悪い奴らじゃねえんだ」

「危険な集団はみんなそうさ」

ジャスミンは言った。

「一人一人は悪い奴じゃない。特に末端の人間はな。意外なほど人間味にあふれている。それがひとたび集団の一員として組み込まれると、何をしでかすかわからない危険人物になる。極端な話、殺人鬼にもテロリストにもなるんだ」

ロイドは眼を丸くして、にやりと笑った。

「きいたふうなことを言いやがる」

「わたしは軍人だったと言っただろう。ならず者の集団も軍隊も、武器を持った団体はみんな同じさ。非常時にはどんな真似でも平気でする」

淡々と語るジャスミンの顔は、凄惨《せいさん》な戦場を知るものだけが浮かべられる表情をまさに湛《たた》えていて、ロイドは眉をひそめた。

「おまえ、そんな実戦に出たことがあるのか？」

その口調がまたも責めるような、彼の感じている嫌悪を滲ませているものだったので、ジャスミンは呆《あき》れ顔になった。

「いい加減にしろと何度言わせる気だ？　おまえがライスとミランダの父親でなかったら、腕の一本もへし折っているところだぞ」

ロイドは急いで首を振った。

「おまえを見くびってるわけじゃねえ」

「そうか？」

「そうとも。身体はでかいわ、参零《サンゼロ》を乗りこなすわ、馬鹿力だわ、俺を殴り倒すわ。おまえみたいなのを女だなんて天地がひっくり返っても認められないぜ。――本当に性転換したんじゃないのか？」

再びジャスミンの額に青筋が浮かび上がる。

結婚式が間近に迫っていなかったら、この無礼な男に徹底的に思い知らせてやるのに……。

久しぶりに忍耐力を試されていると感じながら、口調だけは冷静に言い返した。

「あいにくわたしは生まれた時から女だ。おまえはそんなに女を見下したいわけか？」

ロイドは口ごもって、苦しげな顔になった。

「違う。そうじゃねえ……」

「どこが違う？　まったく、アリエルはよくまあ、こんな男と十年も一緒にいるものだ。わたしなら、とっくに見切りをつけてるぞ。自分を馬鹿にして、軽んじる男なんかと一緒にいて何が楽しいんだ？」

これにはロイドが血相を変えた。

「俺が女房を――何だと⁉」

「女のくせにと馬鹿にしているんだろうと言った」

「てめえ……黙って聞いてりゃあ……」

「何だ？」

ジャスミンの眼差しは揺るがない。

「沈黙は金とは言わせないからな。わたしの眼にはおまえは時代遅れの石頭の、女性差別主義者にしか見えない。アリエルの夫にはふさわしくない男だ。おまえがわたしに軽蔑されるのはおまえの勝手だが、今のままではアリエルは惨めで気の毒な女性として、ずっとわたしに哀れまれる羽目になるんだぞ。妻の名誉を傷つけたくなかったら反論してみせろ」

ロイドは憤然とジャスミンを睨み返していたが、この睨めっこは最初からロイドの分が悪かった。

鋭い灰色の視線に押されて、とうとう眼をそらし、長い沈黙の後に、ぽつりと言った。

「女が……怪我をするのが、どうもな……」

「なに？」

ひどく気まずそうな顔で口をつぐんだロイドに、ジャスミンは無言で迫る。圧倒的存在感で迫る。

今度の睨めっこもロイドの敗北に終わった。

ロイドが諦《あきら》めて、深い息を吐きながら、とぎれとぎれに話したところによると、《セシリオン》に乗る前、他の船に乗っていた時分に、仲間の船員の女性が大怪我をしたことがあるらしい。

女性ながら経験豊富な人で、若いロイドの面倒もよく見てくれた。船外作業機の乗り手でもあった。

ある時、船体が故障して、その修理に船外作業が必要になった。

「俺たちの中では先輩が一番その機械に慣れていた。先輩が行くのは当然だったが……」

予想外の大事故が起きて、彼女は作業機もろとも潰《つぶ》されたという。

仲間たちの必死の救出活動の結果、彼女は何とか作業機から助け出されたが、ひどい有様だった。

まさに虫の息で顔面は半分つぶれ、腹部が割《さ》けて内臓が飛び出し、右足は太股《ふともも》からちぎれかけていた。

救助した男たちのほうが残らず血の気を失った。

一時は本当に危険な状態に陥《おちい》ったものの、幸い、彼女は一命を取り留めた。

後には整形手術を受けて快復したが、日常生活に支障がなくなっても、傷は残った。

そんな経験をしても、彼女は再び船に戻り、また船外作業機に乗るようになったのだ。あれは自分の失敗《ミス》だと、みんなには迷惑を掛けたと言って笑った。

その強さにロイドはしみじみ感服すると同時に、ひどく恐ろしい思いをしたという。

もし、また、同じように船体が故障したら……。

想像するだけでぞっとした。その時は間違っても彼女には行かせられない。

必ず自分が行かなくてはと密かに誓《ちか》った。

「妙な理屈だな」

ジャスミンは指摘した。

「その女性より経験や技倆《ぎりょう》の劣る人間が行っても、

事故を回避できる確率は低くなるだけだぞ」

「あの事故だって先輩の失敗《ミス》なんかじゃない。運が悪かっただけだ。誰が行っても避けられなかった。それでも、あれを思い出すと……」

ロイドは眉を寄せて身震いしている。

恐らく、彼の眼には血まみれの無惨《むざん》な彼女の姿が焼き付いているのだろう。

「男でもたまんねえのに、女の身体があんなことになったんじゃあ……」

男の自分がここにいるのに、女性にそんな危険な作業をさせるわけにはいかない。

もう二度と、あんなことにはさせられない。

その切羽詰まった思いがもともと精悍なロイドの顔を形相に変え、『女は引っ込んでいろ！』という台詞になって出るらしい。

ジャスミンは小さく吹き出した。

本当は腹を抱えて大笑いしたいところだったが、それではこの不器用で優しい男の気持ちを傷つけることになる。

笑いを嚙み殺しすぎて腹筋が痛くなってきたが、ジャスミンは何とか顔を上げて言った。

「忠告してやるけどな。誤解されたくなかったら、おまえ、もう少し口のきき方を勉強しろ」

今度はロイドの額に青筋が浮かび上がった。

「てめえに言われる筋合いはねえ！」

7

情報部の将校だったジャスミンは人の顔と名前を覚えるのは得意である。その特技を生かして半日もしないうちに基地に馴染《なじ》んでしまった。

基地の男たちも、ウーゴとロドリグの命の恩人ということもあって、最初から友好的な態度だった。

ジャスミンが参零《サンゼロ》の名人だというので、機甲兵の乗り手の若い男たちが『俺の操縦を見てくれよ』と、得意げに乗り回してみせたりもしたが、その操縦を見たジャスミンは肝《きも》を潰《つぶ》した。

無茶や無謀などという言葉で表現できる次元ではなかったからだ。よくまあ、今まで死なかったと開いた口がふさがらなくなる領域である。

ロイドの気持ちがいやでもわかった。

こんな惨状を見て見ぬふりをするのは難しい。

ジャスミンが参零《サンゼロ》に乗って見本を示してやると、乗り手の男たちはたちまち興奮して眼の色を変えた。自分たちとの歴然たる腕の違いを察したのだろう。

意外に素直に教えを請うてきた。

「頼むよ。姐《あね》さん。ガリアナに行くまででいいから、ちょっと教えてくれないか」

「わたしの訓練に着いてこられるならな」

あまり詳しい技術を教えるのは問題だが、最低限、死なないようにしてやらなければ、どうにも気分が悪かった。

こんな未熟な連中が機甲兵で意気揚々と出撃して、無惨に宇宙に散っていくのを見過ごすのは寝覚めのいいものではない。

これも立派に海賊行為の片棒を担ぐことになってしまうが、致し方ない。ロイドの台詞《せりふ》ではないが、腹をくくることにした。

そしていざ教えるとなれば、何と言っても以前は連邦軍の腕利き将校である。

「欲張るな、ニコ！　エルナンド！　おまえもだ！　手足をいっぺんに動かすのはまだ早い！　マーロ！　動作前に姿勢を維持しろと言っただろう！　重力が効いていたら貴様、自重で倒れるぞ！」

鬼教官さながらのしごきだった。

怒鳴《どな》られた男たちも辟易《へきえき》して首をすくめていたが、技倆《うで》を上げたいと思っているのは間違いないようで、懸命《けんめい》に食らいついてくる。

「よし、休憩！」

ジャスミンが言った時には、彼らは全身汗だくで、へとへとになって機甲兵から降りてきた。

「きついよなあ、姐さんは……」

「あれで女かよ……？」

至極もっともな感想である。

そして、男たちを厳しく教えるジャスミンを見て、ロイドがにやにや笑って言ったものだ。

「意外に面倒見がいいじゃねえか」

「茶化すな。——現役だったら、模擬操縦装置《シミュレーター》からやり直せと叫んでいるところだぞ」

ガリアナ行きの船が来るのは意外に時間がかかり、ジャスミンは四日間、基地にいた。その四日の間、ジャスミンは生き残る術《すべ》を男たちに叩き込んでやり、彼らのほうもすっかりジャスミンに感服した様子で、『姐ご、姐ご』と慕《した》うようになった。

四日目の朝、ゲイルが、もうじき船が来ることを知らせてくれた。その際、彼は真面目くさった顔でこんなことを言ったものだ。

「ものは相談だが、姐さんの亭主は姐さんのために、どのくらい身代金を払ってくれると思う」

「さあ？」

とぼけたジャスミンだった。

「わたしは夫がどのくらい稼いでいるのか詳しくは知らないからな。ただ、わたしのためなら支払いを渋ったりはしないはずだ」

「そうか。そりゃあいい。身代金をけちるようなら、姐さんにはここにいてもらったほうがいいからな」

ことなげに言うゲイルを見ても、ジャスミンは約束を破る気かとは言わなかった。

そんな概念《がいねん》を持たない男なのは明らかだからだ。

どちらが得か、何が自分にとって都合がいいか、そういう視点からでしか物事を見ない相手に信義を求めたところで時間と労力の無駄に終わる。

それより上下関係にものを言わせて迫ったほうが話が早い場合もある。

もうじき船が来るという時に、ジャスミンは誰もいないところでブッチを捕まえて声を掛けた。

「世話になったたな、ブッチ」

「いえ、姐ごもお元気で……」

「ちょっと聞かせて欲しいんだが、ガリアナ海賊というのは全部で何人くらいいるんだ？」

予想外の質問だったようで、ブッチはきょとんとした顔になった。

「そんなの、俺たちにもわからねえです」

「レギン一派の他にも派閥があるんだろう？」

「へい。大きなところでアルバレス一派、リオネロ一派、ブルーナ一派、カミロ一派、フラヴィオ一派、他にも小さな派閥がたくさんありますけど、派閥に属さずにやる奴らもいますよ。――俺たち、兵隊になって戦争するか、海賊になるかですから」

あっさり言い放ったところに、ガリアナの現実が如実《にょじつ》に表れている。

ジャスミンはなるほどと頷《うなず》いて、話を変えた。

「ところで、ウォーカー船長のことなんだがな」

途端、ブッチは慌《あわ》てて辺りを窺《うかが》い、おろおろしてジャスミンに頼み込んできた。

「あ、姐ご。そいつは、ロイの兄貴には……」

「秘密らしいな。――どうしてだ？」

「知りません。ただその、ゲイルの兄貴があの爺《じじい》のことは絶対にロイの兄貴には言うなって」

「その爺のことは、おまえは何て聞いてるんだ？」

「なんか、仕事をやらせてるって言ってましたけど、詳しいことは知らねえです」

「船長はここに連絡してくる手はずなんだろう」

「いえ、親分のところです」

「親分？」

「へい。レギンの親分です。姐ごが拾われた時も、親分からこっちに連絡があって、これからあの爺が女を連れて行くって言われたんでさ」

「一ヶ月前の補給の時もそうだったのか？」

「へい。親分から連絡があって、それで、ゲイルの兄貴が、あの爺が来たことは絶対にロイの兄貴には気づかれないようにしろって」

ジャスミンは小さく舌打ちした。

一カ所にしか連絡できないと船長が言い、その後ここに連れてこられたものだから、その連絡相手は当然この基地だろうと思いこんでいたのである。

これはまずいことになった。

ガリアナ太陽系の広さは数十億キロメートル。

その中からたった一隻、しかも通信機の働かない宇宙船を見つけ出すのは、砂浜の中から一粒の砂を探すに等しい作業になる。

確実に船長と合流しようと思ったら、唯一船長とつながっているレギンの居場所を突き止め、そこに乗り込んで行って連絡を取るしかない。

「レギンの親分はどこにいるんだ？」

尋ねると、ブッチは眼に見えて狼狽《ろうばい》した。

「それは……」

「惑星ガリアナか？」

「いえ、あの……」

「違うのか？」

ブッチの狼狽はますますひどくなった。

ほとんどすがりつかんばかりにして懇願《こんがん》した。

「姐ご、そ、それだけは勘弁《かんべん》してくだせえ！　俺も詳しいことは知らねえんです。ほんとです！」

限りなく怪《あや》しい。

しかし、ジャスミンはそれ以上ブッチを追及せず、寛大《かんだい》に笑って頷いた。

「わかった。無理に聞いて悪かったな。ゲイルには黙っておくから心配するな」

「すいません……でも俺、ほんとに知らないんです。親分は滅多に俺たちの前には姿を見せないし……」

「親分に会ったことはあるのか？」

「へい、いっぺんだけ……」

「どんな親分なんだ？」

「へい、六十か、七十か……」

「かなりのお歳なんだな」

「へい、ガリアナの最初の入植者のお一人です」

ブッチはこれ以上、レギンについて語れることを何も持っていなかった。

まもなくガリアナ行きの船が基地に近づいたので、ブッチはほっとしただろう。

ジャスミンがいなくなれば、自分が話したことを、ゲイルに知られずに済むからだ。

ガリアナに降りるのはジャスミンだけではなく、他に五人ほどが一緒だった。

それぞれ荷物を抱えているところを見ると、この基地勤めは交代で行われているらしい。

ジャスミンは荷物は何も持っていない。身一つで船の入港を待っていると、ロイドがやってきた。

視線だけでジャスミンを誘い、男たちから離れて二人きりになると、思い切ったように口を開いた。

「もし、おまえが先にアドミラルに戻れるようなら、女房に伝えてほしいことがある」

「愛しているって？」

「ば……！」

眼を剝《む》いたロイドだったが、そんな場合ではないことに気づいて声を低め、顔を背《そむ》けた。

「約束を破ってすまねえって……言っといてくれ」

二人の間にどんな約束があったのかジャスミンは知らない。それでもロイドの表情を見れば、それが大事な約束であったことはすぐにわかる。

「断る。そんな深刻そうな内容なら自分で言え」

「それができねえから頼んでるんだろうが」

物騒に唸《うな》ったロイドの眉間《みけん》にくっきりと皺《しわ》が入り、ジャスミンはやれやれと笑ってみせた。

「何を聞いていたんだか。おまえたちを連れ戻しに来たと言ったはずだぞ。弟の居場所を突き止めたらすぐに迎えに来てやるから、待ってろ」

ロイドは眉間の皺をいくらか緩《ゆる》めてジャスミンをまじまじと見つめると、不敵に笑い返した。

「あてにしないで待ってるぜ」

「馬鹿を言うな。大いにあてにしろ。結婚式に間に合わなくなってもいいのか」

堂々と言い放ったジャスミンにロイドは今度こそ眼を剝いて、声を立てて笑ったのである。

「いいだろう。そこまで言うなら大いにあてにしてやろうじゃねえか」

「わたしは最初からそのつもりだ」

移動基地から惑星ガリアナまではおよそ十時間の船旅だった。警戒中の軍艦の眼を避けながら、船は惑星ガリアナの軌道上に接近し、ジャスミンと他の男たちは船の送迎艇《シャトル》で地上に降ろされた。

基地の男たちが地上に降りてきたのは久しぶりに家族に会うためのようで、みんな浮き浮きしており、別れ際に律儀《りちぎ》にジャスミンに声を掛けてくる。

「それじゃ、姐さん。お元気で」

「ああ。——おまえたちの街はこの近くなのか？」

「へい。すぐそこのタルーサがそうでさ。姐さんは赤い街に行くはずです」

人質は皆、そこに集められているという。

その赤い街からは武器を持った二人の男が迎えに来ていた。ジャスミンは車輪付きの車に乗せられて出発したが、その途中、タルーサを突っ切ったので、街の様子がよく見えた。

内戦が続いていると言うが、賑《にぎ》やかな街だった。

真っ白な豪邸が立ち並び、高級品を売る店が軒《のき》を連ねている。道行く人の服装も華やかだが、建物に比べて、整地が行き届いていない。必要な部分だけ地面をならし、立派な建物を無理やり乗せたような、妙にちぐはぐな印象だった。

タルーサの街を出ると見渡す限りの荒野が広がり、車の走る道が一本続いている。

二人の男たちは後部座席のジャスミンに構わず、時折、雑談を交わしていた。二人ともジャスミンの迎えに寄越されたことが不満のようで、どうせならタルーサで羽を伸ばして行きたかったのによ——と、つまらなさそうに話していた。

状態がいいとは言えない道路を走り続けて三十分、前方に街が見えてきた。

タルーサの華やかさには及ぶべくもない、質素《しっそ》な雰囲気である。ただ、こんな荒野の真ん中の街にしては意外に大きな四角い建物が目立っていた。

近づくにつれて、人の姿も至る所に見えてくる。ただし、その全員が武器を持っていた。

肩に機銃を引っかけた男と、投擲筒《ランチャー》を下げた男が談笑している。彼らの腰には手榴弾が下がっている。

車を運転していた男たちは彼らと挨拶《あいさつ》を交わして、通りを進み、工場のような建物の前で車を停めた。

ジャスミンもここで車を降りるように言われて、二人の男に先導されて中へ入った。

外見同様、建物の中も素っ気ない。打ちっ放しの壁に無機質な金属の扉が寒々しい空間だった。

男たちは先に立ってジャスミンを奥へ連れて行き、扉の一つを開けて、中に向かって言った。

「連れてきたぜ」

簡素な長椅子と机が置かれている。応接室として使われているのだろうが、一つだけ普通の応接間と違うところがあるとしたら、正面の壁の前に旧型の恒星間通信機が鎮座していたことだ。

室内にいたのはずいぶんぱりっとした格好の男で、ジャスミンに話しかけてきた。

「ミズ・ジャスミン・クーア？」

「そうだ」

「俺はあんたの交渉を担当するジョン・スミスだ。

よろしく。——ご主人に連絡を取ったところだ」

二人の男が部屋を出ると、スミスはジャスミンに椅子を勧め、通信機の画面を見るように促《うなが》した。

久しぶりに《パラス・アテナ》と連絡できるのはありがたかったが、交渉人が横で聞いている。

迂闊《うかつ》なことは言えないと思いながら通信に出ると、画面の向こうで相手が歓声を上げた。

「ジャスミン！　無事だったか！」

「ああ。すまなかった」

何食わぬ顔で答えたジャスミンではあるが、正直、脱力した。危うく椅子から滑り落ちるかと思ったが、何とか踏み止まって神妙な表情を保つ。

画面に映ったのはケリーとは似ても似つかない、派手な顔立ちの金髪の美男子だった。青い眼に嬉《うれ》し涙を浮かべつつ、画面から身を乗り出すようにして、熱心に話しかけてくる。

「心配したんだぞ。こうしておまえの顔を見るまで気が気じゃなかった。どこも怪我《けが》はないか？」

気がかりそうな表情はもちろん肌や瞳《ひとみ》の質感まで、どこから見ても生身の男そのものだが、その正体は明らかである。

これはダイアナがつくっている映像だ。

つまり、ケリーは現在、《パラス・アテナ》にはいないか、さもなくば自分の顔をガリアナの連中に見られたくないということになる。

それはいいが、仮にも自分の夫のふりをするなら、もっとましな男にできなかったのかと内心で文句を言いながら、ジャスミンも曖昧《あいまい》な微笑を浮かべた。

「大丈夫だ。大きな怪我はない」

ジョン・スミスが口を挟んできた。

「ご覧の通り、奥さんの無事は確認できたはずです。身代金の交渉に入りましょう」

彼が事務的に提示した金額は大金には違いないが、かつては巨大財閥の総帥を務めたケリーにとってははした金にすぎない。

それなのに、画面の男は難しい顔になった。

「……それだけの手持ちは今のところないんだが、妻のためなら何とかして金をつくる。もうしばらく待ってくれないか」

「なるべく早くお願いしますよ」

「もちろんだ。ぼくは一日も早く妻を取り戻したい。だがね、スミスさん。あなたを疑うわけではないが、正直な気持ちを言えば、ぼくは画面に映る妻の様子だけでは不安なんだ。不足しているものがあったら渡してやりたいし、実際に妻の様子を確かめたい。もちろんあなたとも直《じか》に会って、妻の解放について具体的に話し合う必要もある。そのためにもぼくの代理人をそっちにやりたいが、かまわないか？」

「こちらとしてもそのほうがありがたい。ですが、奥さんへの差し入れは中身を調べさせてもらいます。──代理人の名前と顔写真は？」

「ハロルド・エヴァンス。──この男だ。明日にはタルーサの街に入る予定になっている」

画面に現れた顔こそケリーのものだった。

ただし、髪をきちんと撫《な》でつけて地味なスーツを着ているので、別人のようにおとなしい印象である。

「わかりました。では明日、タルーサで合流して、この街までご案内しましょう」

「頼むよ。彼には全権を委任してある」

画面の男は言って、ジャスミンに眼を移した。

「ジャスミン。もう少しの辛抱だ。すぐに助ける。気をしっかり持ってくれ。──愛してるよ」

全身がむず痒《がゆ》くなったが、囚《とら》われの人妻としてはここは感激してみせる場面である。

「わたしもだ。愛してるぞ」

せいぜい嬉しそうに答えたつもりだが、ある意味、まるっきり棒読みの台詞だった。

夫との劇的な対面の後、ジャスミンは建物を出て、再び車に乗せられた。

車は今度は街中の別の区画に向かい、その途中に鉄条網をぐるぐる巻き上げた牆壁《バリケード》が現れた。

一カ所だけ、車が通れる門がつくられている。

日中のせいか、門は開け放たれている。

普通、こういう場所には見張りがいるものだが、ここには誰もいない。

車は減速することなく門を通り抜けた。

少し走ると、ちょっと様子の違う一角が現れた。

通りの両側には集合住宅らしきものが並んでいて、一階が食堂になっているものもあるが、どの建物も低い。せいぜい三階建てくらいしかない。

車は混凝土《コンクリート》が剝がれ掛けた集合住宅の前で停まり、運転手の男が警笛をやかましく鳴らし、もう一人がジャスミンに車を降りるように促した。

言われたとおりにすると、ジャスミンをその場に残して車は走り去った。

やがて建物の中から四十歳くらいの、疲れた顔の女性が出てきた。

「あなたが新入り？」

「ええ。よろしく。ジャスミン・クーアです」

「あたしはハンナ・リンチ。女部屋を案内するわ」

「女部屋？」

「ええ。女性の人質が集められているから女部屋よ。今は二十二人いるわ。あなたが二十三人目」

三階建ての建物の一階は食堂になっていた。

もっとも、ここで調理をすることは滅多にない、食事はその都度、外から運ばれてくるが、ほとんど非常食や保存食だという。週に一度、温かいものを口にできるかどうかの生活だとハンナは言った。

二階と三階が人質の住処になっていた。

部屋数だけはあるので一人で一部屋を使うこともできるのだが、みんなそうはしないという。普通は二、三人、多ければ五、六人で一部屋を使っている。

寝台はない。寝袋生活だ。

「みんな、たまには一人になりたい時があるから、そういう時は別の部屋で寝るけど、長くは続かない。すぐに戻ってくるわ」

こんな状況では集団で過ごすのは当然だった。

建物の周囲をうろついているのは武装した男たち、自分たちはその捕虜である。一人では心細すぎる。

「あなた、現金は持ってる？」

「いいえ。――金が要りますか？」

「要るわよ。まず手や顔を拭くタオルが必要ね」

「着替えや入浴は？」

「それは最初から無理。タオルを水で絞って身体を拭くだけね」

「水はどこに？」

「食堂の隣が倉庫になってるてね。水のボトルだけは毎日たくさん補給されるわ。最低でも水さえ与えておけば死なないだろうっていう魂胆じゃないかしら。だから下着も――どうしても我慢できなくなったら水で洗うけど、乾くまでは履《は》くものがない。通りの端に店があるけど女の下着なんか置いてないしね」

ジャスミンはちょっと驚いて尋ねた。

「そこで買い物をする？」

「ええ。ろくなものがないし、馬鹿高いけど」

「この建物から出られるのか？」

「もちろん。街の中なら自由に歩けるわよ」

「話が違うな。前に人質になった人の体験談では、建物から出してもらえなかったということだった」

「ああ。それは……」

ハンナは苦笑した。

「若くて勇ましい人たちだったんじゃない？」

顔に疑問符を貼り付けたジャスミンに、ハンナは淡々と説明してくれた。

「あたしもそうだけど、同じ船の船員って言っても、別々に集められた雇《やと》われ船員は仲間意識が薄いから、あの連中にとっては比較的安全らしいわ。結束して何かしようなんて考えないから。――でも、中には同じ顔ぶれでずっと同じ船に乗船して、一つの家族みたいに強い絆《きずな》で結ばれた船員たちもいるのよ」

「まさにそちらのほうだな」

「それが若くて元気な人が多いと、連中にとっても油断できないんでしょうね。そういう場合は建物に閉じこめることもあるみたい」

　ここでハンナは真面目な顔になった。

「あの連中はこっちの出方を見て態度を変えるから、なるべくおとなしくしていたほうがいいわ。あなた、目立つから」

「気をつけましょう。男の人質には会えるかな？」

　ハンナは不思議そうな顔になった。

「知り合いでもいるの？」

「そんなところです。名前はスキッパー・ハント。知りませんか？」

「船は？」

「アドミラル船籍の《セシリオン》です」

　すると、ハンナは戸惑い顔になった。

「《セシリオン》の乗員はもう解放されたはずじゃなかった？」

「全員ですか。間違いない？」

「そう言われると……自信ないわ。区画《ブロック》が違うから、詳しくは知らないのよ」

「よかったら、街を案内してもらえますか」

「いいわよ。最初はみんなそうだから」

　二階と三階へ行って他の女性たちにも挨拶すると、ジャスミンはハンナと一緒に外に出た。

　道幅は広く、ちょくちょく車が通り過ぎる。

　車に乗っているのはもちろんガリアナ海賊たちで、人質のジャスミンとハンナは歩いていくしかない。

　道は果てしなく続いているように見えた。

　この街が相当広いことがわかる。

　しかも、街の至る所に、あの鉄条網をぐるぐると盛り上げた牆壁《バリケード》がつくられているのだ。この牆壁《バリケード》で区切られた部分がハンナの言う区画のようだった。

「昼間はこの向こう側にも行けるけど、夜になると、門が閉まって区画からは出られなくなるわ」

「夜はみんな、与えられた建物に戻るのかな？」

「そうよ。あの連中が点呼するから。一つの区画に三つか四つは人質のいる建物があって、三十人から五十人くらいが集められているけど、あたしたちの区画は女部屋だけ」

建物だけでなく区画まで分けて、夜間の行き来ができないようにしているのは、船員は圧倒的に男が多いからだろう。

「男たちがよからぬ気を起こすかもしれないと？」

「ここに長くいればそんな元気はなくなるわ。ただ、最初のうちは危ないの。それはこっちも同じだけど。——ストレスがたまって何をするかわからない」

ハンナの表情も口調もひどく荒《すさ》んだものだったが、ジャスミンはそれには気づかないふりで尋ねた。

「見張りの男たちはどうなんです？」

「強姦《ごうかん》されるかって意味なら、それだけはないわ。あたしたちは大事な商品だから。せいぜい、聞くに堪えないことを言われるくらいよ」

ガリアナの海賊は、自分たちは人殺しではないと、人質の命は保証すると謳《うた》っている。

しかし、自由はなく、ろくな食事も与えられず、居住環境も最悪、武器を持った男たちが自分たちの身辺を終始うろつき回って監視している。

こんな環境で、当たり前の人の精神がいつまでも均衡《きんこう》を保っていられるはずがないのだ。

「あなたはどのくらいここに？」

「……二ヶ月になるわ」

呟《つぶや》いて、ハンナはジャスミンの顔を見た。

「あなた、子どもはいるの？」

「ええ、男の子が一人」

「いくつ？」

四十四歳——とはまさか言うわけにいかないので、ジャスミンは昔の記憶を思い浮かべた。

「……四歳かな」

「可愛い盛りね」

ハンナは微笑《ほほえ》んで、

「——うちも男ばかり三人。上の子はもう十四歳。一番下の子も十一歳になる。生意気盛りよ」

ジャスミンは『子どもたちに会いたいか？』とは訊《き》かなかった。あまりにも愚問だからだ。

「あなたの船は？」

「アルザン船籍の《ストライクフェザー》。八十万トン級の貨物船で、このくらいの大型船なら滅多に襲われたりしないって船会社には言われたんだけど、あてにならないわね」

「交渉の進捗状況はどうなんです？」

「……わからない。教えてくれないから」

深いため息を吐いて、ハンナは微笑した。

「あなたは船員じゃなさそうね」

「ええ。わたしが乗っていたのは夫の船で、いわば旅行者です。小型艇で宇宙に出たら、艇が故障して、彼らに拾われました」

「あたしは雇われ船員でね。――知ってる？　今、ガリアナ経由の船は人手が足らなくて困ってるの。だから相場より報酬がよくてね――保険の条件も」

「というと？」

「海賊に襲われて捕虜になったらその拘留《こうりゅう》日数に応じて保険金が支払われるのよ。ここにいるだけで相場の日給より多くもらえる計算になるの」

ジャスミンは黙ってハンナの顔を見た。

それが彼女の本心とは思えなかったからだ。

「働かずにお金がもらえるんだから楽なもんだって、最初はそう思ってた……思おうとしてた。馬鹿よね、ほんとに。どうしようもない馬鹿だった」

震える声には強い自嘲《じちょう》の響きがあった。

そうして、ハンナはそんな自分を打ち消すように首を振った。

「だけど、そうとでも考えないと、ここではとてもやっていられないのも本当よ」

「賛成だな。前向きに考えたほうがいい」

と、ジャスミンは言った。

「海賊に捕まった不可抗力で働けなくなったのに、その分の給料を引かれるなんて理不尽に遭《あ》うよりは、充分な保険金を払ってもらったほうがずっといい」

ハンナも気を取り直して笑った。

「そういうことね。子どもが三人もいると、お金がかかってしょうがないんだから」

それから二人は建物に戻った。

ハンナの話では、ほとんどの人質は、自分の住む区画から離れないという。

これはジャスミンには意外だった。

外出が許されているなら、街の隅から隅まで見て回りそうなものだが、一人で出歩くのは勇気がいる。

かと言って、仲間たちと集団で歩こうものなら、銃を持った海賊の男たちがたちまち寄ってくる。

彼らは実際に手を出すわけではないが、威圧的な態度で銃を見せつけながら、眼の前に立ちはだかる。

とてもではないが、その先へは進めない。

迂闊な態度を取って海賊たちに眼をつけられたら、ただでさえ苦しい人質生活がもっと不自由になる。

だから、みんな自主的に隣の区画くらいまでしか行かないようにしているという。

二人が女部屋に戻った後、夕食が運ばれてきた。

乾パンだけという恐ろしく粗末な食事である。

味も素っ気もないとはこのことだが、それでも、水が充分にあるだけましだとジャスミンは思った。

辺境の戦場では飲み水にすら不自由するからだが、他の女性たちはジャスミンのようにはいかない。

女部屋にいるのはほとんどが三、四十代の女性で、みんなハンナ以上に疲労の色が濃く現れていた。

こんな生活が何週間も続いていれば無理もない。

自由を奪われ、生命も安全も保証されない環境で、何もすることができないという現実は、時に重労働以上に人を疲弊させるものだ。

夜になるとみんな上の階に上がり、ジャスミンも自分の身体には少々小さすぎる寝袋に収まったが、寝入り端《ばな》、どこかで銃声が響いたのである。

距離は遠かったが、ジャスミンにとっては何より慣れた警戒すべき物音だ。

たちまち眼を覚まし、反射的に起き上がった。

身構えたその様子を怯《おび》えていると思ったのだろう。

同じ部屋で横になった女性たちが話しかけてきた。

「大丈夫。海賊たちが獣《けもの》を撃ってるだけだから」

「ただの暇つぶしよ」

「毎晩毎晩、何がおもしろいんだか……」

そんな言葉の合間にも銃声は続いている。

男たちの野卑《やひ》な喚声《かんせい》や笑い声も聞こえてくる。

彼女たちにとっては日常茶飯事《さはんじ》かもしれないが、気持ちのいいものではない。

ジャスミンが上体を起こしたまま暗闇《くらやみ》の中で眼を光らせていると、一人がぽつりと言った。

「あの銃口がいつかこっちに向くんじゃないかって、そんなことは考えちゃだめ」

不吉な言葉に猛然と抗議する声が湧き起こるかと思いきや、他の女性たちはいっせいに押し黙った。

部屋の中にはジャスミンを含めて五人がいるのにひそりとも物音がしない。死のような静寂が訪れた。

その可能性は彼女たちの脳裡に——心の奥底に、既に深く刻み込まれている虞《おそれ》なのだろう。

ジャスミンも黙って横になり、眼を閉じた。


翌日の午後、ジョン・スミスはケリー・クーアの代理人のハロルド・エヴァンス氏を伴って来た。

ジャスミンは女部屋からあの工場のような建物に連れて行かれて、エヴァンス氏と対面した。

久しぶりに夫の顔を見たわけだが、何しろこれが『初対面』であるから、ある程度はそれらしく振る舞わないと、スミスに怪しまれてしまう。

儀礼的に挨拶したジャスミンに対し、エヴァンス氏は大いに安堵《あんど》した様子の微笑を浮かべてみせた。

今の彼の立場ではそれが自然だからだ。

「初めまして。ご主人の代理人として参りましたが、奥さまの無事を確かめることができて安心しました。ご主人もきっと喜ぶでしょう。——それからこれはご主人から預かってきたものです」

手渡された荷物は特大の寝袋の他に新品のタオル、下着、ブラシ。簡易の湯沸かし器に珈琲《コーヒー》とカップ。

ジャスミン自身は普段ほとんど口にしないが、種類豊富な大量の菓子類。

そして、かなりの額の現金が入っていた。

その大荷物を受け取って、ジャスミンは微笑した。

「心配させてすまなかったと夫に伝えてください。わたしは元気でいるからとも」

「お伝えしましょう」

エヴァンス氏は愛想よく頷いて、スミスに言った。

「ご主人から奥さまに私的な言伝《ことづて》があるので、少し二人で話したいんだが、外へ出てもいいですか？」

「もちろん。どうぞ」

エヴァンス氏の身体検査は入念にしてあるので、武器など隠し持っていないのはわかっている。

大方、他愛ない睦言《むつごと》でも伝えるのだろうと思い、スミスは気にも止めなかった。建物の外には武器を持った男たちが大勢いる。逃げ出せるわけがない。

事実、建物を出たエヴァンス氏もジャスミンも、逃げることなど微塵《みじん》も考えていなかった。

周囲を見れば、通りの向こうに武装した男たちの車が止まっている。眼をそらして反対側を見れば、ここにも投擲筒《ランチャー》を担いだ男たちが雑談している。

ジャスミンは呟いた。

「あの連中はよっぽど暇なのか、人質を見張るのも仕事のうちなのか……」

「後のほうだろうよ」

と、ケリーは言った。

自分より少し身長の低いジャスミンを見下ろして、顔は平静を装いながら、声には少しだけ熱を込める。

「どこにいたんだ。ずいぶん捜したぜ」

撃たれてから四日も消息不明だったのだ。

もし逆の立場だったら――ジャスミンは考える。

この男が撃たれて、その後、四日も何の音沙汰《おとさた》もなかったら、自分なら居ても立ってもいられない。

あの男なら大丈夫だと自分に言い聞かせながらも、きっと平静ではいられない。それがよくわかるから、もう一度、心から謝った。

「すまなかった。もっと早く連絡したかったんだが、不測の事態の連続だったんだ」

　そうして、これまでのことを手短に語った。

　ウォーカー船長に助けられたこと、海賊の基地でロイドに会ったこと、スキッパー・ハントの所在がまだ不明なこと、船長の現在地も摑《つか》めないこと。

「交信相手はレギンのところに限定されているのに、困ったことに、そのレギンの居場所がわからない。発信器でもあれば、あの船に残してきたんだが」

「それだけわかりゃあ充分だ」

　ケリーは言って、思案顔になった。

「あんた、もうちょっと人質やっていられるか？」

「ああ。結婚式まではまだ日にちがあるからな」

「俺が言っているのは、おとなしく人質らしくしていられるかってことだぜ」

「どういう意味だ。わたしはどこから見ても立派な人質だろうが」

　見えないから言っているのである。

　ケリーは何とか笑いを嚙《か》み殺して言った。

「船長には借りができたからな。返さなきゃならん。そっちは俺が探るから、あんたは弟を捜せ」

「頼む」

　ジャスミンは頷いて、真摯《しんし》な顔で夫を見た。

「クインビーは？」

「ちゃんと収容したぜ。運良く船にある部品だけで修理が効いた。きれいに直ってるよ」

　ジャスミンの顔が輝いた。

　実際どんな宝石や衣裳《いしょう》を贈ったところで、この女王さまをここまで喜ばせることはできないだろう。

　相手に向かって動こうとした身体を咄嗟《とっさ》に押さえ、ジャスミンは残念そうに拳《こぶし》を握りしめた。

「人目がなかったらおまえに抱きつくんだがな」

　既婚の人質女性が代理人と抱き合う姿は、いくら何でも奇異に映る。

　ケリーが真面目に頷いた。

「俺もさ。こんなにあんたを抱きしめたいと思ったことはないいんだが、いかんせん人目がある」

ジャスミンは小さく笑った。

ダイアナが言う『いい雰囲気』だったが、それは横へ押しのけて、昨日ここへ来てからずっと疑問に思っていたことをケリーに尋ねてみた。

「不思議なんだが、こんな荒野のど真ん中の街ならいくらでも大胆な人質救出作戦を決行できるのに、どうして各国軍は二の足を踏んでるんだ？」

「荒野のど真ん中だからさ。——見えるか？」

ケリーがジャスミンを促したのは街の中央に建つ、ひときわ大きな四角い建物だった。

「毒ガス工場だ」

「なに？」

「生産は止まってるが、在庫はたっぷり残ってる。軍が上陸する素振りを見せようものなら、安全弁を壊して毒ガスを噴出させる。即効性の猛毒だから、救出活動なんか間に合わない。そっちが実力行使に出たら人質は全員死ぬことになる。そう言って軍を脅《おど》してるのさ」

ジャスミンはあくまで人質女性を装い、なるべく怯えたように見える仕草で、武器を持った男たちにすばやく眼を走らせた。

「——本物か？　誰も防毒面《ガスマスク》は持ってないぞ」

「困ったことに本物だ。即効致死性なのも確かだ。連中が防毒面《ガスマスク》を持たないのはその必要がないからさ。現在、工場は稼働してないんだ。安全弁を壊してもガスが噴出されるまでには十分程度の時間がかかる。奴らには足があるから、車を飛ばせばその間に充分安全圏まで避難できるが、置き去りにされた人質は間違いなく助からない」

そんな危険な場所に妻を残していこうというのだ。

しかし、この人妻は、それ自体はいっさい問題にしなかった。ただ、納得できない口調で質問した。

「ガリアナ海賊は人質を殺さないのが売りだろう」

「いいや。そいつはあくまで建前《たてまえ》で、実情はかなり怪しいらしい。ダイアンが調べたところでは去年は五人、一昨年は十二人の人質が殺されてる。ここに連れてこられる間に抵抗したのが原因らしい」

「それがなぜ公表されていない？」

「船会社と保険協会の意向が働いたのさ。連邦もだ。そんなことを公表されたらますますガリアナ航路の乗り手が少なくなる。保険会社にしても、保険金が跳ね上がるのはありがたいが、船数が減るのは困る。連邦にしてみれば、何をしているんだという世間の声が高まるのは好ましくない。迂闊に乗り出したら海賊退治だけじゃすまなくなる。連邦がガリアナの内戦の調停に取りかかったと思われるのは必至だが、連邦の本心を言うなら、こんな辺境の泥沼の内戦に首を突っ込みたくはない。その程度の被害なら眼をつぶろうってところだろう」

「お家の事情か……」

ジャスミンは小さく舌打ちした。

「ここの人質は毒ガスのことを知ってるのか？」

「知らないはずだ。奴らが教えるはずもないしな」

「そうか……」

「だから——くれぐれも慎重にな。俺が先に船長と合流できたら、あんたを迎えにくる」

「わかった。わたしが先にスキッパーを見つけたら、彼と一緒にここを出て、何とかして宇宙《そら》に上がる」

「ああ。上にはダイアンが待ってる。俺も身一つで連中のアジトに潜入することになるから、どっちが先にダイアンと合流できるかだな」

「ぬかるなよ」

「あんたもな」

物騒な内緒話を終えると、ジャスミンは女部屋に帰されることになった。

彼女自身のこととはいえ、身代金の金額の交渉はスミスとエヴァンス氏の仕事だからである。

その交渉はすぐにはまとまらないはずだった。

寝袋を含めた差し入れはかなりの大荷物だったが、ジャスミンは一人でそれを担ぎ、悠々と持ち帰ると、自分の部屋でさっそくお湯を沸かし始めた。

それから一つ一つ部屋を回って、人質の女性たち全員に声を掛けた。

「お茶にしないか？」

怪訝《けげん》そうな顔をしながらも、みんなジャスミンの部屋までぞろぞろと集まってきた。

ジャスミンが荷物から取り出したものを見ると、彼女たちは顔を輝かせて歓声を上げた。

熱い珈琲に甘いクッキー、塩味の利いたスナック、ドライフルーツ、そしてチョコレート。

久しぶりに人間らしいものを口にした彼女たちは大げさでも何でもなく眼に涙を浮かべて、

「生き返った……！」

と喜んだのである。

8

ジャスミンは精力的に行動を開始した。

日中しか自由に動けず、自分の足で歩き回るしかないのだから時間は無駄にできない。

牆壁《バリケード》をいくつも越え、片っ端から区画を巡って、スキッパーの姿を捜した。男の人質とも会って話をしたが、誰もスキッパーの居場所は知らなかった。

交渉が難航して三ヶ月半ここにいるという人質も、彼のことは知らないと首を振った。

《セシリオン》の乗員たちが建物に閉じこめられて、他の人質と隔離されていたことが原因らしい。

ただ、《セシリオン》の乗員が解放されたという事実だけは耳にしていたようで、

「まだ残っている奴なんかいるのか？」

逆に問い返される始末だった。

街を探索し始めてすぐに気づいたが、人質のいる区画は街の中央付近に集められて、その一つ一つを囲むように牆壁《バリケード》がつくられている。

見張りの通る道は街の中を縦横無尽に走っており、彼らがたむろする建物は街の外側に集中している。

言うまでもなく、逸速《いちはや》く毒ガスから逃げるためだ。

人数を数えると、二百八十人あまりの人質に対し、街にいる海賊の数はおおよそ五十人ほどである。

その全員が入念に武装していることを考えると、人質が一斉蜂起《ほうき》したところで到底勝ち目はない。

大きな身体で通りを闊歩《かっぽ》するジャスミンを見て、見張りの男たちが、ハンナが言ったように、聞くに堪《た》えない卑猥《ひわい》な言葉を浴びせかけてくる。

いつものジャスミンならこんな無礼は許さない。

しかし、自分は素手《すで》、相手は武器を持っている。

この状況で喧嘩《けんか》をふっかけるほど愚《おろ》かではないが、黙って引き下がる気はさらさらない。

軍生活で鍛《きた》え上げた、見張りの男たちより遥《はる》かに熟達した猥言の数々を駆使して、男たちがたじろぐくらい徹底的に応じてやった。

そんなふうに街を歩き回ったが、五日が過ぎても、スキッパーの手がかりは得られなかった。

肝《きも》の太さにかけては誰にも負けないジャスミンも、そろそろ焦《あせ》りを覚え始めていた。

エルヴァンスで行われる二組の結婚式まで、もう三日を切っている。ケリーや船長と合流する都合を考えると、そろそろ行動を開始する必要があった。

もしスキッパーが普通の人質には入れない区画に監禁されているとしたら、いくら捜したところで、彼を見つけられる確率は限りなく低い。

いっそ、この街を制圧するかとも本気で考えたが、これはさすがにジャスミン一人では無理があった。

武器と車を奪って見張りを倒すにしても、相手が多すぎる。一度にまとめて五十人を仕留めなければ、必ず人質たちに被害が出るだろう。

他の手段も考えてはいたが、まずはスキッパーを見つけなくては話にならない。

無念ではあるが、ここはケリーの迎えを待つしかないかと思い始めた。

そんな折、ジャスミンは見張りの男に呼び出され、再び通信機のある建物まで連れて行かれたのである。

あの時とは別の部屋だが、そこには意外な相手が待っていた。

「どうも、姐《あね》ご」

顔立ちはまだ幼いのに、一生懸命《けんめい》凄《すご》みを出そうと振る舞っている若い男は、移動基地でジャスミンがしごいてやったマーロだった。彼も家族に会うため、ジャスミンと一緒にガリアナに降りた一人だ。

「わざわざ寄ってくれたのか？」

「へい。姐ごに差し入れを持ってきました」

「おまえが？」

「いえ、俺じゃなくて、新入りの兄貴からです」

『新入りの兄貴』とは、普通はありえない表現だが、誰のことかはすぐにわかった。

「わたしより背の高い男か？」

「へい。あの兄貴はすごいですね。他の兄貴たちの覚えもよくて、それで近々レギンの親分にお目見えすることになったそうです」

「そうか……」

ジャスミンはほっとして言った。

ケリーの仕事は順調に進んでいるらしい。

「俺が姐ごの知り合いだって言ったら、差し入れを持って行ってくれって頼まれまして」

マーロが差し出したのは密封式の包装で、中身は恐らく金である。

それをひらひら振りながら、ジャスミンは言った。

「これだけか？　ごまかしてないだろうな？」

マーロが決まり悪げに笑って頭を掻《か》いた。

「俺も兄貴から駄賃をもらってるんで……」

手はつけていないと言いたいのだろう。

ジャスミンも笑ったが、閃《ひらめ》くものがあった。

ケリーが単なる差し入れのためだけに、マーロをわざわざここまで寄越したりするだろうか？

今のジャスミンは通信機など身につけていない。外にいるケリーが情報を摑《つか》んでも、ジャスミンに知らせる手段がないのだ。

まさかと思いながら包装を開けてみたが、中身は金だけだった。当然である。いくら厳重に封をして、いくらマーロに言い含めても、途中でマーロの気が変わって欲を出さないという保証はどこにもない。

中身を少し抜いて別の包装に移し替えてしまえば、ジャスミンにはマーロが何をしたかわからなくなる。

その際、マーロに見られたら困るようなものを、ケリーが不用心に忍ばせるはずがない。

となると消去法で、ケリーが届けたかった情報はマーロ自身ということになる。

そこまで瞬時に考えて、ジャスミンは言った。

「マーロ。ちょっと尋ねるが、おまえ、前にここにいたことはあるのか？」

「へい。しばらく見張りをやってました」

「それなら《セシリオン》の船員で、スキッパー・ハントという男を知らないか？」

マーロはあっさり頷《うなず》いたのである。

「ああ、その男ならタルーサにいますよ」

思わず大声を上げそうになったのを、かろうじて抑えたジャスミンだった。

「人質は皆、この赤い街に留め置かれるはずだろう。なぜ彼だけがタルーサにいるんだ？」

「そりゃあ、だって、あの男はロイの兄貴と同じで、俺たちの仲間になったんですから」

マーロにしてみればそういう認識らしい。

ロイドはこうした一般の男たちには、自分がなぜ基地にとどまり、彼らに手を貸しているのか、その理由を一言も言わなかったのだ。

そして、マーロもそれについて深く考えない。

彼にしてみれば頼れるロイドが自分たちの味方をしてくれるということが肝心《かんじん》なので、彼がどうしてそうしたのか、彼にどんな事情があるのか、そんなことには興味がないのだ。

スキッパー・ハントがなぜ仲間になったのかも、マーロにとっては大した意味がないに違いなかった。

ジャスミンはにっこり笑って身を乗り出した。

「では、マーロ。ものは相談だが、今からわたしをタルーサに連れて行ってくれないか？」

これにはマーロがのけぞって倒れ掛けた。

「姐ご。そいつあ無茶ってもんですよ！」

「おまえが一緒なら問題ないだろう」

「いや、おおありですって」

彼らガリアナ海賊には、人質の取り扱いについて厳格な規定がある。人質を傷つけたり強姦《ごうかん》したりはもちろん、勝手に人質を動かすのも禁止だという。

言い換えれば、ロイドとスキッパーが他の場所に移されたのはかなりの特例と言えるのだ。

「俺の一存じゃあ……とてもそんなことは」

ほとんど怯《おび》えて首を振るマーロに、ジャスミンは鷹揚《おうよう》に頷いた。

「それもそうだ。おまえに聞いたわたしが悪かった。

——ちょっと待ってろ」

ジャスミンは席を立ち、あの恒星間通信機がある部屋に向かったのである。

そこには見張りの男が四人、雑談に興じていたが、ジャスミンはその横を平然と通り過ぎた。

「借りるぞ」と言った時には、既に恒星間通信機に手を伸ばしている。

これには男たちも血相を変えた。

「何しやがる！」

四人のうち二人がジャスミンに銃口を向けたが、ジャスミンは振り返りもせずに言い返した。

「人質を傷つけるのは禁止のはずだぞ。心配するな。別に助けを呼ぼうというわけじゃない」

ジャスミンが呼び出したのはあの移動基地である。

通信に応じたのはよく見知った男の顔だったので、見張りの男たちも驚いて銃口を下げ、ジャスミンは笑顔で相手に話しかけていた。

「やあ、ガス。わたしだ。ゲイルはいるか？」

「へい、姐ご。ちょっとお待ちを」

基地の人間が人質の女を『姐ご』と呼んだことに、見張りの男たちはますます驚いた。しばらくして、画面に苦り切った顔のゲイルが映った。

「おい、姐さん。こんなことをされちゃあ困るぜ。地上から気楽にここに連絡するなんざあ……」

「固いことを言うな。暇をもてあましてたところにマーロが顔を見せてくれたんだ。ちょうどいいから、タルーサで羽を伸ばしてくる」

通信機の向こうでゲイルが顔を押さえて呻《うめ》いた。

「姐さん。あんた、自分が人質だって、ちょっとは自覚したほうがいいぜ」

「いやと言うほど自覚してるから言うんだ。ここは退屈で仕方がないのさ。どうせ、わたしはもうじきこの星を離れるんだ。その前に少し遊ぶくらい別にかまわないはずだぞ」

「あのなあ……」

ほとほと呆《あき》れた様子のゲイルが何か言うより先に、ジャスミンはわざとらしく嘆息《たんそく》してみせた。

「夫が差し入れにずいぶん金をくれたんだがなあ。ここじゃあろくな使い道もなくて、つまらないんだ。タルーサの街には賭場《とば》くらいあるだろう。昼間でも開いているかな？」

ゲイルはぽかんと口を開けて絶句した。

見張りの男たちも同様だった。

よりにもよって海賊の人質が海賊の街に出向き、海賊の賭場で遊ぼうというのである。

誰だって開いた口がふさがらなくなる局面だが、ゲイルが逸速くその口を閉じて、今度はにんまりと気味悪く笑った。

人質への暴行は建前では禁止してある。だから、暴力で金を取り上げることも一応は避けている。

人質の区画の中に馬鹿高い売店を置いてあるのも、あくまで穏便に人質から金を巻き上げるためだ。

しかし、人質が、自分から金を落としてくれるというのを止める理由はない。

ゲイルは打って変わって愛想のいい笑顔になると、猫なで声で言ったのである。

「そうだよな。ずっとそこじゃあ退屈するよなあ」

「そうなんだ。あと少しなのはわかっているんだが、どうにも我慢できなくてな。もちろん他の人質には何も言わないさ。それなら問題ないだろう？」

「そうさなあ……。ま、他ならぬあんたのことだ。マーロ！　そこにいるのか？」

「へっ、へい！」

物陰でびくびくしながら話を聞いていたマーロは慌《あわ》てて進み出た。

「おまえ、姐さんにタルーサを案内してさしあげろ。賭場ならキャメロンの店がおもしろく遊べるだろう。いいか。くれぐれもお側を離れるんじゃねえぞ」

「へい」

決して眼を離すなというゲイルの命令をどこまで

汲《く》み取ったかは謎だが、マーロは生真面目《きまじめ》に頷き、ゲイルは笑ってジャスミンに話しかけた。

「タルーサは俺たちの自慢の街だからな。あんたに見てもらえるのは嬉《うれ》しいぜ。楽しんできてくれ」


ジャスミンはマーロにひたすら車を飛ばさせて、およそ十五分でタルーサに到着した。

強烈な陽射《ひざ》しが白い街並みに射している。

内戦が続いているのが嘘のようなきれいな街だが、白亜の豪邸のすぐ傍《そば》に重火器や手榴弾《しゅりゅうだん》を売る店が軒《のき》を連ねているかと思うと、正装を義務づけている高級レストランの正面に酒場や賭場がある。

金はある。活気もある。平和も——一応はある。

だが、秩序はどこにもない。

その典型的な例だった。

この街ではよそ者は珍しい。ジャスミンのような規格外れの女性はなおさらだ。道行く人々が驚きと好奇の眼を向けてくる。

その身なりや雰囲気から推測するに、街の住民は海賊ばかりではないらしい。

マーロの話では、海賊の運転手や家政婦、召使い。店舗で働く従業員。他にもジョン・スミスのような交渉人や弁護士、会計士なども住んでいるという。

「姐ご。キャメロンの賭場はこっちですぜ」

「いや、まずスキッパー・ハントに会いたいんだ。どこにいる？」

マーロは困った顔になったが、端末を取り出して心当たりに連絡を取り始め、三件目で頷いた。

「——ナッシュの酒場にいるそうです」

「案内してくれ」

その酒場は立派な店構えで、大通りに面していた。

マーロの話では街の中でも大きな酒場だという。

中に入ると、昼間だというのに、広い店内は既にかなりの客で賑《にぎ》わっていた。

男も多いが、それ以上に若い女性の姿が多い。

みんな華やかに化粧して大胆な衣裳《いしょう》を着ている。

男たちをもてなす酌婦だろうが、酌をするだけが仕事でないのは明らかだった。

「ここは女もなかなかいいのが揃《そろ》ってるんですぜ。気に入ったら……」

下卑《げび》た笑いを浮かべたマーロだが、ここで相手が女性であることに気づいて狼狽《ろうばい》した。

「すいやせん。姐ごには用がないんだっけ……」

「そうでもないぞ。うまい酒になら用があるんだが、昼間からは呑《や》らないことにしてる」

しかし、今の目的は酒でもない。

店内に眼を走らせたジャスミンは、すぐに目的の顔を見つけ出した。

たいていの女が眼の色を変えそうな若々しい肌に整った顔立ち、短く刈った薄い茶色の髪。

スキッパー・ハントだった。

彼は一人ではなかった。両脇に際どい服装をした若い女性を侍《はべ》らせていた。店内の女性たちの中でもとびきり美しく、艶《あで》やかな二人である。

その二人の腰に手を這《は》わせながら、スキッパーがそそるような笑い声で言うのが聞こえた。

「困ったな。きみたちがあんまり魅力的で一人には決められないぜ。——いっそ、三人でどうだい？」

ジャスミンの額《ひたい》にぴきっと音がするような青筋が浮かび上がった。

マーロに小遣いを渡して低い声で言う。

「ご苦労だったな。これで少し遊んでこい」

「いや、姐ご……」

お側を離れるわけには——と言いかけたマーロを置き去りにして、ジャスミンはスキッパーに近づき、堂々と声を掛けたのである。

「やあ、スキップ」

スキッパーは不審な眼でジャスミンを見上げた。

彼にしてみればまったく見覚えのない相手だから当然の反応だ。

「あんた——？」

ジャスミンはその先は言わせなかった。彼の首にがしっと腕を絡めると、両隣の女性たちに眼を移し、ゆっくりと微笑を浮かべて穏やかに話しかけた。

「すまないが、お引き取り願えるかな？」

がっちりと首を極《き》められたスキッパーはもちろん声も出せず、暴れることすらできないでいる。

少しでも身動きしようものなら激痛が走るからだ。

客を取られる文句など間違っても言えない雰囲気だった。二人の女性は呆気《あっけ》にとられた怯え顔で頷き、ジャスミンはさらに優しい声で問いかけた。

「参考までに三人でどこにしけこむ予定だったのか、教えてもらえるとたいへん助かるんだが」

「こ、ここの二階に……」

「部屋がある？」

女性たちはこくこく頷き、ジャスミンはとことん嬉しそうに尋ねたのである。

「鍵は？」

女性の一人が慌てて差し出してきた。

ジャスミンは右腕でスキッパーの首を固めながら、左手だけで鍵を受け取り、最後の質問をした。

「その二階へはどう行けばいいのかな？」

一人が店の奥に続く通路を指して、そこに階段があると教えてくれる。

「ありがとう」

ジャスミンはにっこり笑って礼を言うと、椅子に座っていたスキッパーを力ずくで引きずり立たせた。

彼も決して小柄《こがら》ではない。ロイドと同じくらいはあるだろうに、その大きさと体重をものともせず、強引に歩かせながら奥を目差した。

マーロが慌てて後を追う。

「姐ご、待ってくだせえ」

「ついてくるな」

「それはだめですって。ゲイルの兄貴からもお側を離れるなって……」

「あんまり野暮《やぼ》は言うなよ、マーロ」

「へ？」

振り返ったジャスミンは、がっちりスキッパーを

拘束《こうそく》しながら、マーロの顔を覗《のぞ》き込んで、とびきり妖しい笑顔で言ったのである。

「わたしはな、この男の下半身に用があるんだ」

マーロが硬直した。

ぽかんとした間抜け面で立ちつくしたが、慌てて我に返ると、ひたすら深く深く頭を下げた。

「……失礼しやした。あの、どうぞ、ごゆっくり」


部屋に入り、腕を解かれて寝台に突き飛ばされたスキッパーは生きた心地がしなかったに違いない。

寝台の上で盛大に後ずさって叫んだ。

「な、な、何なんだ、あんた！」

「騒ぐな」

後ろ手に鍵を閉める。電磁錠でも認証鍵でもない、極めて単純な円筒錠だ。

「美人の婚約者と長いこと遠く引き離されたせいで、気晴らしが欲しくなる心境はわからないでもないが、一度に二人か？　どういう節操なしだ、貴様」


スキッパーの表情が劇的に変化した。

探るようにジャスミンの顔を見つめて呟《つぶや》いた。

「あんた、トリッシュの知り合いか……？」

「アリエルの知り合いでもある。まったく、二人がこのことを知ったら何と言うかな。――あの姉妹はおまえだけでなく、おまえの御母堂《ごぼどう》のことまで気に掛けているというのに。こんな男との婚約は今すぐ解消しろとトリッシュに言ってやらなくては……」

「ちょっ！　ちょっと待てよ！」

スキッパーが悲鳴を上げた。

慌てて寝台の上に両手をつく。

「頼む！　後生だからトリッシュには黙っててくれ。こんなことが彼女にばれたら殺されちまうよ！」

「勝手に死ね」

表情も変えずに冷たく言い放ったジャスミンだが、舌打ちして首を振った。

「……いや、貴様にはまだ生きていてもらう必要があるな。どんなにできが悪くても、母親にとってはたった一人の可愛い息子だ。仕方がない。御母堂にそのだらしのない顔を見せてから死んでもらおう」

母親のことを言われて、スキッパーは再び顔色を変えて身を乗り出した。

「母さんは……元気か？」

「わたしはミセス・ハントには会ったことがない。アリエルとトリッシュの話では今のところお元気で、おまえの帰りを待ちこがれているそうだ」

「そうか……」

スキッパーは安堵《あんど》の息を吐いた。

それから寝台に座り直すと、両手で頭を抱え込み、がっくりとうなだれてしまった。

見るからに、その目的のためだけの部屋である。

寝台の他には女たちが化粧を直しに使うのだろう粗末な鏡台があるだけだ。その椅子はジャスミンが座ったら壊れてしまいそうなものだったが、片手で取り上げて、スキッパーの前に腰を下ろした。

案の定、尻の下がぎしぎし言っているが、それはなるべく無視して、眼の前の哀れな男を詰問した。

「貴様、トリッシュと結婚する気があるのか？」

「決まってるだろう。俺は彼女を愛してる」

「つい今し方の自分の所行を顧《かえり》みて言ってみろ」

「何度でも言えるぜ。俺はトリッシュを愛してる。だから式までにはどうしても帰りたかった」

苦い息を吐きながらスキッパーは自嘲《じちょう》の笑みを浮かべた。

「わかってるよ。くだらない真似をしたって。もう結婚式には間に合わないと思ったら……ちょっとな。自棄《やけ》を起こしたくなっただけなんだ」

「では、今からでも式に間に合うと言ったら？」

スキッパーは呆れ顔でジャスミンを見た。

「何も知らないんだな。ここからアドミラルまではどんなに急いでも七日はかかるんだぞ」

「《門》《ゲート》を使えば話は別だ」

榛色《はしばみいろ》のスキッパーの眼がまん丸になった。

耳を疑う顔つきで茫然《ぼうぜん》と尋ねてくる。

「……何の冗談だ、それ？」

「わたしはあんまり冗談が得意じゃない」

「待てよ。ここに《門》《ゲート》があるのは知ってるけど、まさか、まさか、ガリアナからアドミラルをつなぐ《門》があるって言うのか⁉」

「詳しいことは言えないが、わたしはアドミラルを発って半日でここまで来た。《門》《ゲート》の状態次第だが、式までに帰ることは決して不可能じゃない」

断言して、ジャスミンは顔をしかめた。

「問題は貴様だ。帰りたいのか、帰りたくないのか、どっちだ？」

「あんまり馬鹿なことを訊《き》くなよ」

スキッパーは苛立ったように言い返してきた。

「俺は一日も早くトリッシュに会いたい。母さんを安心させてやりたい。だけど、身代金が揃わなきゃ帰りたくても帰れないんだぞ。それに……」

スキッパーは苦しげに口を閉ざし、男性モデルを務められそうな甘い顔に意外なほど厳しく凜々《りり》しい表情を浮かべて、きっぱりと断言した。

「俺一人では帰れない。絶対にだ」

「やっぱり、おまえもか？」

「どういう意味だ？　そもそも、あんた誰だ？」

「後の質問から答えるなら、わたしはジャスミン・クーア。アリエルとトリッシュの知り合いだ。先の質問に答えるなら、おまえも義理の父親と兄になる予定の二人を人質に取られたのかという意味だ」

図星を指されたスキッパーが再び眼を丸くする。

ジャスミンは今までのことを手短に話してやった。《セシリオン》の他の乗員たちがとっくに身代金と引き替えに解放されていることもだ。

思ってもみなかった話にスキッパーは茫然自失の体だった。我に返った彼の説明によると、ロイドの予想通りスキッパーはガリアナの連中に強要されて、通信妨害装置をつくらされていたという。

まだ身代金は支払われてないと言われたところもロイドと同じだった。

ひとしきり海賊に対する呪詛《じゅそ》と罵声《ばせい》を洩《も》らした後、スキッパーは顔を輝かせて身を乗り出した。

「本当に間に合うのか？　大将もロイドも、俺たちみんな帰れるのか？」

「ただし、その前に操縦者と合流する必要がある。誰にでも跳べる《門《ゲート》》ではないからな」

スキッパーは《門《ゲート》》航法を体験している世代ではないが、知識としては知っている。

驚いて問い返した。

「数値が低いのに跳ぶってことか？」

「そうだ」

「できるのか、そんなこと？」

「あんまり低くなってしまうとさすがに無理だがな。多少割り込むくらいなら問題はない」

自信ありげにジャスミンが言うと、何を思ったかスキッパーはおもしろそうな顔で笑った。

「参った。そんな凄腕の操縦者まで出てくるなんて、さすがはガリアナってとこだ」

「なに？」

「大将が話してたのさ。昔あの海賊王が……あんた、キング・オブ・パイレーツって知ってるか？」

知っている段ではない。

他ならぬジャスミンの夫のことだ。

「船乗りでその名を知らない者はいないだろう」

「そうだよな」

スキッパーは笑いながら頷いて、

「ガリアナを通る前に、うちの大将が言ったんだよ。今じゃあ誰も知らないことだが、実はガリアナには《門《ゲート》》があるって。その証拠に、昔、あの海賊王がずいぶんガリアナを跳んでたんだってさ」

すると実際にガリアナ海賊が《門《ゲート》》を使ってきた。

スキッパーも船乗りであるから、無論、海賊王の偉業は知っている。何十年も昔の人だが、英雄だと思っている。しかし、連邦軍とも五分に渡り合って決して捕まらなかったという海賊王と、ガリアナの海賊とでは、あまりにも格というものが違いすぎる。

だから《セシリオン》に乗り込んで来た男たちに、つい憎まれ口を叩いた。

「おまえたちじゃあ、彼の足元にも及ばないぜ」

当然、男たちは何を言っていやがると問い返して、スキッパーは得々《とくとく》と言い聞かせてやったのである。

「おまえたちが使っている《門《ゲート》》はとうの昔に彼が見つけていた、もともと彼のものなんだって。連中、びっくりしてたよ。まさかあの海賊王が——」

それ以上言えなかったのは、ジャスミンの右手が眼にも止まらぬ早さで伸びてきてスキッパーの頭を鷲摑《わしづか》みにしたからだ。

「貴様！　そんな話をこのガリアナで、ガリアナの連中の眼の前でぺらぺらしゃべったのか⁉」

仁王立《におうだ》ちに立ち上がり、壁の薄さを気にして声は抑えながら、ジャスミンは右手に恐ろしい力を籠《こ》め、摑んだ頭を猛烈な勢いで揺さぶった。

「この頭には何が詰まってる⁉　脳味噌は一欠片《ひとかけら》も入ってないのか！」

スキッパーにはジャスミンが何を怒っているのかわからない。何とかその豪腕から逃れようとして、こちらも慌てて立ち上がって距離を取った。

「ま、待てよ！　ただの噂話《うわさばなし》だぜ！　何なんだよ。大昔の——五十年も前の話じゃないか！」

「五十年前だろうが百年前だろうが、《門《ゲート》》は変化しないんだぞ！」

低く怒鳴《どな》りつけてジャスミンはさらに声を抑えた。

「貴様、その海賊王が私有していた《門《ゲート》》の中には莫大《ばくだい》なトリジウム鉱山につながるものがあるという噂話を知らないのか？」

スキッパーが絶句した。

明らかに今初めて聞いた顔だった。

「な……んだって？」

時代は変わった、この若さでは仕方がないのかと舌打ちしながら、ジャスミンは話を続けた。

「ある程度年齢の行った人間なら、それも裏稼業の人間なら一度は必ず耳にするはずの有名な伝説だぞ。

人類全体に利益をもたらす巨大鉱山だと、あの頃はまことしやかに囁《ささや》かれていたはずだ。若手の奴らは知らないとしても、レギン一派の親分は六十過ぎだ。眼の色を変えないはずはない！」

海賊王が数多くの《門《ゲート》》を私有していたことも、その中にトリジウム鉱山につながる《門》があると言われていることも、恐らくレギンは知っていた。

ただ、それがガリアナだとは思わなかったのだ。

そのレギンの耳に、偶然にもスキッパーの四方山《よもやま》話《ばなし》が届いたとしたら……。

すべてが、かちりと嚙《か》みあった気がしただろう。

ガリアナが《門《ゲート》》の宝庫であることは他でもない、レギン自身がよく知っている。

自分の足の下に莫大な宝の山へと案内してくれる《門《ゲート》》があったのだ。それを知った以上、レギンは何が何でもその《門》を見つけ出そうとするだろう。

もちろん、他の派閥に分けてやるわけがない。

独り占めしようとするはずだ。

そもそも、それだけの金が手に入れば、海賊など続ける理由がない。

「本命は船長の《門《ゲート》》探しか。貴様ら二人は船長に言うことを聞かせるための餌《えさ》にすぎなかったわけだ。

——この大馬鹿者が‼」

声を抑えながら怒鳴りつけるという離れ業《わざ》を駆使するジャスミンにスキッパーは眼を剝《む》いていたが、急に我に返ると、恐ろしく冷静な顔になった。

女性たちの前では甘い色を浮かべていたその眼に、驚くほど不敵な光を浮かべて断言した。

「だったら早く大将を助けようぜ。大将は昔、腕のいいゲート・ハンターだったたって聞いてる。本当にその《門《ゲート》》を見つけちまうかもしれない。だけど、ガリアナの奴らにそんなものは渡せない」

「貴様が言うか？　諸悪の根元が」

文句を言いながら、ジャスミンはにやりと笑った。

この男も見た目通りの甘ったるい色男というだけではないらしい。

すぐにでもケリーと合流したかったが、その前に、ジャスミンにはやらなければならないことがあった。

「おまえ、行動は自由になるのか?」

「車もあるぜ。ここと港を往復してるけど、まさか車で逃げようなんて言うなよ」

「宇宙港が近くにあるのか。地上に?」

「ああ。ここの奴らは拘束した船の中でも小型船は地上に降ろしてるんだ」

「すると、連中の船もあるのか?」

「ある。今は三隻停泊してる」

「どんな船だ?」

スキッパーから、停泊中の海賊船の種類や性能を聞いたジャスミンは力強く頷いた。

「よし。船長とロイドを助けに行く。だがその前に赤い街の人質を全員救出するぞ。手伝え」

両手を上げてスキッパーがのけぞった。

「冗談だろう⁉ たった二人で何をするって?」

「いやか? では、不自由な人質生活に耐えていたはずのおまえが実は酒場で若い美女たちに囲まれて、でれでれと鼻の下を伸ばしていたと、トリッシュに話し聞かせてやることにしよう」

たちまち窮地に追い込まれたスキッパーが哀れな悲鳴を上げる。

「あんた、そりゃあ殺生《せっしょう》ってもんだろう!」

「自業自得だろうが、わたしは女だからな。彼女の味方をする」

するとスキッパーは多大な不審を顔に浮かべた。

胡散臭《うさんくさ》そうにジャスミンの大きな身体を見つめて、ぼそりと呟いた。

「女って言うけど……あんたそりゃあ見た目は女に見えるけど……性転換した男じゃないのか?」

正確無比にスキッパーの顔面を打ち砕こうとした右拳《みぎこぶし》の軌道を寸前に腹へ変えるのは、ジャスミンの技倆《ぎりょう》をもってしても実にきわどい作業だった。

まったくもって——至難の業だった。

花婿の顔を破壊してはならないという念が咄嗟《とっさ》に

働いて、すんでの所で軌道修正に成功したのである。

中途半端な打撃でも、籠められた怒りが半端ではない。一撃で床に沈んだスキッパーを見下ろして、ジャスミンは憤然《ふんぜん》と言い放った。

「血はつながっていないくせに、兄弟揃いも揃って何なんだ貴様らは。他に言うことはないのか」

「い、言わせてもらうけど……」

床に蹲《うずくま》ったスキッパーは苦悶《くもん》に脂汗《あぶらあせ》を浮かべて呻きながら、かろうじて声を絞り出した。

「このパンチで、女と思えって……？」

「今ので感心されても困る。顔面に命中していたらそんな口もきけなくなってるぞ」

「本気かよ……」

「何がだ？」

「本気で、俺たちだけで、人質を助ける気かよ？」

「当然だ。一人だけ逃げるのは寝覚めが悪いからな。それに、そのほうが後の段取りがうまくいく」

ジャスミンは床にしゃがんで自分の計画を説明し、スキッパーの役割を言い含めた。

話を聞いたスキッパーはますます眼を丸くしたが、ジャスミンはきっぱりと言ったのである。

「いいな。決行は今夜だ。もし逃げたら……」

「逃げない」

スキッパーはようやく立ち上がって寝台に座ると、ジャスミンを見つめて言った。

「あんた、どこから見てもとんでもない人だけど、勝算のないことを言い出す人じゃなさそうだ」

「急に物わかりがよくなったじゃないか。――では、最後の仕上げだ。服を脱げ」

「――――は？」

ジャスミンは自分も飛行服の前を大きく開けると、靴《くつ》を脱ぎ捨てながら、物騒な顔で笑った。

「わたしは貴様とここにしけ込んだことになってる。多少は服装が乱れていなければ怪《あや》しまれる」

「ちょっ！　あの、ちょっと待って！」

「勘違いするな。わたしは貴様と違って夫に対する愛情を自覚しているんだ。気晴らしをするにしても、おまえのような男はわたしの好みからはほど遠い」

あくまで脱ぐだけだと言い放って、ジャスミンは素早く下着一枚になると、再び脱ぎ捨てた服を身につけ始めた。男の眼の前で半裸《はんら》になってもまったく動じないジャスミンを見て、自分も服を脱ぎながら、スキッパーはほとほと呆れたように言った。

「あんた、よくそれで結婚できたよな……」

「何が問題だ。貴様がトリッシュと結婚するほどの困難ではないはずだぞ」

スキッパーは決まり悪そうに鼻の脇を掻いたが、彼は元来いたずら好きの、しかも少々ふてぶてしい性格らしい。

上半身裸《はだか》になると、どうにも我慢できないような笑顔で、ジャスミンの顔を覗き込んできた。

「なあ、ちょっと訊きたいんだけど……」

「何だ?」

「あんたの結婚相手って、本当に男?」


再びジャスミンの拳がスキッパーの腹に炸裂《さくれつ》した。


部屋を出たジャスミンは再びマーロと合流して、今度こそキャメロンの賭場へ向かった。

気前よく金を使って遊んだが、地元の連中相手に大勝ちするようなへまはしない。

それどころか、見破られない程度に手を抜いて、最後は派手に負けてやったのである。

店側の人間が喜んだのは言うまでもない。

とんだ鴨《カモ》が来たとほくそ笑んだことだろう。

店を出るジャスミンを丁重に見送って、またぜひ遊びに来てくれと愛想よく挨拶《あいさつ》してきた。

マーロの運転で赤い街に戻る途中、ジャスミンはずっと悔《くや》しげな顔をしてマーロを相手に話していた。

「今日は目が出なかった。明日は取り返すぞ」

「へい」

マーロはひたすら笑いを噛み殺している。

ジャスミンを赤い街まで送り届けた後、マーロはタルーサに戻り、さっそくゲイルに報告した。

「兄貴。姐ごの博打《ばくち》は下手《へた》の横好きって奴でさあ」

ジャスミンがいくら負けたかを聞いて、ゲイルも大笑いしたが、ふと真顔に戻って確認した。

「あの女、他に何かしでかさなかったか？」

「いいえ、何にも。――あ、そうだ。キャメロンが明日もあの客に来て欲しいって言ってましたぜ」

通信機の向こうでゲイルはまた楽しげに笑った。

「まったくありがたいお客だぜ。――よし、おまえ、明日も姐さんをお迎えに行ってやれ」

「へい」


その夜、寝袋に入ったジャスミンは二時間程度の仮眠を取っただけで、むくりと起きあがった。

夜更けにはまだ間がある頃合いである。

見張りの男たちの住む一角は灯りの用意があるが、人質のいる区画は廃墟《はいきょ》同然で、暗闇《くらやみ》に包まれている。

今夜も男たちの喚声《かんせい》と銃声が遠くで聞こえるが、疲れ切った人質の女性たちはみんな寝入っている。

ジャスミンは一人、そっと建物を抜け出した。

車が通らなければ道も真っ暗だが、ジャスミンは迷わずに進んだ。暗視装置がなくても、屋外ならば、ある程度は見えるように訓練を積んでいる。

途中に牆壁《バリケード》が現れた。今は門は閉まっているが、呆れたことに見張りが立っていない。

乗り越えるのは造作もなかった。

時々通りかかる見張りの車から隠れるようにして、ジャスミンはひたひたと、あの通信機の置いてある建物を目差したのである。

目差す建物には灯りが点《とも》っていた。

中には人の気配もあるが、入り口に見張りの姿はなかった。おまけに鍵もかかっていなかった。

その必要がないからだ。

仮に人質が歯向かってきたとしても、人質は素手、自分たちは入念に武装している。数の差など問題にならない。難なく制圧できると思っているのだろう。

その認識はある意味、正しい。

しかし、羊と思いこんでいる群れの中に女獅子《めじし》が紛《まぎ》れ込んでいたら話は別だ。

ジャスミンはするりと建物の中に入り込んだ。

この建物は相当広いが、人がいるのはあの恒星間通信機のある部屋の周辺に限られている。

そっと近づいてみると、思った通りだ。聞き耳を立てるまでもなく、賑やかな話し声が聞こえてきた。声から判断すると三人いる。ジャスミンは誰かが出てくるのを物陰で待つことにした。

室内の様子はすっかり頭に入っているが、三人の位置がわからない以上、素手で突入するのは危険が大きかったからだ。倒すだけならそれでも可能だが、声を立てられては困るのである。

程なくして、一人が部屋を出てきた。

酒でも飲んでいたのだろう。ふらついた足取りで用足しに向かい、戻ってきたところにジャスミンが背後から襲いかかった。

声を立てさせることなく締め落とし、肩の小銃と腰の手榴弾を取り上げて、差し入れの下着を裂いて縒《よ》った紐《ひも》を使って、気絶した男を縛り上げる。

武器を手に入れた後の彼女の行動は大胆だった。

堂々と室内に乗り込み、酔っている二人に銃口を突きつけて両手を上げさせ、手刀の一撃で気絶させ、この二人も厳重に縛り上げた。

それから通信機の前に陣取って、手早く通信文を作成して送ると、返答を待たずに部屋を飛び出した。

ここからが時間との勝負だった。


ガリアナ宙域を警戒中のルンドの駆逐艦《チェンバレン》では担当通信士が自信のない口調と態度で、艦長のキャロル中佐に話しかけていた。

「――艦長。面妖な通信を傍受《ぼうじゅ》したのですが……」

こんなあやふやな言い方は極めて軍人らしくない。

実際、通信士は非常に困惑している顔だったが、キャロル中佐はちょっと苛立って問い返した。

「報告は的確にしたまえ。どう面妖なのだ？」

「その……軍学校時代の授業を髣髴《ほうふつ》とさせるような暗号通信文なんです。しかもその内容が……」

口ごもった通信士は艦長の判断を仰ぐとばかりに、解読文を記したメモを差し出したのである。

その概要《がいよう》は――。

これから赤い街の人質救出作戦を決行すると告げ、具体的な作戦内容を説明した上で、ガリアナ付近の軍艦は至急救援に来られたしと要請している。

発信者は『一退役軍人』とあるだけだ。

メモを見つめたままキャロル中佐はたっぷり一分、口を開こうとしなかったが、ようやく顔を上げた。

「これは――面妖とは言わん。奇怪というのだ」

「失礼しました」

「どこからの発信だ？」

「赤い街です。間違いありません」

艦の行動を決定するのは通信士の仕事ではない。

しかし、彼の表情は明らかに『どうします？』と、艦長に問いかけるものだった。

キャロル中佐はしばし考えた。

《チェンバレン》も含めてガリアナ宙域を警戒中の各国の軍艦は国際宇宙法の規定に従う義務がある。

許可なく惑星ガリアナに上陸したり、作戦行動を開始したりすることはできない。

下手をすれば《チェンバレン》の失態のみならず母国ルンドの汚点となる。独断専行は許されないが、人命救助という大義名分があれば話は別だ。

この通信文が何かの間違いか悪戯《いたずら》、もしくは罠の可能性をキャロル中佐も考えなかったわけではない。

ただ、一つだけ確かなことがある。

連邦軍にせよ他の国にせよ、これを送った人間は間違いなく以前は先進国の軍属だったということだ。

この暗号通信は連邦軍が考案し、かつては実際に使用されていたものだが、現在では使われていない。

軍学校の授業を思い出すと通信士が言ったように、連邦軍の編み出した手法というものは、古くなると、伝統的に他国の教材として使われるようになるが、どんなに古びても元が軍事機密である以上、一般に流れることはまずないと言っていい。

この送信者がそのことを知っていたとしたら。

現在ガリアナ宙域に連邦軍の艦は一隻もいない。

現行の連邦軍の暗号通信文では、他国軍の艦には解読できない。しかし、これなら読める人間が必ずいるはずと、その上でガリアナ海賊には読めまいと、そこまで判断して送って来たとしたら。

何より、ならず者の集団のガリアナ海賊にこんな高度な罠が張れるか？

否、とキャロル中佐は結論づけた。

「現時点で惑星ガリアナにもっとも近い艦は？」

「本艦であります、艦長」

「操舵手《そうだしゅ》。進路変更だ。惑星ガリアナに向かう」

「了解」

《チェンバレン》がガリアナへ向かったのと同じ頃、深夜の赤い街では異変が起きていた。

突如として街中に警報が鳴り響いたのである。

疲れ切った人質が眼を覚ますほどの音量だったが、それ以上に見張りの男たちは飛び上がった。

この警報は毒ガス工場に設置されているもの——すなわちガスが漏《も》れたことを知らせる警報だからだ。

「ガス漏れだ！」

「逃げろっ！」

人質を安全なところに避難させようなどと考える連中ではない。ぐずぐずしていたら自分たちの命がない。我先に車に飛び乗ると、仲間すら置き去りにしかねない勢いで走り出した。

蜘蛛《くも》の子を散らすように見張りがいなくなるのを、スキッパーは荒野に停めた車の中から見ていた。

男たちの車が残らず走り去ったのを確認すると、逆に街に向かって猛然と車を走らせた。牆壁《バリケード》の門を壊し、道に灯りを置きながら、大声で叫んで回った。

「みんな起きろ！　助けに来たぞ！」

その声に、人質が恐る恐る建物から顔を覗かせる。
「海賊たちは街から逃げた！　すぐに救助が来る！
この灯りを辿《たど》って向こうの建物に集まってくれ！」
ジャスミンも自分の車を確保して街中を走り回り、
大声で叫んでいた。
「同じ建物の仲間が全員いることを確認して、身の
回りのものを持って通信機のある建物へ集まれ！
水を忘れるな！」
街が広い上、人質のいる建物が分散しているので、
二人がかりでもこれはなかなか厄介《やっかい》な作業だった。
それでも、ぞろぞろと人質が集まってくる。
ほとんどの人質が揃ったのを見計らったところで、
ジャスミンが説明した。
「さっきの警報はわたしが鳴らした。ここの連中に
ガス漏れだと思わせるためだ。実際には危険はない。
もうじき救援が来るが、その前に奴らが戻ってくる
可能性もある。その時のために奴らが残していった
武器と食糧を集めて籠城《ろうじょう》の準備をしてくれ」

助けが来ると聞いた人質たちの顔に俄然《がぜん》、生気が
蘇《よみがえ》った。歓声を上げて抱き合う者、さっそく夜の
街に飛び出そうとする者さまざまだった。
スキッパーが街から運んできた携帯端末を配って、
必ず何人かで行動するように注意する。
「街の奴らに怪しまれないようにこれだけ揃えるの、
たいへんだったんだぜ」
ジャスミンは再び暗号文を発信した。
「こちらは一退役軍人。作戦通り海賊を赤い街から
追い出すことに成功した。現在街に残っているのは
人質のみだ。至急、救助を求む」
すぐにルンドの《チェンバレン》が答えてきた。
「先程の通信を傍受した。現在そちらに急行中だ。
人質は全員、無事か？」
「無事だ。奴らもいずれ気づいて戻ってくるはずだ。
救援を急がれたい。どのくらいで到着できる？」
「二時間だ。二時間後には降下部隊を出せる」
「貴艦の迅速《じんそく》な行動に感謝する」

最低でも丸一日は籠城する覚悟をしていたから、二時間ならば上出来すぎる成果だった。

その二時間、ジャスミンもスキッパーも人質も、せっせと働いた。海賊の残していった武器を集め、海賊たちの住処から食糧や使えそうなものを集め、あらためて牆壁《バリケード》の門を閉めて攻撃に備えた。

スキッパーに持ってこさせた食糧も合わせると、何とか三百人近くに行き渡るだけの量になった。

二時間後、今から降下するという連絡を受けると、ジャスミンは《チェンバレン》に向かって言った。

「わたしは他の人質を助けるため、今から街を出る。上から見えるかもしれないが、攻撃するな。ただし、街に近づこうとする車は一台も見逃さないでくれ。後は任せる」

ジャスミンは最後に女部屋で一緒だったハンナや他の女性たちに「元気で」と笑いかけた。

赤い髪を翻《ひるがえ》して走り出すジャスミンをハンナも他の人質も唖然《あぜん》として見送ったが、はっとした。

ここでお別れだということに気づいたのだ。

みんな慌てて建物から飛び出すと、ジャスミンの背中に向かって声を張り上げた。

「ありがとう！」

「気をつけて！」

ジャスミンは振り返らずに片手だけ上げてみせた。

スキッパーとジャスミンがタルーサの街に着くと、街は上を下への大騒ぎになっていた。

最初は赤い街から命からがら逃げ帰った男たちが、ガス漏れのことを大声で話し回ったせいだ。

ガスがここまで来ることはないとわかっているが、気持ちのいいものではない。明日になったら人質の死体の始末に行かなくてはならない。そんなことを話している最中、接近する軍艦にいやでも気づいて、街中が本格的な混乱に陥《おちい》ったのである。

ジャスミンが狙ったものこそ、この混乱だった。

二人はどさくさに紛れてタルーサ郊外の宇宙港に

向かったが、ここでもたいへんな騒ぎが起きていた。

迎撃すべきか、じっと籠もってやり過ごすべきか、ガリアナ海賊の間で激しい議論が起きている。

「応戦しよう！　タルーサが攻撃される！」

「いや、それはねえ。連中の目的は人質の救出だ。攻撃しても勝ち目はねえ」

「数ならこっちのほうが上だぜ！」

「軍艦だぞ！　船を飛ばして攻撃なんかしてみろ！　奴らの思うつぼだろうが！」

「領海侵犯をしたのは軍艦のほうだぜ！　だったら正当防衛じゃねえか！」

ここの連中は、自分たちが人質を取っているから軍艦が来たのだとは考えないらしい。

それでも、この状況で船を出すのは自殺行為だと判断する頭はあったようで、停泊場には人の気配はまったくなかった。それをいいことにジャスミンは海賊船の一隻をまんまと乗っ取ったのである。

手引きはもちろんスキッパーがした。


ガリアナ海賊が使っている重力波エンジン搭載《とうさい》の旧型船はジャスミンにとっても慣れたものだ。

始動操作に入り、通常の半分以下の時間で強引に船を浮かせたが、それに気づいた海賊たちが慌てて呼びかけてくる。

「誰が乗ってるんだ⁉」

「戻れ！　攻撃されるぞ！」

残念ながら、攻撃されるのは彼らのほうだった。

ガリアナ海賊の手口は機甲兵を使うだけではない。海賊船であるから、当然、船には小型ながら砲を装備している。通常は相手の足を止めるのに使うが、ジャスミンが真っ先に狙ったのは、眼下に停泊する二隻の海賊船だった。

あれに後を追って来られては困るのである。

しばらく飛べない程度に砲をお見舞いしてやると、ジャスミンは悠々と宇宙を目差して上昇した。

9

惑星ガリアナを離れると、ジャスミンはさっそく《パラス・アテナ》に連絡を取った。

通信画面に現れたダイアナはいつもと同じように艶《あで》やかに美しく、ジャスミンの顔を見て喜しそうに微笑《ほほえ》んだ。

「よかった。元気そうね」

既に義眼であるケリーの眼を通して見ただろうに、ちゃんと挨拶《あいさつ》してくるところが律儀《りちぎ》である。

ジャスミンも笑って再会の挨拶をした。

「ずいぶん捜させただろう。すまなかった」

「わたしより、後で《ピグマリオンⅡ》に連絡してあげなさいよ。あなたのことを知らせてくれたの」

「《ピグマリオンⅡ》が？　ここにいるのか？」

「ええ。わたしからも一応、あなたは無事だったと伝えてあるけど、彼は実際にあなたの顔を見たいと思うはずよ。でも、今はやめておいたほうがいいわ。ちょっとうるさいのが張り付いてるから」

肩をすくめて言うと、ダイアナはもう一人に眼を移した。

「そちらがスキッパー・ハントさん？」

スキッパーは短く口笛を吹いて、にやっと笑った。

「こんなところできみみたいな美人に会えるなんて、俺ってついてるな」

ジャスミンは彼の戯言《たわごと》には構わずに質問した。

「おまえの現在地は？」

「第七惑星軌道に向けて航行中よ」

「あの男は？」

「わたしの前方、約一万五千キロメートルにいるわ。ガリアナの人たちの船に乗せられているの。わたし、今その船を尾行中なのよ」

「そっちの状況はどうなってる？」

ダイアナは笑って両手を広げてみせた。

「ケリーはレギン一派の人たちに大もてよ。みんな、こんな凄腕《すごうで》の男は見たことがないって絶賛してるわ。おまけに、ケリーがガリアナにある《門《ゲート》》について、ちょっとほのめかしたものだから、レギン親分まで眼の色を変えて、直《じか》に呼びつけたところなの」

ジャスミンも思わず笑ってしまった。

ケリーが何をしてみせたか知らないが、あの男に惚《ほ》れ込まない『海賊』などいるはずがない。

昔からそうだった。グランド・セヴンと呼ばれた大海賊の面々もこぞって魅了されたほどの腕だ。

「多分、もうじき親分さんのところに着くはずよ。そうしたら船長さんの居場所も突き止められるわ。だから、先にケリーと合流してそっちに向かうわね。それでいいかしら？」

「もちろんだ。ただ、その後でロイドも助けないといけないぞ。この船とわたしたちだけであの基地を制圧するのはさすがに無理があるからな。攻撃力に欠ける」

ダイアナが思案顔で頷《うなず》いた。

「クインビーさえ届けられれば、あなた一人で充分でしょうけど、この子を一人でそこまで飛ばすのはちょっと心配だしね」

ジャスミンは震え上がった。

「やめてくれ。せっかく直ったのに。こんな物騒な宙域では誰に持って行かれるかわからないぞ」

「そうよね。なるべく急ぐから、待ってて」

「その前に、可能ならあの男に伝えてくれ。連中の――レギンの狙いは恐らくあのトリジウム鉱山だ」

「ええ？」

ダイアナは意外そうに青い眼を見張った。

「変ね。どこからそんな話が洩《も》れたの？」

「遺憾《いかん》ながら、わたしと一緒にいる馬鹿からだ」

スキッパーが大いに不満そうな表情になったが、ダイアナは笑って頷いた。

「あらあら、わかったわ。伝えておくわね」

そこで通信は無情にも切れてしまった。

弁明の機会を奪われたスキッパーは、あらためてジャスミンに文句を言ったのである。

「あんまり責めてくれるなよ。俺は大将から聞いた話をそのまま言っただけなんだぜ。その鉱山の話は初耳だったんだから。だいたい、本当にガリアナに、その鉱山につながる《門》《ゲート》があるのかよ？」

「そうだな。それは本人にしかわからないことだ」

答えながら、ジャスミンはちょっと上の空だった。

他のことを考えていたからだ。

「ガリアナを通る前、ウォーカー船長がガリアナに《門》《ゲート》があると言ったんだな？」

「ああ。そうだぜ」

だが、ジャスミンと会った時のウォーカー船長はそんなことは一言も言わなかった。

ガリアナに五つも《門》《ゲート》があるなんてたまげたと、心底、驚いた顔で話していたのだ。

あれが芝居《しばい》なら、ずいぶん芸達者な人である。

しかし、なぜそんな芝居をする必要があったのか。

「……ロイドが話していたが、船長は昔、腕のいいゲート・ハンターだったそうだな」

「ああ。俺もそう聞いてる」

「船長が自分で腕がよかったと言ったのか？」

「いいや。全然逆。大将は、自分はあんまり成績はよくなかったたって口癖《くちぐせ》みたいに言ってるよ。だから俺たちもずっとそう思っていた」

スキッパーは操縦室の椅子の一つに長々と身体を投げ出して、くつろぐ姿勢になった。

操縦は感応頭脳に任せてある。

今なら人間のすることは何もない。

「偶然、大将の昔の知り合いに会わなきゃ、今でもそう思ってただろうな」

「その知り合いはなんと言ったんだ？」

「大将は共和宇宙で最後の、そして本物のゲート・ハンターだったってさ」

「最後にして本物？」

ジャスミンは眼を見張った。

「ずいぶんとまた大きく出たが、その理由は？」

「さあな。詳しいことは聞いてないいんだ。その人も言いたがらなかったからな」

「なぜ？」

尋ねると、スキッパーは榛色《はしばみいろ》の瞳《ひとみ》に悪戯《いたずら》っぽい光を浮かべて、ジャスミンを見つめてきた。

「ゲート・ハンターが、あんまり真っ当な仕事じゃないって思われてたのは知ってる？」

「そこまで言うのはどうかと思うが……」

スキッパーは笑って首を振った。

「ならず者じゃない。ただし堅気《かたぎ》でもない。いわば的屋《てきや》の類《たぐい》だって。これも大将が言ったことだ」

なかなか的を射ている表現にジャスミンも笑った。

一山当てるか、たった一人で宇宙でのたれ死ぬか、どちらかの極端な職種だったのは間違いない。

「その知り合いも同じことを言ったよ。今の大将は堅気の船乗りだからって。——昔のことはそれ以上言わなかったし、聞ける雰囲気でもなかったんだ」

「そうだな」

ジャスミンも頷いて、スキッパーに倣《なら》って椅子に身体を伸ばした。

何しろ昨日はほとんど寝ていない。

今のうちに少し休息を取っておく必要があったが、どうしても気になって、独り言《ひとごと》のように呟《つぶや》いた。

「船長は……ずいぶん不思議なことをする」

「えっ？」

「お年寄りが、いや六十七歳をお年寄りと言っては失礼だが……そのくらいの年齢の人が昔の話をする時は多少の尾鰭《おひれ》をつけるのが普通だろう？　それを、尾鰭どころか身まで削《けず》っているじゃないか……」

骨しか残ってない——とジャスミンは続けたが、そこで急に眠気が襲ってきた。

声が返ってこないところを見ると、スキッパーも眠りに落ちたのかもしれなかった。

一晩中走り回っていた二人はそのまま眠ったが、突然、響いた大声に叩き起こされた。

「そこの海賊船に告げる！　ただちに投降しろ！　抵抗したら攻撃する！」

二人は慌《あわ》てて飛び起きた。

時計を見ると、四時間が過ぎている。

少しでも眠れたおかげで頭はすっきりしているが、この大声には参った。負けじとスキッパーが叫んだ。

「音量を下げろよ！」

これは船の感応頭脳に対する命令である。

一方、ジャスミンはあくびしながら言っていた。

「……海賊船と間違えてるのか」

「間違ってないぜ。この船は立派に海賊船だ」

「そうだったな」

怪《あや》しく見えるのももっともである。攻撃されてはかなわないので、ジャスミンは通信に応じて言った。

「貴官の救助を感謝します。こちらはジャスミン・クーアとスキッパー・ハント。わたしたちは海賊の人質です。海賊船を奪って逃げてきました」

相手は事務的に返答してきた。

「ダルチェフ軍《グランピール》だ。詳しいことはその船を接収し、諸君を本艦に収容してから聞く。――連結準備を」

ジャスミンはその指示に素直に従った。

正直なところを言えば、ダイアナの迎えを待っていたいのだが、頑《かたく》なに拒否するのもおかしな話だし、軍艦が海賊船を発見して見逃すはずはない。

それに、時間の短縮になると思ったのも確かだ。

軍艦の協力があれば、あの移動基地を発見して、確実にロイドを救出できる。

《グランピール》の要請に応えて速度を同調させて、連結橋をつなぐと、武装した兵曹が乗り込んできた。

物騒な雰囲気だが、これは当然の用心である。

ただし、スキッパーは不満だったらしい。

「ちょっとちょっと、何事だ。俺たち、人質だって言ったはずだよな？」

笑いながらふざけた口調で抗議しても、実は眼は笑っていない。兵曹は無視して船内を調べていたが、隊長らしい男が二人に声を掛けてきた。

「この船にはあなたたちだけですか？」

ジャスミンが答える。

「そうです」

「こちらへ。艦長がお話を伺《うかが》うそうです」

二人は《グランピール》の艦橋に通された。

ダルチェフ軍の軍規については詳しく知らないが、ずいぶん妙なことをするとジャスミンは思った。

決して小さな船ではないのに、人質になっていた民間人から話を聞くのに艦橋はない。

食堂なり船室なり、ふさわしい場所はいくらでもあるはずなのに、なぜ艦橋なのか。

その答えは艦長に会ってわかった。

《グランピール》の艦長のキーツ中佐は眼光鋭く、癖の強そうな人物で、にこりともせずに言ってきた。

「お呼びたてして申し訳ない。何分、作戦行動中に指揮官がこの場を離れるわけにはいかんのです」

それでわざわざ二人を艦橋に通したらしい。

ジャスミンはこれまでの事情をかいつまんで話し、自分が滞在していた時の基地の座標を伝え、すぐにロイドの救出に向かって欲しいと訴えた。

「移動能力を備えてはいますが、それほど高速では動けません。この艦ならば発見は容易なはずです」

スキッパーも熱心に頼んだ。

「お願いします。早くロイドを助けてください」

艦長はもったいぶって頷いた。

「お話はよくわかりました。しかし、ミズ・クーア。人質の救出は自分たちの役目です」

「ごもっともです。しかし、問題は時間なのです。ミスタ・ハントと義兄にあたるミスタ・ウェッブは、明日にも故郷で結婚式を挙げる予定になっています。二人の花嫁が彼らの帰りを今か今かと待っているのですから。何よりも迅速《じんそく》に行動していただくことが、肝心《かんじん》なのです」

「結婚式？」

中佐は馬鹿にしたように笑った。

「そのような私事と任務を混同されては困りますな。あなたたちは二人で海賊船を操船していたのですぞ。海賊の一味と疑われても当然だとは思いませんか」

「事情はご説明したはずです」

ジャスミンは冷ややかに答えた。

どうも話が面倒なことになりそうだという予感がひたひたと迫ってくる。

「わたしをお疑いならルンドの《チェンバレン》に問い合わせてください。今頃は赤い街の人質が全員解放されているはずです」

「問い合わせるまでもありません。赤い街の人質は全員無事に保護したと《チェンバレン》から報告を受けています。そこで、あらためてお尋ねしますが、その基地は現在、どこにいるのですかな？」

「艦長。質問の意味を理解しかねます。その基地は移動すると申し上げたはずです。現在どこにいるか、わたしにわかるはずがありません」

「いいや、あなたは知っているはずだ」

決めつけるような艦長の台詞《せりふ》にジャスミンの眉《まゆ》が跳ね上がった。

対照的にキーツ中佐は薄笑いを浮かべている。

「約十八時間前、本艦は赤い街と某所との間で交わされた音声交信を傍受《ぼうじゅ》しました。赤い街の話し手は女性で、ここは退屈だからタルーサの賭場《とば》へ行くと話していたのです。――果たして人質が赤い街からタルーサに出かけて賭け事《かごと》などしますかな？」

「認めましょう。それは確かにわたしです。しかし、それもこのミスタ・ハントを助けるために、敢えてやった芝居に過ぎません」

軍人出身のジャスミンは感情を抑えたやりとりに慣れていたが、スキッパーが苛々《いらいら》した様子で叫んだ。

「なあ！　軍艦じゃなくて救助された人質に聞いてみてくれよ！　俺たちが彼らを助けたって、みんな口を揃《そろ》えて証言してくれるぜ」

「いいや、そうはいかん。きみは海賊のために通信妨害装置を作っていたというではないか。結果的に海賊の利益に寄与したことになる」

「言ったはずだぜ！　そうしなきゃ大将とロイドが殺されるところだったんだ！」

「どうかな。ウォーカー船長もロイド・ウェッブも海賊のために働いているというではないか」

「だから、それも脅《おど》されたからで！」

「不可抗力とはいえ、海賊に協力したという事実は揺るがないのだ。そんなことも理解できんのか」

　高圧的に言って、キーツ中佐はジャスミンに眼を移した。

「あなた方のしたことが是《ぜ》か非《ひ》か——判断するのは本官の役目ではない。連邦海事局の仕事です」

「でしょうな」

　スキッパーがそっと「俺と彼女でなんでこんなに態度が違うんだよ……」と呟いたが、誰も答えない。

　ジャスミンには敬語で話しているキーツ中佐だが、それもあくまで表向きだけだ。得意げに言ってきた。

「お二人には中央座標《セントラル》の連邦海事局に行ってもらい、そこで潔白《けっぱく》を証明していただくことになります」

　スキッパーが眼を丸くする。

「……容疑者かよ、俺」

　ジャスミンは精いっぱい苛立ちを抑えてはいたが、恐ろしく厳しい表情でキーツ中佐に迫った。

「ミスタ・ウェッブはどうなります？　彼は今も、あの移動基地でミスタ・ハントとウォーカー船長の命を盾《たて》に取られ、本人の意志とは関係なく、海賊に協力させられているんですぞ」

「無論、無事に救出したら、彼も海事局に出頭してもらうことになるでしょう」

「……では、そのためにも一刻も早く、移動基地の発見に努めてください」

　ジャスミンにしては最大の譲歩だったが、キーツ中佐はがんとして首を振った。

「それは軍務に反します。民間人を艦に乗せたまま

「いかにも。それが順序であり規定というものです。ご理解いただけて感謝しますぞ、ミズ・クーア」

スキッパーが、絶望的だ——とばかりに天を仰ぎ、情けない顔でジャスミンを見た。

「結婚式どころじゃなさそうだぜ……」

「そのようだな」

ジャスミンの声には抑揚《よくよう》がない。しかも、普段は青みを帯びた灰色の眼が金色に光り始めている。

ケリーがこの場にいたら間違いなく苦笑して肩をすくめていただろう。

もしくは親切心を発揮《はっき》して、

「逆らわないほうがいいぜ」

と、忠告してやったかも知れないが、残念ながら今ここにケリーはいない。

そして彼がいない以上、ジャスミンを止められる人間は誰も存在しないのだ。

ジャスミンは一つ大きな息を吐くと、軍人特有の威儀を正した姿勢になった。


「作戦行動を取ることなどできませんな。——操舵手《そうだしゅ》、宙域《エリア》α《アルファ》に進路を取れ」

耳を疑ったジャスミンだった。

スキッパーも息を呑《の》んだ。

それはガリアナで使われる略式座標名称で、恒星真下の跳躍可能域を意味する。

船乗りの彼は到底黙っていられずに叫んでいた。

「まさか跳躍《ジャンプ》する気じゃないだろうな⁉　ここから中央座標《セントラル》まで何日かかると思ってるんだ！」

「諸君たちが民間人ならば、民間人を安全な場所に送り届ける。それが本艦の義務だ」

「正気かよ⁉」

ジャスミンもまったく同感だった。

氷のような声で言った。

「すると、艦長のご意見では、まず跳躍可能域まで航行し、そこから中央座標《セントラル》へ跳躍し、わたしたちを連邦海事局に引き渡した後で、再びガリアナに戻り、それからミスタ・ウェッブを救出しようとでも？」

その上で、明らかな嘲《あざけ》りの態度と非難の口調で、中佐に向かって滔々《とうとう》とまくしたてたのである。

「呆《あき》れてものも言えないとはこのことだぞ、キーツ中佐。わたしも今までいろいろな軍人を見てきたが、貴官のような無能な軍人は初めてだ。それがまさか駆逐艦の艦長とは到底信じられん。ダルチェフ軍の軍規がどんなものかは知らないが、こんな能なしの下で働く貴官の部下たちがいっそ気の毒になる」

スキッパーが眼を剝《む》いた。

キーツ中佐も同様だった。まさに絶句していたが、その顔がみるみる茹《ゆ》で蛸《だこ》のように真っ赤になって、押し殺した声で部下に命じた。

「武装した兵に艦橋に来るように言え」

艦内での銃器の使用は厳禁である。特に艦橋では艦長はもちろん武装している士官など一人もいない。

腰に拳銃を下げた兵曹が二人、すぐにやってきた。

どちらも屈強な感じの男たちである。その二人に、キーツ中佐は憤然《ふんぜん》と命令した。

「わたしの指示があるまでこの二名を船室に隔離し、決して外に出すな。海賊の協力者の疑いがある」

「だからそれは不可抗力なんだよ！」

一室に閉じこめられることだけは避けようとして、スキッパーは必死に喚《わめ》いたが、兵曹の眼にはこれが反抗的に見えたらしい。

一人がスキッパーにおもむろに銃口を向けた。

艦橋内ということもあって安全装置は掛けたままだったが、スキッパーは慌てて両手を挙げた。

もう一人がジャスミンに対しても同じようにする。だが、ジャスミンは実際に武器を向けられると、大いに反省した様子をみせてキーツ中佐に歩み寄り、しおらしく謝ってみせたのである。

「すみませんでした。つい感情が高ぶってしまって。それもこれもミスタ・ウェッブの身を案じればこそなのです。お許しください」

「早く連れて行け！」

まだ怒りの収まらないキーツ中佐は声を荒らげた。

兵曹の一人はジャスミンの腕を摑《つか》もうとしたが、次の瞬間、兵曹は短い悲鳴を上げて倒れ、彼の手にあったはずの銃がジャスミンの手に移っていた。

奪った銃の銃口をキーツ中佐の顔に突きつけて、ジャスミンは言った。

「全員、動くな。——きみもだ、軍曹。間違ってもその銃は撃つなよ。艦長の頭に穴が開くぞ」

常識をすべて蹴倒《けたお》す女王さまの本領発揮である。

艦橋の人間は咄嗟《とっさ》に動けなかった。これは本当に現実なのかと、我が目を疑う顔つきだった。

誰よりも啞然《あぜん》としていたのはキーツ中佐だったが、真っ先に我に返ったのも彼だった。

眼の前の銃口に冷や汗を流しながら叫んだ。

「気、気でも狂ったか！」

「それは貴官だ。目と鼻の先に海賊の基地があり、一名が人質になっているというのに、この宙域から跳躍するだと？　立派な人命軽視、及び敵前逃亡に値する。ダルチェフ軍規で順当な行動であろうと、国際条約に反しているのは疑いようもない」

キーツ中佐はもう一人の兵曹に向かって叫んだ。

「この女を拘束しろ！」

「それもわたしの台詞だ。今の貴官は明らかな心神喪失状態にあり、本艦を指揮する能力を失っている。従って当面、貴官の代わりにわたしが指揮を執《と》る」

「ふ、ふざけるな！」

「わたしは本気だ。——まずは軍曹。きみの拳銃をその男に渡してもらおう」

キーツ中佐が叫ぶ。

「渡すな！」

ジャスミンは銃の安全装置を解除すると、中佐の喉《のど》に容赦《ようしゃ》なく銃口を押し当てて、もう一度言った。

「では、ご命令をどうぞ、艦長」

冷徹な声である。この行動が冗談でも何でもなく、錯乱したわけでもなく、紛《まぎ》れもなく正気で、しかも本気であると知らしめる声だった。

キーツ中佐は大きく喘《あえ》ぎ、無念やるかたない顔で、もう一人の兵曹に命令したのである。

「……その男に銃を渡せ」

「たいへん結構です。聞こえたな、ミスタ・ハント。銃を取れ。ただし安全装置は決して外すな」

スキッパーは顎《あご》が外れそうな顔だった。

そんな彼に、兵曹がご丁寧《ていねい》に銃把《グリップ》を向けて拳銃を差し出してくる。

ほとんど無意識に手を出してそれを受け取ったが、受け取るのはものすごくまずかったんじゃないかと気づいたのはジャスミンが艦橋に号令を下した後だ。

「全員、席を立て。二階層下の区画まで降りるんだ。ただし、キーツ中佐には艦橋に残っていただく」

キーツ中佐にとって最悪だったのは、この相手に軍艦に関する知識があったことだ。

加えて恐ろしいほど手際がよかった。

まずは艦橋の備品でキーツ中佐を縛り上げ、口も塞《ふさ》いで、身動きできないように椅子に固定すると、内線を使って乗員たちに細かい指示を出した。


戦艦には被害を最小限に食い止めるための隔壁《かくへき》が随所に設けられている。

一兵卒には詳しい説明はせず、士官たちには問答無用で、艦橋より二階層下の区画まで向かわせると、ジャスミンはその間の隔壁を手動で閉鎖した。

これでしばらく艦橋には誰も上がってこられない。

その上で、艦の感応頭脳に命令した。

「先日、通信を傍受した基地の推定座標を出せ」

しかし、当然ながら《グランピール》の感応頭脳γ3《ガンマスリー》はこの命令を拒絶した。

「あなたに、その資格はありません」

「いいや、ある。これは指揮官としての命令だ」

ジャスミンは恐ろしいくらいきっぱり断言したが、γ3《ガンマスリー》としては納得できる言い分ではない。

「本艦の指揮官はキーツ艦長です」

「艦長は重度の心神喪失状態に陥《おちい》っている。到底、正常な任務をこなせるものではない」

キーツ中佐がこの言葉に異議を唱えなかったのは、

手を縛られた上に口も厳重に塞がれていたからだ。

「しかし、本艦には果たさなければならない任務がある。従って、当面わたしが本艦の指揮を執る」

「艦長が指揮不能にある場合は、副艦長がその任につくはずです」

ジャスミンは子どもをなだめるように微笑して、優しい口調で言った。

「本宙域におけるおまえの任務は何だ。言ってみろ、γ《ガンマスリー》３」

これは指揮権を必要とする命令ではなかったからγ《ガンマスリー》３は素直に答えた。

「ガリアナ海賊の被害の減少を目的としています」

「もう一つ訊《き》く。おまえはトリオトロン国際条約を知っているか？　それぞれの国の軍が共通の目的を持って作戦行動に当たる際の規定を示したものだ」

「はい、知っています」

「通常、各国の軍規では、艦長が指揮不能な場合は副艦長が指揮を執ると定められている。当然だな。そうでなくては困る。しかし、問題はキーツ中佐が自分は正常であり、指揮能力を失ってなどいないと頑《かたく》なに主張しておられることだ。こういう症例の患者にはままあることだが、軍医の診察も拒否しておられる有様で、そうなると副艦長としても強引に艦長の指揮権を剝奪《はくだつ》するわけにはいかない。反乱とみなされかねないからな。しかし、幸いにも今回の作戦は各国軍が共通して行っている。本艦の本来の任務を果たすために、一時的に外部の人間が本艦の指揮を執っても、それは国際法上正当な処置であり、ダルチェフ軍規上も何ら問題は認められない」

キーツ中佐に口がきけたら『大問題だ!!』と絶叫していただろうが、今の彼は椅子に縛りつけられて、じたばたもがいているだけだ。

「おまえは自分で言ったな。ガリアナ海賊の被害の減少こそが本艦の任務であると。その海賊の主要な基地が本艦の目と鼻の先にあり、人質がいることがわかっているんだ。無駄に時間が経過すれば人質の生命にも関わってくる。一方、迅速に基地を叩けば海賊の重要な拠点を奪い、勢力を削《そ》ぐことができる。海賊の基地に急行して、これを攻撃し、すみやかに人質を救出することは、おまえの任務に違反するか否か？　返答しろ」

　ジャスミンの口調は気概《きがい》に満ちていた。

　自らの正義を信じ、なすべき使命を自覚し、そのために行動を起こすことを躊躇《ためら》わず、多少の危険を厭《いと》わずに、勝算を持って進む。すべての感応頭脳がこれこそを是とすべしと定められ、その意志に従うように指示されている、見事な指揮官の声だった。

　命令内容が《グランピール》本来の任務に則《そく》している事実も疑いようもない

　絶句するスキッパーと息を呑んで見つめるキーツ中佐の眼の前で、γ３《ガンマスリー》は応えたのである。

「——非常時における一時的な指揮権の委譲を容認します。これが約十八時間前の位置です」

　艦橋の内線画面に問題の座標が表示される。

　キーツ中佐が椅子の上で盛大に暴れるのを頭から無視して、ジャスミンは言った。

「周辺宙域の宙図を出せ」

　γ３《ガンマスリー》は今度も素直に従った。

　地上のジャスミンと会話を交わした以上、基地はいつまでも同じ場所にはとどまっていないだろう。

　ジャスミンは宙図を見つめて、さらに言った。

「他国の軍艦の配置を重ねろ」

　γ３《ガンマスリー》は再び指示通りにする。

　各艦の位置を見て、ジャスミンは頷いた。

「進路変更。７—３—０だ」

　しかし、この指示にはγ３《ガンマスリー》はこう返してきた。

「非常時における臨時の指揮官の下では、進路変更及び発進操作は手動で行われます」

　縛られた中佐が勝ち誇ったような眼をした。

　船乗りのスキッパーが慌てて周囲に眼をやったが、同じ宇宙船とはいえ、普段彼が乗っている貨物船と最新型の軍艦では操作に天地の開きがある。

こんなものを動かせるとはとても思えなかったが、ジャスミンは笑ってγ３《ガンマスリー》に応えたのだ。

「それもそうか。無茶を言って悪かった。ミスタ・ハント。舵《かじ》を頼む。——ここに座ってくれ」

ひえええ！　と内心絶叫しながら操舵席に座れば、性能は大違いだが、さすがに舵はわかる。

「この舵を7—3—0に」

スキッパーは『顎が外れそう』な顔から真っ青になっていた。自分はちょっと前まで海賊の協力者と疑われていたが、今や軍艦乗っ取り犯確定である。

どう考えても重罪は免《まぬが》れない状況だ。

「あ、あんたいったい何を考えてるんだ⁉」

「ロイドを助けに行くことをだ」

間髪を入れずに答えたジャスミンにスキッパーは眼を見張った。真面目な顔でジャスミンを見た。

「この艦なら速度も探査能力も攻撃力も申し分ない。これを使ってあの移動基地に脅しを掛けてロイドを取り戻す。——何か文句があるか？」

「……個人的には、ない」

幾分いつもの調子を取り戻して、とぼけた答えを返したスキッパーだったが、そんな場合ではない。

「その後はどうするんだよ！」

「言ったはずだぞ。おまえたち二人を結婚式に間に合わせるんだ」

スキッパーの顎が再び外れそうになった。

「……この状況で？　今からか？」

「この状況で、今からだ」

自信に満ちた笑顔だった。

そしてジャスミンは内線を取り、堂々たる口調で呼びかけたのである。

「機関室、こちらは艦橋だ。本艦の指揮権について些細《ささい》な混乱があったことは既に聞いていると思うが、キーツ中佐は現在、指揮不能状態にあり、本艦には危急の任務が迫っている。海賊の移動基地を制圧し、人質を救出することだ。幸い、その基地にもっとも近いのは本艦であり、機関部の不調のせいで人質の生命に万一のことがあれば、それは本艦のみならずダルチェフ軍の汚点ともなりかねず、今は心神喪失状態にあるキーツ中佐も、本来の体調と能力を取り戻されれば必ずや人質救出を指示されることだろう。い、い、い、い、い、い、キーツ中佐のためにも諸君の能力を存分に発揮してもらいたい。——以上。全速前進だ」

機関室はしばらく沈黙していた。

迷ったのも、深い苦悩があったのも間違いないが、艦橋にはキーツ中佐が人質に取られている。

相手の要求には逆らえないと思ったのか、やがて、「了解」と返事が返ってきた。

たちまち推進機関が力強い唸《うな》りを上げる。

結果、こともあろうに《グランピール》は本当に動き出してしまったのである。

操舵席に座らされたスキッパーは自棄《やけ》を起こして盛大にわめいた。

「移動基地っていうからには移動してるんだろう！　この先にいるってどうしてわかるんだよ！」

「奴らは各国の軍艦がどこにいるかをよく知ってる。全部の眼から逃れようとすると、この方角になる。γ3《ガンマスリー》、後はおまえの探知能力が頼りだ」

「了解。基地発見に努めます」

「それでいい。発見と同時に攻撃準備に入れ」

「臨時の指揮下では、攻撃も手動で行われます」

スキッパーがますます自棄になる。

「ああそう、ミサイル発射ね。それも俺がやるのか。悪いけど撃ち方を一から教えてもらえるかな？」

「ミサイルは危険だ」

ジャスミンが冷静に言い返した。

「相手は装甲板のない基地だぞ。一発でロイドごと吹っ飛びかねない」

「……じゃあどうするんだよ？」

「主砲を撃つ。命中させるのはやはり危険だから、かすらせる程度にとどめ、推進機関だけを狙って、人員に被害を与えることなく基地の動きを止める」

身動きの取れないキーツ中佐が派手にもがいて、

盛大な唸り声を上げる。

スキッパーは口笛を吹いて頭の後ろで両手を組み、椅子の背もたれに身体を預けてそっくり返った。

そんな馬鹿な真似でもしないとやっていられない気分だったのだ。

その上で多大な同情の眼をキーツ中佐に向ける。

「あんたの言いたいこと、いやでもわかっちまうぜ。『そんなことできるか！』って言うんだろう。話を聞いてるだけでも相当難しそうだもんな」

中佐が唸るのをやめて、ジャスミンを睨《にら》みつけた。

スキッパーも完全にお手上げの仕草で、ただし、表情は恐ろしいくらい真剣にジャスミンを見た。

「あんた、軍艦に乗ってたことがあるんだな？」

「こんな最新型の艦は初めてだがな」

「それで主砲を撃てるのかよ？」

「任せろ。得意だ」

そしてジャスミンはその通りにしたのだった。


移動基地は昼間の時間だった。

襲撃に当たる男たちは出港準備に励《はげ》み、ロイドはいつものように機甲兵の整備に当たっていた。

何の変哲もない日常だったが、その頃、ゲイルは自分の部屋で密かにレギンと打ち合わせしていた。

画面に映るレギンは、毛髪のない頭が岩のようにごつごつしており、目元の肉がたるみ、頰《ほお》はこけ、唇《くちびる》は厚く垂れ下がっている。

ぎょろりと大きな眼には、いつも不気味な濁《にご》った光を浮かべているのだが、今は違った。

レギンは珍しいくらい上機嫌で笑っている。

「そんなわけでな。申し分のない男が俺のところに来てくれたのよ。たまげるじゃねえか。その野郎が平然とぬかすには、このガリアナにはなんとなんと、十七もの《門《ゲート》》があると言うんだぜ」

「ほんとですかい？」

さすがにゲイルも眼を剝いた。

今、自分たちが使っている五つの《門《ゲート》》だけでも同一星系としては桁外《けたはず》れの数なのに、三倍以上だ。

「それが全部太陽系内を結んでるんですかい？」

　レギンはちょっと苦笑を浮かべた。

「さ、問題はそこだ。野郎、俺と直に会わねえと、詳しいことは言えねえっていうのよ。ま、こっちも願ったりかなったりだがな。──その中にはきっと、あのお宝につながる《門《ゲート》》がある。きっとある」

「へい。ですけど、親分。そのものすごいお宝っていうのはいったい何なんですかい？」

　ゲイルはわくわくした様子で身を乗り出した。

「気になって仕方がねえんでさあ。お願いですから、そろそろ教えてくだせえよ」

「いいや。いくらおまえでも、こればっかりはまだちょいと言えねえな」

　レギンは焦《じ》らすように笑ってみせた。

「ま、楽しみにしてろ。それでな、そういうわけで、もうあの爺《じじい》を使い続ける必要もなくなったのよ」

「へい。──始末しますか？」

「おう、任せる」

「すると、ロイの奴は？」

「爺がいらねえなら、奴もいらねえ」

「ですけど、親分、あいつは役に立ちますぜ。爺を始末したことは黙っていりゃあわかりゃしません。今まで通り、ここで働かせたらどうですかい？」

　レギンは不気味な笑いを浮かべた。

「おまえがそれでいいんなら、それでもいいがな。奴をそこで働かせて、もう二ヶ月だろう」

「へい。それが？」

「ちょいと耳にしたんだがな、若い奴らはずいぶん奴に懐いているそうじゃないか。便利に使っているうちはいいが、少し気合いを入れねえと、おまえ、奴に足をすくわれかねねえぞ」

　沈黙したゲイルの顔が真っ赤になる。

　対するレギンはあくまで鷹揚《おうよう》に構えていた。

「言うまでもねえがな、俺はおまえを信用している。その基地がせっせと働いてくれりゃあ文句はねえ。

――いいな」

「へい」

通信を切ったゲイルの顔色は真っ赤からどす黒く変わっていた。憤然と立ち上がって部屋を出た。

若い奴らがロイに懐いているのはわかっていたが、奴はあくまで人質である。ここでは嫌々《いやいや》働かされているだけの人間だ。そんな奴にまさか自分の地位が脅かされそうになるとは思ってもみなかった。

今すぐ若い奴らの眼の前で撃ち殺してやる――と思ったが、それはまずいとすぐに思い直す。

そのためには何かロイに手落ちがなければならず、失態をでっちあげても、ゲイルが直に手を掛ければ、子分たちはゲイルに非難の眼を向けるだろう。

面倒だが事故を装って片づけるっきゃねえ――とゲイルが決意を固めた、その時だった。

凄《すさ》まじい轟音《ごうおん》とともに基地が揺れたのである。

通路を歩いていたゲイルは壁に叩きつけられた。

咄嗟に近くの内線を取り、管制に向かって怒鳴《どな》る。

「どうした⁉」

「兄貴！　軍艦でさあ！　軍艦がこっちに――！」

「何だと⁉」

「今ので推進機関が吹っ飛ばされました！　身動きできません！」

ゲイルは茫然《ぼうぜん》と立ちつくした。

この基地は戦闘を前提としたものではない。

一にも二にも隠れているからこそ存在価値のあるものなのだ。軍艦なんかに居場所を突き止められてしまっては丸裸《まるはだか》にされたも同然である。

格納庫には彼らの船があるが、それとても軍艦とまともに戦えるような代物ではない。逃げ出すのも意味がない。撃沈されて終わるだけだ。

管制がさらに絶叫した。

「ゲイルの兄貴に通信です！　出てくだせえ！」

なぜ軍艦が自分を名指ししてくるのか。恐る恐る応えてみると、いやというほど知っている女の声が笑いながら言ってきた。

「やあ、ゲイル。元気か？」

「おまえ⁉」

「こちらはダルチェフ軍駆逐艦《グランピール》だ。わたしの要求は一つ。ロイド・ウェッブをただちに引き渡せ。——彼は生きているんだろうな？」

ゲイルが応えなかったのは、あまりのことに声を失っていたからである。

しかし、相手はそうは思わなかったらしい。

「ロイドを殺したのなら、貴様にも死んでもらう」

「ま、待て！　待ちやがれ！　ロイ！」

内線で倉庫を呼び出すと、自分も倉庫に向かって大慌てで走り出したゲイルだった。

ゲイルがそこに着いた時、機甲兵の倉庫は異様な雰囲気に包まれていた。しんと静まりかえっている。

男たちが息を呑んで見守る中、ロイドは整備中の機甲兵から慎重に降りてきて、通信に応えたのだ。

「俺だ」

「約束通り迎えに来たぞ。無事か？」

「無事か——じゃねえ。今の一撃で危うく零壱《ゼロイチ》から転がり落ちるところだったぞ……」

言いながら、ロイドも呆気《あっけ》にとられていた。

迎えに来るとは言ったが、まさかこんなに派手に来るとは思ってもみなかったのである。

ジャスミンは構わずに言う。

「格納庫に船はあるか？」

「ああ。《サングスター》がいる」

「ちょうどいい。それに乗ってこっちに来てくれ」

「わかった」

「それと、ゲイルはいるか？」

「ああ。ちょっと待て」

ロイドは通信機を開放して、倉庫内にいる全員にジャスミンの声が聞こえるようにした。

「聞いての通りだ。ロイドと船をもらっていくぞ」

男たちの視線がゲイルに集中する。だが、軍艦の主砲に狙われて否と言えるはずがない。命あっての物種である。ゲイルは歯ぎしりしながら唸った。

「……好きにしやがれ」

しかし、ジャスミンはこれで終わらせるつもりは毛頭なかったのである。

「もう一つ訊きたいことがあるんだがな、ゲイル」

「何だ⁉」

「レギンの親分はどこにいる？」

「…………」

「言いたくないか。結構。――ロイド、聞いてるな。ゲイルを連れて一緒に来い。腕ずくでだ」

他の男たちがざわっとどよめいた。

そんな中、ジャスミンの声が響き渡る。

「銃は使うなよ、ゲイル。おまえが素手《すで》でロイドに勝てたら、親分の居場所を聞くのは諦《あきら》めてやろう。――他の奴、手出しはするな。一対一の勝負に水を差してみろ。もう一度主砲をお見舞いするぞ」

ゲイルがの顔に冷や汗が伝ったのとは対照的に、ロイドは満面に笑みを浮かべていた。

ここへ来てから、こんなに楽しい気分は味わった覚えがないと思うくらいだった。

あの女はまったく女とも思えないが、それだけに男にしかわからない粋《いき》な計らいをしてくれる。

二人は冷たい緊張をはらんで向き合い、ロイドは相手の腰に眼をやって無造作に言った。

「そいつを外せや、ゲイル」

この基地も飛び道具は厳禁だが、海賊の男たちにとっては力がすべてなので、幹部は皆武装している。

ゲイルはゆっくりした手つきでホルスターを外し、床に落としたが、次の瞬間、ロイドに殴りかかった。

先手必勝と思ったのだろう。

実際、鋭い一撃だった。当たればロイドの長身を沈める威力は充分にあっただろうが、ロイドはその拳《こぶし》をがっちり受け止めて、壮絶に笑ってみせた。

「ゲイル。てめえ、差《さ》しで俺とやり合って勝てると思ってるのか？」

二ヶ月分の怒りを籠《こ》めたロイドの拳が唸りを上げ、ゲイルの腹に深々と突き刺さった。

たまらず前屈《まえかが》みになったゲイルの顔面を、今度は上から振り下ろす拳で、ものの見事に打ち砕く。

強烈な一撃だった。ゲイルの顔がひしゃげ、歯は数本へし折られ、もちろん意識も根こそぎ奪われて、ゲイルはその場に倒れ込んだのである。

気を失ったゲイルの身体を担ぎ上げて、ロイドは悠然《ゆうぜん》と格納庫に向かったが、他の男たちが我に返り、その背中に向かって口々に訴えた。

「待ってくれ、兄貴！」

「俺たちを見捨てるのか⁉」

「裏切る気かよ！」

ロイドはぴたりと足を止めて振り返った。

「おまえたちのことは嫌いじゃねえ」

押し殺した激しい怒りと、わずかな憐憫《れんびん》を同時に感じさせる声だった。

「だが、俺には国に可愛い女房と子どもが待ってる。ましてや、言うことを聞かなきゃ、俺の親父と弟を殺すとぬかしたこの野郎のために、二ヶ月もここで働いた。充分に義理は果たしたはずだ。てめえらに裏切りのなんのと言われる覚えはねえ」

「…………」

「それでも文句がある奴は前に出ろ。それとも俺を背中から撃つか」

誰も応えず、誰も動こうとはしなかった。

ロイドは最後に一人一人の顔を見つめて言った。

「あばよ」


ほれぼれするほど格好良く基地を後にした彼は、《グランピール》の搭乗口で義理の弟になる相手と再会すると、相好を崩して喜んだ。

「無事だったか、スキップ！」

「俺も……あんたに会えて嬉《うれ》しいよ、ロイド」

そう言うスキッパーの顔は精彩を欠いている。

ほとんど泣きそうな顔で、義理の兄になる相手と固く抱き合うと、絶望的な様子で告げた。

「ロイド、観念してくれ。俺たちは――間違いなく刑務所行きだ」

　ジャスミンが艦長のキーツ中佐に銃を突きつけて、《グランピール》を乗っ取ったと義弟に聞かされたロイドの心境は察するにあまりあるものがあった。

　気絶したゲイルの身体をスキッパーに押しつけて、慌てて艦橋に駆けつけると、確かに中佐の階級章をつけた男が口を塞がれて椅子に縛りつけられている。

　それだけでもロイドの顎は外れそうになったが、ジャスミンがその横で悠然とお茶を飲んでいる。

「やあ、ロイド。おまえも飲むか？　ここの厨房《ちゅうぼう》はなかなか本格的な茶葉を使ってるんだ」

　危うく膝《ひざ》をつきそうなほどの脱力感が襲いかかり、ロイドは崩れそうな膝に懸命《けんめい》に力を籠めて、身体を支えなくてはならなかった。かろうじて踏ん張ると、盛大にジャスミンに向かって嚙《か》みついた。

「……てめえ、いったい何を考えていやがる⁉」

　奇しくもスキッパーとまったく同じ叫びであり、ジャスミンの答えもまた同じだった。

「おまえたち二人を結婚式に間に合わせることだ」

「結婚式って……おまえな！　そんな私情でこんなばかげた真似をやらかしたのか⁉　それともまさか、女にとって結婚式は軍艦乗っ取りより大事《おおごと》だなんてぬかすつもりじゃないだろうな！」

　ジャスミンは茶器を置くと、厳しい眼でロイドを見た。

「おまえに『パパを返して』とわたしに頼んだ時のミリィの顔を見せてやりたい。それでも同じことが言えるかどうか、できるものならぜひ試したいな」

「待て！　ちょっと待て‼」

　ロイドは慌てて両手を前に突き出した。

「俺だって子どもたちに会いたい！　女房にもだ！　だけど、おまえ——それとこれとは……！」

　ゲイルを抱えて艦橋に戻ってきたスキッパーも、力無く頷いた。

「どう考えても問題が違いすぎるぜ。最悪の場合、俺は一生、トリッシュと離ればなれだぞ」

どん底に沈んでいる男たちに対し、ジャスミンはあくまで明るく快活だった。

「暗い顔をするな。これはあくまで一時的な処置だ。キーツ中佐が心神喪失状態から回復したら、中佐に指揮権をお返しする。それだけのことだ」

『それですむと思ってるのか！』――と、声を大にして言いたい二人だった。中佐を含めれば三人だ。

艦橋に連れ込まれたゲイルが気を失っている間に、ジャスミンは再び備品を使ってゲイルを縛り上げ、その上で彼を叩き起こしたのである。

「さて、ゲイル。本題と行こうか。レギンの親分はどこにいる？」

軍艦の艦橋に連れ込まれたゲイルは生きた心地もしなかったに違いないが、素直に言うはずもない。

恨《うら》めしげに光る眼でジャスミンを見上げてきた。

口元から血が垂れているのを見て、ジャスミンはゲイルの顎を摑んで口を開けさせた。

「歯が何本か減ってるな。男前になったじゃないか。――おまえがやったのか？」

「加減なんぞ利《き》かなかったのよ」

ロイドが答えると、ジャスミンの右手がゲイルの顎をさらに強く握りしめた。

「ものは相談だがな、ゲイル。残った歯が大事なら、親分の居所をしゃべったほうがいいぞ、できれば、口がきけるうちにだ」

ゲイルの顎がみしみしと音を立て始め、比例して激しい脂汗に顔が濡《ぬ》れ始めた。女の握力にここまで苦しめられるとは信じられなかったのだろう。

存分に自分の力を思い知らせると、ジャスミンはいったん手を放して首を傾《かし》げたのである。

「やっぱり片手で顎を握り潰《つぶ》すのは無理があるか。――こっちなら潰せるかな？」

独り言のように言いながら、その恐ろしい右手が伸ばされたのは――レギンの足の付け根だった。

「げ……」

呻《うめ》いたのは見ていたスキッパーのほうだ。

ロイドもあまりのことにぎょっとなった。

これはさすがに男として気の毒で見ていられず、
二人は揃って顔を背《そむ》けたのである。

もちろんゲイルにはこの恐怖と激痛に耐えられる精神力も根性もなく、ほとんど泣きながら白状した。

レギンがいるのは第七惑星の衛星で、採掘基地に見せかけた一派の拠点がそこにあるという。

「機関室、発進だ。海賊の本拠地を叩きに行くぞ。γ3《ガンマスリー》、この情報をただちに他国の艦に報告しろ。移動基地が足を止めていることもだ」

「了解」

軍艦の感応頭脳を手足のように使うジャスミンに、ロイドは呆れたように言ったものだ。

「おまえ……とんだたらしだな。軍艦に言うことを聞かせるなんざ、誰にもできることじゃねえぞ」

「いいや。わたしなど夫の足元にも及ばない」

「……ほんとかよ？」

「そうとも。わたしが命じているのは通常任務から少し外れる程度の可愛い無茶だぞ。だからγ3《ガンマスリー》も言うことを聞いてくれるが、あの男ときたら人命に関わるような無茶でも平気で容認させるんだからな。あんな非常識はわたしにはとても真似できない」

論点が間違っていると、ロイドは思った。

航法から砲撃まで一人でこなすジャスミンを見て、スキッパーがつくづく呆れたようにぼやく。

「これ、本当に女かな……？」

「俺もそう思った。見た目だけじゃねえ。恐ろしい馬鹿力だしよ」

「——俺、殴り倒されたんだぜ。すげえ一撃だった。あんた以外に喧嘩《けんか》で負けた覚えはないのに」

情けない顔でスキッパーが告白すると、ロイドも公平の精神を発揮して、勇敢に告げた。

「——気にするな。俺もやられた」

「あんたを殴り倒す？　ますます女じゃねえよ」

スキッパーが眼を見張って断言し、幾分、普段の悪戯心を発揮して、笑いながらロイドに言った。

「なあ、ひょっとしてさ、亭主のほうが性転換した女みたいな男だったりするんじゃないか？」

「いい線だ。この女と結婚しようなんて考える男がまともであるはずがねえ」

「——そこの紳士諸君」

顔だけは微笑をつくったジャスミンの額《ひたい》に激しく青筋が浮かんでいる。

「断っておく。わたしが諸君の顔を殴らないのは、ただひたすら花嫁たちを落胆させたくないためだが、わたしのみならずわたしの夫まで侮辱する気なら、新婚の床で花嫁をがっかりさせることは厭わないぞ。——しばらく役立たずにされたいのか？」

とんでもない脅し文句だった。

しかし、何と言ってもさっきの実例がある。

二人とも完全に逃げ腰になったが、スキッパーはさらにその思いを強くしたようで、ジャスミンには聞こえないように本当に小さな声で呟いた。

「やっぱり女じゃねえよ、これ……」

10

レギンの住処は衛星の中につくられていた。

外から見ると、そこはただの採掘基地に見える。

重力波エンジン搭載《とうさい》の旧型船が何隻も行き来しているので、本物の鉱山のように見えるが、それらの船が実際に運んでいるのは鉱物ではない。

そもそも採掘基地から出て行く船はたいていい空で、来る時は荷を満載しているのだからあべこべである。

その積荷は多種多様な武器であり、船体の増強に使う資材や設備であり、さらにレギンの好む贅沢品《ぜいたくひん》、嗜好品《しこうひん》、高級食材、そして女たちだ。

ケリーは今回、同じ船に乗せられて来たわけだが、荷下ろしの様子を見て率直な驚きに眼を見張った。

「……今時の海賊稼業はずいぶん派手なんだな」

案内役の男が振り返る。

「何か言ったか？」

「いいや、何も」

男に続いて、レギンの居室に足を踏み入れると、そこはまるで宮殿だった。

天井には硝子《がらす》の装飾灯《シャンデリア》が煌《きら》めき、床には極彩色の絨毯《じゅうたん》が重ねて敷かれ、本物の樫材を使った家具がつやつやと輝いている。菓子入れや花瓶《かびん》に至るまで本物の骨董品《アンティーク》で、触るのが恐いような代物である。

レギンは贅を尽くした広い部屋の真ん中にいた。

天鵞絨《ビロード》を張りつめた長椅子に悠然《ゆうぜん》と座り、両脇に二人の男を従えている。

案内役の男はここで部屋を出て行った。

レギンは長椅子に埋まったまま、ケリーが自分の眼の前に立つのを待って、おもむろに声を掛けた。

「よく来てくれた。歓迎するぜ」

「俺もあんたに会えて嬉《うれ》しいよ、レギン親分」

途端、傍《そば》にいた男たちが血相を変えて、腰の銃に手を掛けた。
「てめえ、親分に向かって……」
「口のきき方を知らねえのか」
　殺気立つ彼らを、レギンが片手で抑えた。
「まあ、待て」
　見知らぬ若い男の並外《なみはず》れた長身と端整な顔立ちを
じっくりと眺《なが》めると、レギンは不敵に笑って頷《うなず》いた。
「そうさな。細かい挨拶《あいさつ》は抜きにしようじゃねえか。
さっそく《門《ゲート》》の話を聞こうかい」
　ケリーも笑った。
「親分。その前にこっちも聞きたいんだが、他にも
《門《ゲート》》を探させている男がいるだろう？」
「おう。そいつがどうした？」
「そいつが今どの辺を飛んでるのか聞きたいのさ。
そうすれば、俺の知ってる一番近い《門《ゲート》》を確認に
行かせられるだろう？　時間の節約になるぜ」
　レギンは不満そうな顔になった。
「そんな面倒をしなくても、この場所から一番近い
《門《ゲート》》を教えてくれりゃあいいじゃねえか。すぐに
うちの若い者を確認に行かせるぜ」
　もっともな意見であるが、ケリーは肩をすくめて
馬鹿にしたように笑ってみせた。
「実はな、本職のゲート・ハンターだったくせに、
こんな《門《ゲート》》の宝庫でさんざん探し回って、未だに
一つも見つけられないっていう間抜けな爺《じい》さんを、
ちょっとびっくりさせてやりたいのさ」
　自分のほうが上だと知らしめてやりたいという、
この言い分はレギンのお気に召したらしい。
　大口を開けて笑って、男の一人に命じた。
「そいつはいいや。――おう。爺《じじい》を呼び出せ」
「へい」
　男が大きな家具の扉を開けると、中には最新型の
通信機が収まっていた。すぐに相手を呼び出したが、
映像は送られてこない。
　ただ、やたらにのんびりした声が面倒くさそうに
言ってきた。

「……うるさいな。何だね」

レギンが忌々《いまいま》しげに言い返す。

「何だねじゃねえ。もう二ヶ月になるのに、てめえ、まだ一つも《門《ゲート》》を見つけられねえのか」

「親分。無茶を言っちゃあ困る。相手は《門《ゲート》》だ。一生かけて一つか二つ見つけられれば運がいいって代物さ。尻《けつ》の青い奴らならともかく、親分みたいに世慣れた人がそんなことを言っちゃあいけねえよ」

ケリーは思わず笑っていた。なかなかとぼけた、食えない人物である。

しかし、レギンには扱いにくいようで、苦い顔で吐き捨てるように問いかけた。

「てめえ、今どこにいやがる？　座標を言え」

「ちょっと待ちな。ええっと、ここは――」

緩慢な様子で、それでも相手が現在地を確認して座標を伝えてきた、その時だった。

内線画面に突如、若い金髪美人の顔が割り込んで、にっこり笑って言ったのである。

「お待たせ。回線を特定したわ」

その言葉が終わる前に、ケリーが動いていた。

レギンの傍に残った男を左拳《ひだりこぶし》の一撃で床に沈め、同時に腰の銃を取り上げ、通信機に取りついていたもう一人に銃を向けて動きを封じ、こちらも一撃で当て落とした。

あっという間の出来事だった。

レギンには何が何だかわからなかっただろう。

この部屋で、自分の宮殿で、まさかこんなことが起きるとは夢にも思わなかったに違いない。

まだ椅子に埋もれたまま、気絶した二人の部下を茫然《ぼうぜん》と見つめている。

ケリーはレギンには構わずに部屋を出ようとして、急に思い直したように振り返った。

「早く出て行ったほうがいいぜ。もうじきここには各国の軍艦が押し寄せてくるぞ」

通信回線に割り込んだダイアナが笑って言う。

「そうよ。わたしがその基地の場所を知らせたから、みんないっせいにそっちに向かっているわ。急いで逃げたほうがいいわよ」

レギンがやっとのことで椅子から立ち上がった。顔は真っ青で、怒りのあまりぶるぶる震えている。

彼が一声掛ければ、この基地の至る所から部下が集まってくるというのに、声を掛ける手段の内線を変な女に奪われてしまっている。

結果として、レギンは自分の足で走って行って、声を張り上げて手下を呼ぶしかない。

何より軍艦がやって来るというのが事実かどうか、すぐに確かめなければならない。

足をもつれさせながら部屋を走り出たレギンは、通路の先を走るケリーを指して絶叫した。

「――その野郎を逃がすな！」

呪詛《じゅそ》に満ちた叫びだったが、レギンの部下たちが駆けつけてくるより、ケリーの足のほうが速かった。

来た通路を瞬《また》く間に駆け戻り、発着場の送迎艇《そうげいてい》を一隻奪って乗り込み、あっという間に宇宙に出ると、自分の腕の通信機に話しかけた。

「ウォーカー船長か？」

ダイアナが回線をつないだ今なら、先程の相手と話ができる。不思議そうな声が応えてきた。

「誰だね、おまえさん」

「あんたが助けたジャスミン・クーアの亭主だ」

「ほう。そりゃあまた……名前はまさか、ケリー・クーアというんじゃないだろうな」

「そのまさかさ。レギンに言った座標は正確か？」

「そりゃあ、嘘《うそ》を言っても仕方がない」

「そこから動かないでくれ。あんたを迎えに行く。――ダイアン。向こうの状況は？」

「スキッパーと合流したそうよ」

答えて、ダイアナは今度はケリーにだけ言った。

「レギンが船長さんに《門《ゲート》》探しをさせた狙いは、あのトリジウム鉱山ですって」

「へえ？」

ケリーは短く答えて、再び船長に話しかけた。

「聞こえたな。女房が義理の息子の一人を助けた。あんたと合流したら、もう一人を助けに行く」

「そりゃあ、どうも……」

これは決してとぼけているのではなく、さすがの船長も愕然《がくぜん》として、それ以上言えなかったらしい。

ケリーの操る送迎艇の先に《パラス・アテナ》の大きな姿が現れる。

ケリーが送迎艇から自分の船に戻った頃、足下の基地の動きも、そろそろ慌《あわ》ただしくなっていた。

軍艦が接近しているのは紛《まぎ》れもない事実だから、基地を捨てて逃げる準備をしているらしい。

操縦室に戻ると、ダイアナが話しかけてきた。

「たった今、ジャスミンから新しい連絡が入ったわ。ロイドを救出したそうよ」

何をしでかしてもおかしくない奥さんであるのは百も承知だが、これにはケリーも首を傾《かし》げた。

「ガリアナの奴らの基地からか？　どうやって」

「それが……ちょっと見てよ」

ダイアナが笑いながら回線をつなぎ、通信画面にジャスミンの笑顔が映った。

「船長の現在地を特定したそうだな。さすがだぞ」

「いや、そっちも息子二人を確保したんだってな。それはいいけどよ」

ジャスミンの背後に映っているのは、どう見ても軍艦の艦橋だったので、ケリーは呆《あき》れて尋ねた。

「どこにいるんだ、女王？」

「ダルチェフ駆逐艦《グランピール》の艦橋だ」

吹き出しかけたのを咄嗟《とっさ》に堪《こら》えたケリーだった。

「……俺が聞きたいのは、何でそこにいるのかってことなんだがな」

「大した問題じゃない。艦長の多大なるご厚意で、艦をちょっとお借りしただけだ」

すました顔でジャスミンは言ってのけ、ケリーはとうとう我慢できずに吹き出していた。

ジャスミンが何をしたかいやでも察しただろうに、楽しげに声を立てて笑っている。

そんなケリーを見て、《グランピール》の艦橋で、スキッパーとロイドがあんぐりと口を開けていた。

「これが亭主?」

「ありえねえ……」

画面に映るその男は端整な顔立ちに鋭い眼をして、高い知性と覇気《はき》を感じさせる。申し分のない男前だ。

偽の映像なんじゃないかとまで二人は疑ったが、ケリーはやっと息を整えると、何とか真面目な顔をつくってジャスミンに話しかけたのである。

「距離を考えると、船長より先にそっちと合流したほうが早そうだからな。今から行く」

「頼む。わたしとしても、なるべく早く艦長に艦をお返ししたいからな。——跳べるか?」

「ああ、大丈夫だ。問題ない」

ここで船乗り二人が再び絶句した。

「……まさか、自由跳躍?」

「冗談だろう?」

しかし、画面の男は自信ありげに頷いている。

「五分待ってくれ。——それと、女王」

ケリーは困っていた。必死の努力にも拘《かか》わらず、どうしても顔が笑ってくるからだ。

懸命《けんめい》にその笑いを噛《か》み殺しながら、彼はあくまでとぼけた口調で言ったのである。

「もしかしたら気がついてないのかもしれないから一応言っておくがな。ガリアナに《門》《ゲート・アウト》突出したあんたを撃ったの、その艦だぜ」

ダイアナが何とも言えない顔で首をすくめる。

通信が切れると、自分の操縦者を横目で見やって、彼女は呆れたように首を振りながら嘆息《たんそく》した。

「……悪い人」

《グランピール》の艦橋ではロイドとスキッパーが今度こそ息を呑《の》んで後ずさっていた。

鬼が振り返ったからである。

赤い髪を逆立てて、金色の眼を爛々《らんらん》と光らせて、ジャスミンは縛られたキーツ中佐を凝視した。

「……貴官が撃ったのか？」

キーツ中佐は眼をまん丸にして、自由にならない口で大きく喘《あえ》いでいた。

ジャスミンが大きな身体でゆっくりと中佐の元に歩み寄ってくる。

身の危険を感じるにあまりある状況だった。

キーツ中佐は必死にもがいて逃げようとしたが、近づいたジャスミンは予想外のことをした。

猿轡《さるぐつわ》を外し、手足の拘束も解いて中佐を自由の身にしたのである。そして言った。

「気を付け!!」

凄《すさ》まじい号令だった。

軍人の性《さが》というべきか、解放されたキーツ中佐は反射的に直立不動の姿勢を取ってしまったのである。

そしてジャスミンはその前に楽な姿勢で立って、厳しく中佐を詰問した。

「釈明を聞こう。キーツ中佐。貴官はなぜわたしを撃ったのか」

軍艦乗っ取り犯にこんなことを迫られた中佐こそ災難というべきだった。本来なら中佐のほうが声を大にして相手の行動を非難したいところだ。

しかし、今のジャスミンは相手を弾劾《だんがい》する意志をあらわにしている。中佐の言に貸す耳など、持っているはずがない。

「立派な殺人行為ではないか。γ3《ガンマスリー》、ダルチェフ軍規では民間人の殺害を容認しているのか？」

「いいえ。容認しておりません」

感応頭脳が応えると同時に中佐も叫んでいた。

「ガリアナ海賊が《門》《ゲート》を使うことがわかった以上、《門》を跳んで来るものを攻撃するのは当然だ！」

「認めよう」

ジャスミンは至って素直に頷いたのである。

「わたしの行動が怪《あや》しく見えたのは疑いようもない事実だろう。従って、ガリアナ宙域を警戒中の艦がわたしの行動を問い質《ただ》すこと自体は何ら問題はなく、むしろそうでなくては困る。不審機を発見した場合、相手の身元を確認し、容疑が晴れるまでは監視下に置くことも辞さない。まさにそれは非常時の宙域を警戒する艦の責務というものだ。しかし――」

キーツ中佐は冷や汗を掻《か》いていた。

素直に耳を傾ける理由はない。艦橋を飛び出して、部下たちを解放しに行くべきだが、厳しい眼差しはキーツ中佐に行動する自由を許さない。

「貴官は跳躍したわたしに対し、警告もしなかった。威嚇《いかく》射撃もしなかった。それどころか機影確認すら怠《おこた》った。わたしにこの艦が見えなかったのだから、貴官にわたしが見えたはずはない。つまり、貴官は《門《ゲート》》の開閉状態だけを頼りに、この《門》を跳躍してくる何らかの飛行物体があるという事実のみを確認して、わたしを撃ったことになる。信じがたい愚挙《ぐきょ》、暴挙であり、立派な殺人行為に値する事実だ。これが特定航路であったら何とするのか？　極めて重大な、ゆゆしき事態に発展するではないか」

「……ガリアナは海賊の跳梁跋扈《ばっこ》する宙域であって、特定航路ではない！」

「だから機影確認は必要ない？　なるほど、貴官の言い分はよくわかった。しかし、貴官は確か、先程しきりと、規律と秩序を守らねばならないと述べていたはずだが、γ3《ガンマスリー》。ダルチェフ軍規では有事における機影船影確認の省略が認められているのか」

「いいえ」

「当然だな。敵味方の確認をせずに攻撃することを認めてしまっては、軍隊自体が成り立たなくなる。ダルチェフ軍規には己の言に責任を持つべしという項目がないということがよくわかったぞ」

口調だけは冷静なのがいっそ恐ろしかった。

《パラス・アテナ》が跳躍してくるまでの五分間、キーツ中佐は軍艦乗っ取り犯から、こってりと油を絞られる羽目になったのである。

やがて《パラス・アテナ》が《グランピール》のすぐ傍に姿を現すと、ジャスミンは最後の仕上げに取りかかった。

気絶しない程度に中佐の腹に一発入れて、動きを鈍らせて、床に引き倒し、問答無用でキーツ中佐の軍服を剝《は》ぎ取《と》り始めたのだ。

「な、何をするか！　貴様！」

苦痛に呻《うめ》きながらも、中佐は必死に抵抗したが、相手の力は恐ろしく強かった。

「それはこちらの台詞《せりふ》だ。貴官に軍服を身につける資格などないのは明らかだぞ！」

野太い男の悲鳴と怒声が響く大騒ぎになったが、ロイドとスキッパーの耳には、そんな騒ぎは入っていなかった。二人とも本当に自由跳躍してきた船に、呆気《あっけ》にとられ、驚きに眼を見張っていたのである。

こんなことはこの宙域では不可能なはずだった。

ジャスミンは中佐を下着一枚の姿にすると、再び厳重に縛り上げて、γ3《ガンマスリー》に命令した。

「あの船と速度を同調させて連結橋をつないでくれ。臨時の指揮権を解除するが、残念ながら艦長の心神喪失状態は未だ改善が見られない。規定に則《のっと》って、今後は副艦長の指示に従え」

「了解」

中佐の軍服を抱えたジャスミンは、まだぽかんとしているロイドとスキッパーをせき立てた。

「何をしている。行くぞ」

こんな恐ろしいところから早く逃げ出したいのは山々だったが、二人とも馬鹿ではない。

スキッパーが躊躇《ためら》いがちにその恐れを口にした。

「素朴な疑問だけどさ。そうしたら、この艦があの船を攻撃して撃沈させるんじゃないか？」

ロイドも難しい顔で頷いた。

「普通、そうなるぜ」

だが、ジャスミンは自信たっぷりに笑ってみせた。

「あの船を？　この艦が？　ありえないな。諸君の前でこんなことを言うのは気が引けるが、わたしの夫は共和宇宙一の船乗りだぞ」

ロイドが呆れたように苦笑する。

「ぬかしやがる。——ま、確かにそれしかねえよな。

行くぞ、スキップ」

「毒を食らわば皿までってこのことだぜ、きっと」

何のかんの言いながらもたくましい二人である。

連結橋を渡る直前、ジャスミンは艦内一斉放送で、《グランピール》の乗員に話しかけた。

「諸君。長い間、不自由をおかけしてすまなかった。人質は無事解放され、現在、他国の艦は逃げ出したレギン一派を追っている。無論、本艦もその追撃に加わるべきだが、今後は副艦長が指揮を取る必要があると思う。——以上だ」

そうして閉鎖した隔壁《かくへき》を解除して、ジャスミンは《パラス・アテナ》に飛び乗ったのである。

閉鎖されていた隔壁が開けられ、やっとのことで艦橋に戻った副艦長以下の士官たちが見たものは、軍服を残らず剝ぎ取られ、下着一枚で縛られ、床に転がされている彼らの艦長の姿だった。

「あ、あの船を追え！」

部下の手で拘束を解かれ、やっとのことで自由になったキーツ中佐は真っ赤になって叫んだが、既に《パラス・アテナ》の姿は《グランピール》の探知範囲内のどこにもなかったのである。

《パラス・アテナ》に戻ったジャスミンは、キーツ中佐の軍服一式をまとめて塵箱《ごみばこ》に投げ捨てた。

触っているのも忌々しいというような仕草だ。

内線画面に顔を映したダイアナがそれを見咎《みとが》めておもしろそうに笑いかけてくる。

「なんなの、それ。戦利品？」

「ただの不要品だ。今すぐ宇宙に捨ててくれ」

ジャスミンの口調はまだ怒っている。

ダイアナはそんな彼女をなだめるように言った。

「塵を捨てるのは後ね。今から跳躍だから」

先に乗船したロイドとスキッパーはまだ搭乗口の傍に立っていたが、これを聞いて再び眼を剝《む》いた。

「連続跳躍⁉」

「ガリアナで⁉」

そんな二人にダイアナが笑いかける。

「そうよ。もうすぐウォーカー船長が乗ってくるわ。出迎えるなら、そこにいてちょうだい」

そんな馬鹿なと思いながらロイドとスキッパーは搭乗口に眼をやった。

宇宙空間でそう簡単にこの扉が開くはずがない。むしろ、開いてもらっては困るのだ。

ところが、ダイアナの言葉どおり、ものの数分で搭乗口の扉は再び開き、その向こうには間違いなくウォーカー船長が立っていたのである。

「大将！」

「親父！　無事だったか！」

ロイドとスキッパーが歓声を上げて船長を迎え、船長も嬉しそうに義理の息子たちと抱き合った。

「おまえたちも元気そうで何よりだ」

ひとしきり彼らとの再会を喜ぶと、船長はそこにいた大きな姿を見て、ことさら楽しげに笑った。

「やあ、姐《ねえ》さん」

「何とか、ぎりぎりで間に合った」

ジャスミンも笑って船長と握手を交わし、そして船長も船乗りであるから、当然の疑問を口にした。

「たまげた船だね。ガリアナで自由跳躍したのか」

スキッパーが興奮気味に言葉を添える。

「ただの跳躍じゃないんだよ、大将。連続だぜ」

「まさか？　このガリアナで」

船長も耳を疑う顔つきになり、ロイドが呟《つぶや》いた。

「船がいいのか、操縦者がいいのか、どっちだ？」

「両方だ」

ジャスミンが断言する。

「わたしの夫は共和宇宙一の船乗りだからな。この船はその共和宇宙一の船乗りの相棒だぞ」

「褒《ほ》めてくれて嬉しいわ」

ダイアナが笑いながら会話に割って入り、三人の乗客に自己紹介した。

「ようこそ、皆さん。わたしはこの船の感応頭脳。ダイアナと呼んでくれるかしら。よろしくね」

「感応頭脳！」

またまたロイドとスキッパーが絶叫する。

「冗談だろう！」

「人間にしか見えないぞ！」

ダイアナの正体を知った人の当然の反応だったが、船長だけは他の二人とちょっと様子が違っていた。

ダイアナの顔を見て、息を呑んでいた。

「おまえさん、まさか……」

「あら？」

ダイアナが先に何かに気づいたように微笑する。

そこにケリーの声が割り込んだ。

「女王、戻ったならこっちに顔を出してくれ」

船長はなぜか茫然と立ちつくしていた。それから慌てて我に返ると、ジャスミンの背中に急いで声を掛けたのである。

「待ってくれ、姐さん。——その、もしよかったら、操縦室にお邪魔させてもらえないかね？」

それは自分たちもぜひお願いしたいと、ロイドもスキッパーも訴えた。船乗りの彼らは、おとなしく船室に籠《こ》もっているのはどうにも落ち着かないのだ。

「それを決める権限はわたしにはないぞ。この船は夫の船だからな。——どうする、ダイアナ？」

「邪魔をしないと約束してくれるならかまわないわ。もう一つ——」

ダイアナは肩をすくめ、悪戯《いたずら》っぽく笑って言った。

「この船の中で何を見聞きしても、内緒にするって約束してくれるならね」

そんなわけで、彼らは揃《そろ》って操縦室に向かったが、実際にケリーを見て何とも言えない顔になったのは、もちろんロイドとスキッパーである。

二人ともつくづく信じられない様子で、無遠慮に上から下までケリーを眺め回して、確認を取った。

「……本当に、あんたがあの女の亭主か？」

二人が何も言わなくてもだいたいの事情を察して、ケリーとしてはひたすら苦笑するしかない。

「女房が何かやらかしたんなら、悪いな。あれでも結構可愛いところがある女なんだが……」

『どこに？』——と二人は揃って顔に浮かべている。

問題の女房はと言えば、やはり男のような口調で夫に尋ねていた。

「何かあったのか？」

「ああ、お客さんが来たみたいだぜ」

探知機にはおびただしい数の船影が映っていて、ジャスミンは眉《まゆ》をひそめた。

「何だ、これは？」

「海賊船だよ。それもレギン一派の船だけにしては数が多すぎる。他の派閥も総出らしいな」

「——ガリアナ海賊の大集合か？　なんでまた」

「それはレギンの奴が何を思いこんでいるかによる。もし、あれを狙ってるなら……」

独《ひと》り言《ごと》のようなケリーの呟きだった。

ケリーはレギンの前ではトリジウム鉱山の話など一言もしなかった。ダイアナから聞くまで思ってもみなかったが、もし、レギンの頭に最初からそれがあったとしたら……。

「もしかしたら、レギンが独り占めは諦《あきら》めて、共同作戦を取ることにしたのかもな。分け前が減ろうが、どうあっても俺を逃がさないつもりらしい」

こんな連中を振り切るのはケリーには朝飯前だが、ただ逃げるのではおもしろくない。

「結婚式まではまだ時間があるだろう？　それまで少しあの連中の相手をしてやりたいんだがな」

「賛成だ。——わたしの出番は？」

「そいつはもうちょっと後だ」

ガリアナ太陽系は大騒ぎになった。

《パラス・アテナ》が次から次へと《門《ゲート》》を跳び、ガリアナの海賊船がそれを追跡しているのである。

わざと速度を抑えて逃げる《パラス・アテナ》をガリアナ海賊たちは猛然と追い回し、攻撃してきた。

だが、その砲撃は一発も《パラス・アテナ》にはあたらない。撃ってくる砲自体はたいへんな数だが、この船の防御能力はそれを上回る。

　ケリーは相手の攻撃を嘲笑《あざわら》うように躱《かわ》しながら、難なく《門《ゲート》》を跳んでいた。

　ショウ駆動機関《ドライヴ》と重力波エンジンの両方を自在に使いこなす《パラス・アテナ》を目の当たりにして、ウォーカー船長以下の三人はもはや声もない。

　逆に《パラス・アテナ》を追うレギンは真っ赤な顔で通信を入れてきた。

「待ちやがれ！　逃げられると思ってるのか！」

「男に追いかけられても嬉しくも何ともないんだが、そんなにあのトリジウム鉱山が欲しいのか？」

　あっさりと言ったケリーに、通信画面のレギンが息を呑んだ。

「……てめえ、やっぱり、それを知ってるのか⁉」

「どうかな、俺を捕まえられたら教えてやるよ」

　これを聞いた海賊たちが奮《ふる》い立たないわけがない。

《パラス・アテナ》の操縦室でも、初めてこの話を耳にするロイドがスキッパーから説明を受けて驚き、義理の父親に確認を取っていた。

「ここにそんな《門《ゲート》》があるのか、親父？」

「さてな……」

　船長は先程から、まるで食い入るような目つきでケリーの操縦をじっと見つめている。

　その視線にケリーはちょっと振り返って笑った。

「トリジウム鉱山が気になるか？」

「そりゃあ、気にならない奴なんかいないだろう」

　身を乗り出したのはスキッパーだ。眼を輝かせてわくわくした様子で尋ねた。

「どうなんだ。本当にあるのか？」

「間違っちゃいないが、正解でもないな」

「どういう意味だ？」

「ここを跳んでも直接そこには行けないってことさ。もう二つ三つ、《門《ゲート》》を経由する必要があるんだ」

「あんた、場所を知ってるのか⁉」

　ますます喜んで身を乗り出すスキッパーを船長が無言で抑え、ゆっくりと首を振ってみせたのである。

その様子を横目で確かめて、ケリーもさりげなく釘を刺すのは忘れなかった。

「言っただろう。この船内で見聞きしたことは内緒だって。おしゃべりな男は長生きできないぜ」

ひたすら逃げる一方だった《パラス・アテナ》が攻撃に転じたのはこの追跡が始まってから五時間後、実に十二個目の《門《ゲート》》を跳んだ後だった。

その時点で《パラス・アテナ》を追撃する海賊船、《門《ゲート》》の先で待ちかまえていた海賊船、合わせると軽く百隻を越えていただろう。

それぞれの攻撃能力はたいしたことはなくても、数の多寡《たか》というものは決して侮《あなど》れない。

烏《からす》も集団になれば鷹《たか》を倒すのだ。

この包囲からは逃げられまいと、ガリアナ海賊は勝利を確信していたが、《パラス・アテナ》の操縦席ではケリーが妻を振り返って笑いかけていた。

「出番だぜ、女王」

「任せろ」

一対百ではさすがに勝ち目がないが、二対百なら充分に勝機がある。

それも新たに増える一は、ただの一ではない。

久しぶりに愛機の操縦席に戻ったジャスミンは、二十センチ砲をほとんど使わなかった。命中すると、相手は木っ端《こ ば》微塵《みじん》になってしまうからである。移動基地を攻撃した時と同じように、足を止める程度にとどめていた。相手が三万トン級以下の船の場合は得意の体当たりで跳ね飛ばした。

ならず者に過ぎないガリアナ海賊と鍛《きた》え抜かれた戦闘機乗りでは勝負にならない。

そんなクインビーの暴れっぷりを見て、ロイドが恐ろしい顔つきで唸《うな》っている。

「あの女、機甲兵乗りじゃなかったのか……?」

「機甲兵にも乗るが、あっちが本職だぜ」

ケリーも答えながら、次々に敵を片づけている。

そして、いくらガリアナ太陽系が広いと言っても、これだけの大騒ぎに軍艦が気づかないわけがない。

真っ先に連絡してきたのは《ホーネット》だった。トラヴァース大佐が呆れたように話しかけてくる。

「これはいったい何事だ？」

ケリーは平然と答えていた。

「見ればわかると思うが、俺の船を追っている船はみんなガリアナの海賊だ。——今、女房がせっせと奴らの足を止めてるから、今なら奴らを一網打尽《いちもうだじん》にできると思うぜ」

「奥さんは無事だったのか？」

「殺しても死ぬような女じゃないんでね。俺たちが海賊の一味だっていう嫌疑はこれで晴れたかな？」

「もちろんだ」

「じゃあ、ちょっと急ぐんで、これで失礼するぜ」

非常にふざけた言い分だが、トラヴァース大佐はキーツ中佐と違って、事情聴取だの、連邦海事局に出頭しろだのとは言わなかった。

茶目っ気たっぷりに敬礼してみせた。

「ご協力、感謝する」

この騒ぎに気づいた船には《ピグマリオンII》も含まれていた。彼らはあれからのんびりした日々を過ごしていたが、そろそろヒスターに跳ばなければならない刻限を迎えていたのである。

ちょうど食事時で、みんな食堂に集まっていたが、感応頭脳から異変を知らせる報告を受けて、ダンは操縦室に駆け込んだ。

急いで連絡を取ろうとした矢先、向こうから呼びかけてきた。

「マクスウェル船長、遅くなってすまなかった」

音声のみの通信である。識別信号はクインビー。

ダンはほっとして答えた。

「よかった。無事でしたか……」

「この機のことか、わたしのことか？」

「主にあなたですが、少しはその機のことです」

ジャスミンが無事でもクインビーが戻らなければ、

ジャスミンは半身を失うようなものだから。ダンが笑ってそう言うと、ジャスミンも笑って答えてきた。

「ああ。ダイアナがすっかり元通りに直してくれた。マクスウェル船長にも礼を言わないといけないいな」

「どうしてです？」

「あの男に聞いた。船長が止めてくれなかったら、わたしは《グランピール》にとどめを刺されていたところだったと。――ありがとう。命拾いした」

あらたまった口調で息子に礼を言うと、ちょっと躊躇ったようにジャスミンは付け加えた。

「本当は直接会って言いたいところだが、すまない。今は急いでアドミラルまで戻らないといけないいんだ。また今度、ゆっくり話そう」

「お気遣いなく。こっちもこれから仕事ですから。あなたが無事なら、それで充分ですよ」

ダンは本心から言って、通信を終えた。

《パラス・アテナ》に乗り込んだ三人は、眼の前で惜しげもなく披露《ひろう》される『非常識』に絶句していた。

その極めつけが数値の足らない《門》《ゲート》跳躍である。

星系内を結ぶ《門》《ゲート》と違って、ガリアナ星系から離脱する《門》の数値は低い。

三人ともこれには肝《きも》を潰《つぶ》した。特にロイドは到底黙っていられず、血相を変えて止めようとしたが、操縦室に戻って来ていたジャスミンがうるさそうに、そんな彼を押しとどめたのである。

「邪魔はするなと言ったはずだぞ」

そう言われても命あっての物種である。

やっと家族のもとへ帰れるのに、こんなところで死にたくはない。

手に汗を握って見守る中、《パラス・アテナ》は安定度数八十一の《門》《ゲート》を跳躍して、ガリアナから一万一千光年離れた宙域に出現していた。

顎《あご》が外れそうな顔をしているスキッパーとロイド、ウォーカー船長に向かって、ケリーは言った。

「時間が足らない。ちょっと飛ばすぜ」

次の瞬間、猛烈な加速度が襲いかかってきた。

「げ……」

臨時の座席に押しつけられそうな激しい圧迫感に耐えた後、やっとのことで加速がゆるんだ。途端、ジャスミンが立ち上がって言ったのである。

「よし。まずは各人、髭《ひげ》を剃《そ》れ」

ふらふらの三人はぽかんとジャスミンを見た。

「何だって？」

怪訝《けげん》な顔をした彼らを誰も責められないはずだが、ジャスミンは苛立ちもあらわに断言した。

「おまえたちは今日これから結婚式に臨むんだぞ。花嫁に対する最低限の礼儀だ。続いて入浴！」

ジャスミンが男たちを操縦室から追い立てると、ダイアナが話しかけてきた。

「ねえ、ケリー。わたし、あの船長さんを前に見たことがあるわ」

ケリーは意外そうな顔になった。ダイアナは一度会った人間を忘れたりしないからだ。

「どうした。今頃言い出すなんて珍しいな」

「会ったわけじゃないのよ。それなら覚えていたわ。——見たのよ。正確にはちらっと見かけただけなの。《ドラゴネット》の艦橋の端でね」

懐かしい名前に思わず昔の記憶を辿《たど》り、そうして、ケリーも納得して頷いていた。

「ウォーカー……そうか。思い出した。ドリーム・ウォーカーだ」

慌ただしく身支度《みじたく》を調え、軽く食事もすませた後、《パラス・アテナ》は再度の跳躍に臨んだ。

今度の《門《ゲート》》の数値は六十七。

三人はさすがに死を覚悟したが、ここでも何事もなかったかのように《パラス・アテナ》は《門《ゲート》》を跳んでしまい、そこはもう彼らの故郷のアドミラル星系だった。

ダイアナからもケリーからも、船内で見聞きしたことは内緒だと言い含められたが、髭を剃って湯を使い、さっぱりとした三人は揃って首を捻《ひね》っていた。

「何も、あんな念を入れなくても……」

「どう考えても、必要……ないよな？」

「誰に話したところで信じちゃもらえねえぞ……」

だが、彼らにとって本当の受難はこれからだった。

結婚式の行われるエルヴァンスは小さな田舎町《いなかまち》で、近くに《パラス・アテナ》が降りられる場所はない。

軌道上の宇宙港に入港したら入国手続きに時間を取られる。ジャスミンは当局に事情を説明すると、『非常時における緊急入国許可』を強引にもぎ取り、三人を送迎艇《シャトル》で降ろすために格納庫に向かわせた。

ジャスミンは非常に焦《あせ》っていた。何しろ現地ではもうじき結婚式が始まろうとかという時間なのだ。

「──急ぐぞ。おまえも一緒に来てくれ」

百隻の海賊船に追跡されてもびくともしなかったケリーが、この要請には思わず逃げ腰になった。

「ちょっと待て。今のあんたの操縦する送迎艇で、下に降りろって？」

それだけは勘弁《かんべん》しろよとケリーは無言で訴えたが、ジャスミンは聞かない。

「いいから来い。わたし一人で三人は持てない！」

観念して送迎艇に乗り込むと、ケリーはしっかり身体を固定して、もうすぐ家族と婚約者に会えると浮き立つ乗客たちに悲痛な顔で忠告したのである。

「あんたたち、無事に家族のところに帰れるように、せいぜい神に祈るんだぜ」

その言葉の意味はすぐに明らかになった。


昼下がりのエルヴァンスでは、ウォーカー姉妹が難しい顔で教会の窓から外の通りを眺めていた。

二人とも今日の主役の花嫁なのに、まだ普段着のままである。念のために時間をずらしてもらったが、親類にも友人たちにも式は中止とは伝えていない。

彼らは皆、事情を知っている。今日ここまで来て花婿《はなむこ》の姿がなくても、土壇場《どたんば》で式が中止になっても許してくれるだろうが、問題は他にあった。

姉の顔を見て、トリッシュが怯《おび》えたように言う。

「そろそろ、クリスティが向こうを出る頃よ……」

あたしには言えない——とトリッシュは頭を抱え、
アリエルも教会の隅で遊ぶ子どもたちに眼をやった。

パパは今日、帰ってくる。

ママと約束したのだから、パパは必ず結婚式には帰ってくる。ずっとそう言い含めてきた。二人とも、どんなにがっかりするかと思うと気が重かった。

その時、耳慣れない物音が近づいてきた。

だんだん大きくなる。終《しま》いには空気を劈《つんざ》くような轟音《ごうおん》となって、まさに教会の真上まで来た。

アリエルとトリッシュが驚いて表に駆け出すと、晴れた空から送迎艇が降りてくるところだった。

呆気にとられる彼女たちの眼の前で、その機体は少し離れた地面にふわりと着陸したのである。

やっと音が静かになった。

子どもたちも眼を丸くしてこの様子を見ていたが、送迎艇の中からよろめきながら降りてきた人を見て、ライスとミランダは転がるように飛び出した。

「パパ！」

全力で足を動かして父親に突進する。

「ライス！　ミリィ！」

笑顔のロイドが大きく腕を広げ、飛び込んできた子どもたちを抱きしめる。

その時にはトリッシュも婚約者に抱きついていた。

「スキップ！　戻ってきたのね！」

婚約者を夢中で抱きしめてキスの雨を降らせると、トリッシュは恋しい相手の顔をまじまじと見つめて、泣きそうな表情になった。

「ひどい顔……。ずいぶん辛い眼に遭《あ》ったのね」

「ああ、うん。たった今ね……」

最後は小声になったスキッパーだった。

実際スキッパーもロイドも顔面蒼白《そうはく》で、ほとんど倒れそうな有様だった。ジャスミンの操縦ときたら論外もいいところで、そもそも大気圏に突入して、さらに速度を上げて地上に急降下する操縦者など、あっていいものではない。

ここまでの短い飛行《フライト》で、五回くらいは天国の門をくぐりかけた気がした。

ジャスミンが「持てない」と言ったのは気絶した男三人は抱えられないという意味だったが、愛する家族と会える喜びは、痛めつけられた彼らの肉体と精神に信じられない力を与えたようである。

アリエルがロイドに笑いかけた。

「お帰りなさい」

ロイドは立ち上がってアリエルを見つめ、そっと抱きしめると、別人のような優しい声で言った。

「遅くなって、すまなかった。子どもたちにも……ずいぶん寂《さび》しい思いをさせただろう」

「いいのよ。あなた。帰ってきてくれればいいの」

そしてアリエルは少し離れたところに立っている大きな人に向かって深々と頭を下げたのである。

ジャスミンは笑って尋ねた。

「間に合いましたか?」

「——ええ。ありがとうございます」

もっと何か言わなければならない言葉があるのに、どうしても出てこなかった。

ロイドが困ったような口調で妻に訴える。

「こんなに頼れる友達がいるなら、もっと早く俺に教えておいてくれないか」

「お友達じゃないわ」

「えっ?」

「二週間前、クーア本社で初めてお目に掛かったの。一度お会いしただけの方なのよ」

ロイドが愕然としてジャスミンを見た。

同じことをトリッシュに聞かされたスキッパーも、驚いてジャスミンを振り返った。

姉妹が愛する人との再会を喜んでいる頃、船長は取り残されて、まだ送迎艇の後部座席で呻いていた。

「あの姐さんは……年寄りを殺す気か……」

「しっかりしろよ。あんたも式の参加者だろう」

ケリーが笑いながら手を差し出してやる。船長はその手を摑《つか》むと、妙にしっかりと握り締めてきた。

長い握手をしながら、船長はケリーの顔をじっと見つめていた。そうして万感の思いを込めるような、独り言のような、不思議な口調で呟いた。

「とんでもない女を嫁さんにもらって、尻に敷かれまくっていると聞いたが……」

尻に敷かれているかどうかはともかく、とんでもない女なのは疑いようがないので、ケリーは笑って言い返した。

「自慢じゃないが、共和宇宙広しと言えども、あの女の亭主が務まる男は俺だけだろうぜ」

船長が眼を丸くする。

「……そりゃあ、惚気《のろけ》かね？」

「いいや、本当のことさ」

船長が何とか自分の足で地面に立つと、ケリーは再び笑いかけたのである。

「あんたにそんな話をしたのは《ドラゴネット》の船長か？」

船長は黙っていた。何も言おうとしなかったが、その眼が極限まで見開かれてケリーを見ていた。

「あんたのことは俺も奴から聞いた。夢を歩く人《ドリーム・ウォーカー》。共和宇宙最後のゲート・ハンターだってな」

ウォーカー船長はかつてグランド・セヴンの一人セルバンテスの下で働いていたことがある。

船長がまだ二十代だった頃、ごく短い間のことだ。

それでも海賊のために働いた事実が公《おおやけ》になれば、罪に問われずにはすまない。

だから、ウォーカー船長はわざと、自分はあまり成績のよくないハンターだったと人には話してきた。

《門《ゲート》》が使われなくなっても、ゲート・ハンターという職業が姿を消しても、何十年も、ずっとだ。

そのくらい口が堅くなくてはグランド・セヴンと呼ばれた大海賊の信を得ることなどできないのだ。

そしてセルバンテスも含めたグランド・セヴンの面々がキングと呼んだ男になら、『夢を歩く人』と

──セルバンテスがからかいを籠めて自分を呼んだその呼び名を教えたかもしれない。

船長はキングと呼ばれたその人が、どんな新しい人生を選んだかを知っていた。とても信じられない話だったが、それこそ晩年のセルバンテスが話してくれたことだ。

(共和宇宙最高の《門》《ゲート》跳躍者《ジャンパー》が《門》の不要な自由跳躍装置を開発するとは、皮肉なものだ)

これも時代だろうと言って、ほろ苦い微笑を髭の口元に湛《たた》えていたのである。

何もかも、過ぎ去った遠い昔の話だ。

六十七歳になったウォーカー船長は、どうしても信じられないという顔でケリーを凝視していた。

当然だった。五年も前に死んだはずの人である。自分より年上のはずの人である。その人が自分より遥《はる》かに若々しい姿で眼の前にいる。

深く嘆息すると、しみじみと首を振った。

「……今日が人生最高の夢のような気がするよ」

かつての日々が急に自分の元に戻ってきたようで、船長は嬉しそうな笑みを浮かべて言った。

「俺は今日で船を下りるが、あんたはまだ《門》《ゲート》を跳んでるんだな」

「ああ。あの女がいるからな」

ミランダが走ってきて船長に抱きついた。

「おじいちゃん！　お帰りなさい」

「おう、元気だったか、おちびちゃん」

この扱いは気に入らないようで、少女はちょっと顔をしかめたが、船長は笑って、大きな手で孫娘の頭を撫でてやったのである。

「お手柄だぞ、おちびちゃん。大手柄だ。おまえの人を見る眼はたいしたもんだ。よくあのおばさんに声を掛けてくれたな」

「ミズ・クーアよ。おじいちゃん。おばさんなんて言ったらいけないの」

大真面目に言い諭す少女に、船長は何度も頷いた。

「ああ、そうだな」

トリッシュが叫んだ。

「スキップ！　クリスティが来たわ」

大きな車がやってきて、教会の前で止まった。

付添人の手を借りて、車椅子の女性が降りてくる。駆け寄ったスキッパーは、泣きそうな顔で母親の細い身体を抱きしめて、その手を取った。

「母さん……迎えに行けなくてごめんよ。まっすぐこっちにきたもんだから……」

「お帰り、よく顔を見せてちょうだい」

何も知らないクリスティは息子の顔を見て喜び、スキッパーはその母親に大きな人を引き合わせた。

「この人はミズ・ジャスミン・クーア。俺がとても世話になった人なんだ。今日ここに来られたのも、全部この人のおかげなんだよ」

「初めまして、ミセス・ハント」

ジャスミンは笑顔で握手を求めた。

「お目にかかれて嬉しく思います。お話は船長から伺《うかが》っていました。お元気そうで何よりです」

クリスティ・ハントは色白の華奢《きゃしゃ》な人だったが、とても時間が限られているようには見えなかった。

ジャスミンに向かって嬉しそうに微笑《ほほえ》んだ。

「ありがとうございます。こうして、今日この日を迎えられて、こんなに嬉しいことはありませんわ」

「いいえ、まだですよ。もう少し、お孫さんの顔を見るまでお元気でいてください。ウォーカー船長もきっと、それを望まれるはずです」

「ありがとうございます」

もう一度言ったクリスティは、息子の隣で微笑む花嫁の姿を見て、ちょっと驚いたらしい。

「まあ、トリッシュ。アリエルも……どうしたの、あなたたち。着替えなくていいの？」

不思議そうに言われて、花嫁たちは我に返った。

「たいへん！　着替えなきゃ！」

「待って！　父さんは⁉」

「さっきからここにいるがね」

夫と恋人を前にしたら、父親は置き去りにされてしまうのは仕方がないが、アリエルもトリッシュも帰ってきた父親を泣きそうな笑顔で迎え、勢いよく父親の首に抱きついた。

しかし、その余韻《よいん》に浸《ひた》る間もなく、姉妹は猛烈な勢いで父親と夫と婚約者を急《せ》かしたのである。

「急いで！　みんな来ちゃうわ！」


ジャスミンとケリーはどうしてもと切望されて、二組の結婚式に参列した。

二人の花嫁は輝くばかりに美しく、礼装の花婿も花嫁の父も立派だった。彼らが無事に戻ったことを知らされて新たに駆けつけた新郎の親族と友人は、彼らの無事な姿を見て何よりも喜んだ。

特に《セシリオン》の乗員はほとんどやってきて、歓喜の涙で式を盛り上げたのである。

まだ海賊に拘留《こうりゅう》されていると思っていた三人が、無事に故郷に戻ってきて結婚式を挙げたのだから、こんなに喜ばしいことはない。

予定以上に参列者が増えて、教会に入りきらないくらいだったが、そのすべての人々が心から二組の夫婦を祝福したのである。

式の後、花嫁衣装のままのアリエルが、隙を見て、そっとジャスミンに話しかけてきた。

「ミズ・クーア。おかしなお尋ねかもしれませんが、夫が何か失礼なことをしませんでしたか？」

地上に降りてからのロイドは言葉遣いばかりか、顔つきまで変わったように見えていたところなので、ジャスミンは真面目くさって頷いた。

「実はさっきから、ご主人は多重人格ではないかと疑っていたところです」

アリエルは微笑して首を振った。

「子どもたちには優しい、いい父親なんですけど、あの人は根っからの船乗りなんです。宇宙に出るとどうしても、箍《たが》が外れてしまうようで……」

「彼はいい夫ですか？」

「ええ。わたしには世界一の夫《ひと》です」

「それならよかった」

もう一人のスキッパーに関しても言いたいことがたっぷりあるジャスミンだったが、それについては、ウォーカー船長がこんなことを言った。

「男親としては、娘を泣かすなと言うのが普通だが、スキップの場合はなあ。娘に殺されないように気を付けろよと言うしかなくてな……」

つまり、二人は案外うまくいっているらしい。

そして最後に、ジャスミンはライスとミランダに「パパを返してくれてありがとう」と礼を言われた。

特にミランダはケリーに『一目惚れ』したらしく、そっとジャスミンに囁《ささや》いたものだ。

「あのね、ミズ・クーア」

「ジャスミンでいいぞ。仲良くなったら名前で呼ぶものだからな」

「じゃあね、ジャスミン。あたし、大きくなったらケリーのお嫁さんになりたい」

うっとりとケリーを見つめるミランダの顔を見て、ジャスミンは困ったように笑いかけた。

「それはやめておいたほうがいいだろうな」

「どうして？　あたし、お嫁さんになれない？」

「いいや、ミリィはわたしよりずっと美人になって、わたしより魅力的な女性になるだろうが、あの男と一緒にやっていける女は、共和宇宙広しと言えども、たぶん、わたしだけだ」

偶然これを聞いた船長が、くすくす笑って言った。

「なるほど。あんたたちは似たもの夫婦なんだな」

すると、ミランダは今度は別のことを聞いてきた。

「ジャスミンはケリーと、どんな結婚式したの？」

「いいや。わたしたちはしてないんだ」

「どうして？」

「必要なかったからさ」

どうして必要なかったかは説明しにくいことだし、ミランダもきっと理解できないだろう。

披露宴会場に移動しようとした時、ジャスミンの携帯端末が音を立てた。

出てみると、アレクサンダーである。

「やあ、どうした？」

何気なく通話に出たジャスミンに、彼は恐ろしく真剣な口調で確認を取ってきた。

「ジャスミン。きみは今アドミラルにいるのか？」

この様子はただごとではない。

ジャスミンも思わず緊張を強めて問い返した。

「どうしたんだ、アレク？」

「どうしたじゃないよ！　約束をすっぽかしたのを忘れてるんじゃないだろうね！」

「あ……」

ものの見事にきれいさっぱり忘れていた。

アレクサンダーは端末の向こうで、それはそれは深いため息をついている。

「後生だから助けると思って顔を出してくれないか。あれから二週間、まったく仕事にならないんだ」

「クーア財閥の役員の一人が？　それは困ったな」

会社の運営に影響しかねない緊急事態である。

今から行くと言って通話を切ると、ジャスミンはやれやれと苦笑してケリーを見た。

「もう一仕事できたぞ。急がないと、アレクの命は風前の灯火《ともしび》らしい」

「ご苦労さん」

ケリーが気楽に言ったのは、自分は行くつもりはなかったからだ。

ジンジャーのお目当てはジャスミンだから自分はいなくてもいいだろうと言って、前回も遠慮したが、今回はジャスミンも引くつもりはなかったのである。

「何を言ってる。おまえも来い」

ケリーは天を見上げて苦笑した。

「勘弁してほしいんだがな……」

「そんなにいやがらなくてもいいだろう。たまには夫婦二組で食事するのもいいもんだぞ」

「向こうは元夫婦だぜ。第一どう考えてもアレクと俺が邪魔者だろうが」

「それを言ったら身も蓋《ふた》もないだろう」

ジンジャーだっておまえの顔を見たいはずだから、久しぶりに一緒に行こう——と決して強引ではなく、ジャスミンが誘ってくる。

今までの経験から、こうなってしまうとケリーの意志はほとんど反映されないのはわかっている。

その状況が不快なものではないのも確かだったが、苦笑混じりに呟いていた。

「やっぱり尻に敷かれてるのかね、俺は……」

すると、夫のぼやきを聞きとがめたジャスミンが真面目に言い返してきた。

「何を言ってる。おまえを敷けるような頑丈な尻の持ち合わせは、わたしにはないぞ」

今ここで披露宴は辞退すると言ったら間違いなく引き留められてしまうので、他の人たちには黙って、二人はそっと教会を抜け出した。

あとがき

毎回毎回、見事なサドンデスです。本来の意味とはちょっと違いますが、いつ死んでもおかしくないという点では、まさにこの言葉がぴったりの状況でした。

今回のカバーを見て思ったこと。「まあ、ラブラブ……」（作者にはそう見えてます）

さらに、あの恐ろしい口絵を描いてくださった理華《りか》さんがおっしゃるには、

「このままでは彼があまりにも気の毒すぎます～！　何とか救済してあげてください！」

ええ、作者もあの口絵を見て、それはそれは彼が気の毒になりましたとも。

ほとんど怪談です（笑）。

かろうじて救いの手をさしのべてみたつもりですが、いかがでしたでしょうか？

そして、こんなところで恐縮ですが、久しぶりに他社から本が出るお知らせです。

六月一日発売、角川スニーカー文庫『レディ・ガンナーと虹色の羽』です。

お見かけになりましたら、何とぞよろしくお願いいたします。

茅田砂胡

ご感想・ご意見をお寄せください。

イラストの投稿も受け付けております。

なお、投稿作品をお送りいただく際には、編集部
(tel:03-3563-3692、e-mail:mail@c-novels.com)

まで、事前に必ずご連絡ください。

〒104-8320　東京都中央区京橋2-8-7
中央公論新社　C★NOVELS編集部

C★NOVELS Fantasia

海賊《かいぞく》とウェディング・ベル
――クラッシュ・ブレイズ

2009年3月25日　初版発行

著　者　茅田《かやた》 砂胡《すなこ》
発行者　浅海　保
発行所　中央公論新社
〒104-8320　東京都中央区京橋2-8-7
電話　販売 03-3563-1431　編集 03-3563-3692
URL http://www.chuko.co.jp/

印　刷　三晃印刷（本文）
大熊整美堂（カバー・表紙）
製　本　小泉製本

Published by CHUOKORON-SHINSHA, INC.
Printed in Japan　ISBN978-4-12-501067-0 C0293

応募規定

❶プリントアウトした原稿＋あらすじ、❷エントリーシート、❸テキストデータを同封し、お送りください。

❶プリントアウトした原稿＋あらすじ

「原稿」は必ずワープロ原稿で、40字×40行を1枚とし、90枚以上120枚まで。別途「あらすじ（800字以内）」を付けてください。

※プリントアウトには通しナンバーを付け、縦書き、A4普通紙に印字のこと。感熱紙での印字、手書きの原稿はお断りいたします。

❷エントリーシート

C★NOVELS公式サイト[http://www.c-novels.com/]内の「C★NOVELS大賞」ページよりダウンロードし、必要事項を記入のこと。

※❶と❷は、右肩をクリップなどで綴じてください。

❸テキストデータ

メディアは、FDまたはCD-ROM。ラベルに筆名・本名・タイトルを明記すること。必ず「テキスト形式」で、以下のデータを揃えてください。

ⓐ原稿、あらすじ等、❶でプリントアウトしたものすべて

ⓑエントリーシートに記入した要素

応募資格

性別、年齢、プロ・アマを問いません。

選考及び発表

C★NOVELSファンタジア編集部で選考を行ない、大賞及び優秀作品を決定。2010年2月中旬に、C★NOVELS公式サイト、メールマガジン、折り込みチラシ等で発表する予定です。

注意事項

- 複数作品での応募可。ただし、1作品ずつ別送のこと。
- 応募作品は返却しません。選考に関する問い合わせには応じられません。
- 同じ作品の他の小説賞への二重応募は認めません。
- 未発表作品に限ります。ただし、営利を目的とせず運営される個人のウェブサイトやメールマガジン、同人誌等での作品掲載は、未発表とみなし、応募を受け付けます（掲載したサイト名、同人誌名等を明記のこと）。
- 入選作の出版権、映像化権、電子出版権、および二次使用権など、発生する全ての権利は中央公論新社に帰属します。
- ご提供いただいた個人情報は、賞選考に関わる業務以外には使用いたしません。

締切

2009年9月30日（当日消印有効）

あて先

〒104-8320　東京都中央区京橋2-8-7

中央公論新社『第6回C★NOVELS大賞』係

（2008年10月改訂）

主催・C★NOVELSファンタジア編集部

第2回C★NOVELS大賞

多崎 礼 大賞

煌夜祭

ここ十八諸島では冬至の夜、漂泊の語り部たちが物語を語り合う「煌夜祭」が開かれる。今年も、死なない体を持ち、人を喰う魔物たちの物語が語られる——。

イラスト／山本ヤマト

特別賞 九条菜月

ヴェアヴォルフ

オルデンベルク探偵事務所録

20世紀初頭ベルリン。探偵ジークは、長い任務から帰還した途端、人狼の少年エルの世話のみならず、新たな依頼を押し付けられる。そこに見え隠れする人狼の影……。

イラスト／伊藤明十

第4回C★NOVELS大賞

夏目翠 大賞

翡翠の封印

同盟の証として北方の新興国に嫁がされた王女セシアラ。緑の瞳と「ある力」ゆえに心を閉ざす王女は悲壮な決意でヴェルマに赴くが、この地で奔放に生きる少年王と出逢い……。

イラスト／萩谷薫

特別賞 木下祥

マルゴの調停人

ごくフツーの高校生ケンは、父に会うために訪れたブエノスアイレスで事件に巻き込まれる。どうやら彼は「人ならぬもの」の諍いをおさめる「調停人」候補のようで……。

イラスト／田倉トヲル

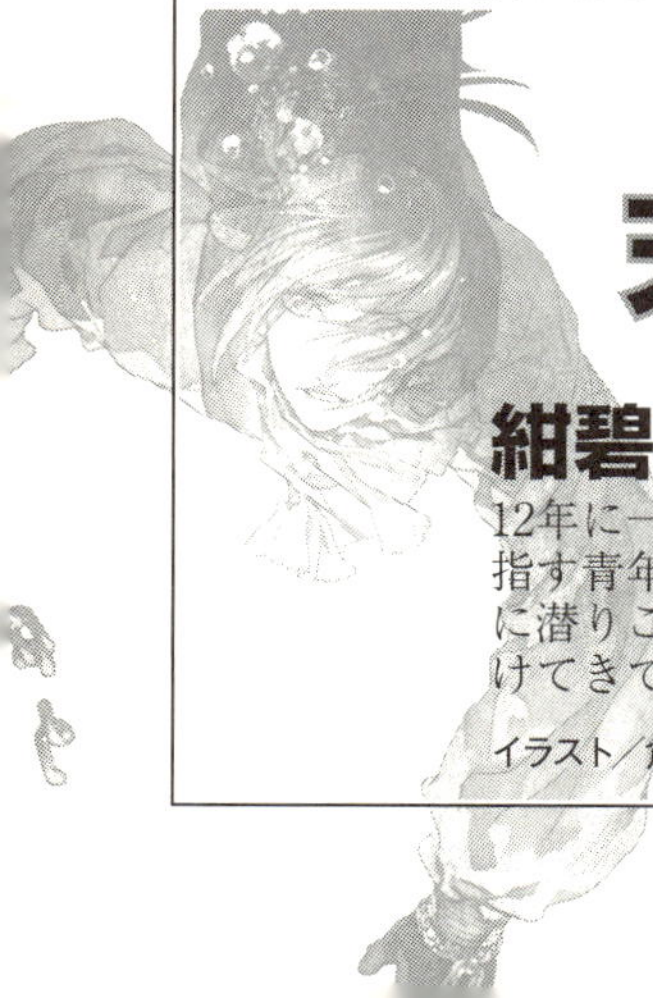

天堂里砂 特別賞

紺碧のサリフィーラ

12年に一度、月蝕の夜だけ現れる神の島を目指す青年サリフ。身分を隠してなんとか商船に潜りこんだが、なぜか海軍が執拗に追いかけてきて……。

イラスト／倉花千夏

九条菜月の本

魂葬屋奇談

空の欠片

平凡を自認する高校生・深波。学校に紛れこむ自分にしか見えない少年の存在に気付いたことで、平凡な人生に別れを告げることに！

淡月の夢

助人となった深波。見知らぬ少女に喧嘩を売られ、ユキからは呼び出され休む暇がない。今回は警察から欠片を盗み出せって……⁉

黄昏の異邦人

三日間だけだからとユキに拝み倒され、魂葬屋見習い・千早の最終試験に駆り出された深波。どうやら彼は訳ありのようで……。

追憶の詩

通り魔が頻発する地区で、使い魔を連れた男女に出会った深波。時雨からは「死にたくなければ近付くな」と警告されるが……。

螺旋の闇

ユキの失った生前の記憶に繋がる日記帳を手にした深波。意を決して、調査を始めようとした矢先に生意気な魂葬屋に捕まって……⁉

蒼天の翼

ユキの記憶をたぐる手がかりを僅差で失った深波。一度は落ち込むが、再び立ち上がったその身に危機が迫る！　シリーズ、完結！

イラスト／如月水